君《きみ》は僕《ぼく》の後悔《リグレット》
3
A story of love and dialogue between a boy and a girl with regrets.
[Author]
しめさば
[Illustration]
しぐれうい
presented by
Shimesaba × Ui shigure

『夏、海、水着！』

『文化祭・たこ焼き』
「ん!」
薫は、つまようじを
たこ焼きに刺して、
僕のほうに差し出してくる。

「どうぞ、お客様？」
流し目で僕を見ながら、
藍衣が言った。
『文化祭・バーテンダー』

『バンドのスタジオ練習』
水野 藍衣
［みずの・あい］
KEYBOARD

VOCAL
小田島 薫
おだじま・かおる
薫のしっとりとした歌声に、
藍衣のキーボードが絡む。

CONTENTS

A story of love and dialogue between a boy and a girl with regrets.

YOU ARE MY REGRET

ダッシュエックス文庫

君は僕の後悔《リグレット》3

しめさば

CHARACTERS

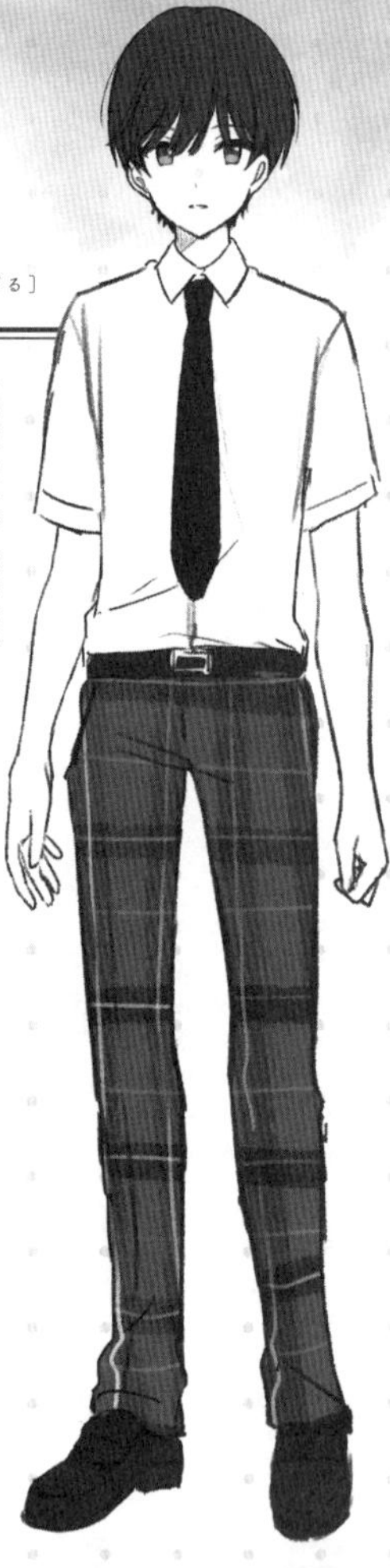

浅田 結弦

［あさだ・ゆづる］

高校一年生。読書部。
水野藍衣のことが、好き。
先日、小田島薫に告白された。

水野 藍衣

［みずの・あい］

高校一年生。
天真爛漫で可憐な女の子。
浅田結弦のことが、好き。

安藤　壮亮

［あんどう・そうすけ］

高校一年生。サッカー部。
交友関係の広い陽キャ。
名越李咲と、
過去に何かがあった。

小田島　薫

［おだじま・かおる］

高校一年生。読書部。
ぶっきらぼうだが優しい。
浅田結弦のことが、好き。

CHARACTERS

名越 李咲

〔なごし・りさ〕

高校二年生。
サボリ魔でよく屋上にいる。
サッカー部の元マネージャー。
常にカッターを持っている。

石神 美鈴

〔いしがみ・みすず〕

高校二年生。
軽音部所属でドラム担当。
壮亮とは、中学時代から
先輩後輩の間柄。

PROLOGUE

〔プロローグ〕

YOU ARE MY REGRET...

A story of love and dialogue between a boy and a girl with regrets.

あの人の音が、世界のすべてだった。

その音が、世界を振動させて、少しずつ輝かしいものにしてゆくのだと、信じて疑わなかった。

あの人の音が、好きだった。その音に触れるうちに、音楽が好きになった。

音楽の上で、人は自由だと思った。

私は、音に夢を見た。

人に翼はないけれど、音がそれに代わると思った。自《みずか》らに自由な翼があり、思った方向に羽ばたける。そういう頼もしさを感じられた。

少しでも〝あの音〟に近づきたくて、私は毎日毎日、楽器を握った。

いつか私も……あの人のように、世界を震わせてみたいと、思っていた。

でも。


その想いも……憧《あこが》れて仕方なかった〝あの音〟さえも……全部、嘘になった。

ある日を境に美しい音は絶ち消え、世界そのものがなくなってしまったような気がした。

心にぽっかり空いてしまった穴に、代わりに何を流し込めばいいのか分からなくて。

私は、痛みに取り憑《つ》かれた。

キラキラしたものは嫌いだ。あの頃の自分を思い出すから。

ドロドロしたものが好きだ。約束のない世界に生きていることを実感できるから。

全部がなくなった世界で、死ぬ理由もないから、生きている。

なんにも感じてないよ、というような顔をしながら……ときどき、心が生きていることを確認するように、自らを傷付けてみたりして。

朝起きて、左腕がチリチリと痛むと、少しだけ、安心して……ただただ暇《ひま》を潰《つぶ》すためだけに、学校へ行く。

今でも、いつも、遠くで音が鳴っているような気がする。

でもそれは……白々しく耳をくすぐるばかりで、私にはもう関係がないものなのだと、分かっているんだ。

EP.01 1章

A story of love and dialogue between a boy and a girl with regrets.

教室内に、カリカリと、筆記用具が紙の上を擦《こす》る音が響いていた。

誰もが押し黙り、独特な緊張感を滲《にじ》ませながら、机に向かっている。

取り組んでいるのは、『歴史』の定期テストだ。

いわゆる『期末テスト』に当たるこれが終われば、いよいよ夏休みは目前だった。

その中でも、歴史は最後の科目であり……つまるところ、これが夏休み前の最後のテストということだ。

テストが開始されてから四十分とちょっとが経《た》っていたけれど……僕は問題を解き終わり、さらには見直しまで済ませていた。

制限時間は六十分。終了までまだ十五分と少しある。

暇《ひま》になってしまったけれど、だからといってすることもない。僕に絵心があったら問題用紙に落書きをして過ごしたりもできたかもしれないが……僕がまともに描けるのはせいぜい棒人間くらいだ。ひたすら棒人間を製造したところで、暇を潰《つぶ》せたという満足感よりも虚無感の方が勝る。

周りをきょろきょろと見回すこともできないし——カンニングを疑われてしまうので——、僕は最終的に、机に突っ伏してみるという選択をした。

そうしてみると、なんだか不思議な気持ちになった。

僕は夜更《よふ》かしに弱く、時計の短針がてっぺんを指す前には布団に入ってしまう。だから、学校に来て眠くなることなどほとんどないのだ。眠くもないのに机に突っ伏すこともあるはずがなく。

つまりは、このような時でなければ僕がそんなポーズをすることは滅多《めった》にない。

眠くもないのに机に突っ伏して、目を開けているのも変な気がして、目を閉じる。

視界が暗くなり、黒の中に教室に差し込んでいた光の残像のような赤いシルエットが明滅している。その明滅を眺めている——厳密には、眺めているとは言えないのかもしれないけれど——と、意識がぼんやりしてきて、僕は眠くもなかったはずなのに、気付けばうとうとと微睡《まどろ》んでいた。


「はい、そこまで！」

突然大きな声が耳に飛び込んできて、僕はびく、と身体を跳ねさせた。

教室内に弛緩《しかん》した空気が充満する。

方々から、「終わった〜！」という歓声や、テストの出来に一喜一憂する声が聞こえてくる。

かすむ目で壁にかかった時計を見ると、チャイムの鳴る五分前だった。

「後ろから解答用紙回して～」

先生がそう言うのと同時に、僕の背中がつん、とつつかれる。

振り向くと、薫《かおる》がぶすっとした表情でこちらを見ていた。そして、ぴらぴらと解答用紙を僕の横で揺らしている。

僕はそれを受け取り、その上に自分のそれを重ねて、前の席のクラスメイトの肩をつつく。

まさか、あんな短時間で寝てしまうとは思わなかった。

教室の明るさに目を慣らすように、少しだけ目を細めながらぼんやりしていると……再び、僕の背中がつつかれる。

「よく寝てたね」

振り返ると、机の上で頬杖《ほおづえ》をつきながら、薫が言った。

「いや……寝る気はなかったんだけど」

「ユヅに限って、一夜漬けはないでしょ？　読書に熱中して夜更かしでもしたわけ」

「テスト前日にそんなことしないよ。暇だったから突っ伏してみたら、なんかあっさり寝ちゃった」

僕がぽりぽりと鼻の頭を掻きながらそう言うと、薫はスンと鼻を鳴らした。

「十五分も余らせて寝てたから、相当眠いんだなって思ってた」

「いや、見直しも終わって、やることなかっただけだよ」

「……見直しもして、あの時間に終わったわけ？　なんかムカつく」

薫は唇を尖《とが》らせて、「あたしは時間ギリギリまでやってたのに」と小声で付け加えた。ちゃんと勉強してきたからね、と言おうとして、やめる。

そんなことは分かった上で、彼女は拗《す》ねてみせているのだ。僕が何を言ったとしても、彼女は「ムカつく」という言葉以外を返してくることはないだろう。

テストなんていうのは、結局勉強量が物を言う。僕がそれなりにしっかりと勉強していることは薫だって知っているので、それ自体をやっかんできたりはしないのだ。

こういう軽口に真面目《まじめ》に返すのは、野暮《やぼ》だろう。

教壇に立つ先生がすべての解答用紙が揃《そろ》っていることを確認したのと同時に、チャイムが鳴った。

日直が号令をかけ、全員で礼をし……テストは終了する。

改めて、先ほどよりももっと分かりやすく教室の空気が弛緩した。

皆がストレスから解放されたように友達と談笑したり、うんと伸びをしたりする様子を眺めているのは、なんだか楽しかった。僕もテストにはそれなりに緊張感を持って臨《のぞ》むので、彼らと同じように身体の力が抜けていくのを感じる。

そぞろに教室を見回していると、教卓前の席に座っている壮亮《そうすけ》の身体がこちらに向いたのが分かった。ばっちりと目が合う。

彼はにまにまと不敵な笑みを浮かべながら、椅子から立ち上がり、こちらに歩いてきた。

「テスト終わったなぁ」

「そうだね。お疲れ様」

「あ～、ほんとに。ようやく部活できるわ」

壮亮はぐりぐりと肩を回しながら言う。

そう……テスト一週間前からは運動部も部活がなくなり、その分の時間をテスト勉強に充《あ》てるように指示を受けるらしい。そして、顧問の方針によっては、赤点を取った生徒はさらに一週間部活への参加を禁じられることもあるんだとか。

壮亮もぶつくさと文句を言いながら、なんだかんだで真面目に勉強に取り組んでいたように見える。ようやく部活を再開できるという喜びが全身から滲《にじ》み出ている。

「それに、もうすぐ夏休みじゃん？」

壮亮はウキウキとした様子でそう言った。

彼の言うことも分かるが……まだそれはちょっと気が早い。

「夏休みの前に、まだ出し物決めがあるよ」

こんな口のはさみ方をしたら、壮亮は「そうだけどさぁ」とげんなりした表情をするかと思った。しかし、実際の反応は、真逆だった。

彼はパチン！　と芝居じみた様子で指を鳴らして、輝く目で僕を見る。

「そう！　それなんだよなぁ！」

「えっ……なに？」

机に乗り出さんという勢いで言われて、僕はたじろいだ。

「十月には文化祭だろ？　で、クラスの出し物を決めるわけだ」

「うん、そうだね」

「でも文化祭はそれだけじゃない！」

「な、なんだっけ……？」

依然《いぜん》として壮亮は目をキラキラと輝かせているが、僕には心当たりがなかった。クラスの出し物以外に何かあったっけ？　と思っていると。

「後夜祭だよ、後夜祭！」

壮亮は大きな声でそう言って、僕の前の席のクラスメイトが不在なのをいいことに、その椅子に勝手に座った。

「後夜祭はさ、上級生のミスコンとか、告白大会とか、毎年恒例の目玉イベントもあるけど……なんと、好きにグループ組んで、出し物をやっていいらしいんだよ」

「そ、そうなんだ……？」

壮亮がその手のお祭り騒ぎが好きなのは想像に難《かた》くなかったけれど、それにしてもはしゃぎすぎな気がした。

そして、彼の次の言葉で、僕の思考は停止する。

「だからさ、俺たちでバンドやらねぇ？」

バンドやらねぇ？　俺たちで。

なぜか頭の中で彼の言葉が倒置法に変換された。

そして……その言葉の意味をじっくり考えたのちに。

「えっ……僕もやるってこと？」

一番大きな疑問が口をついた。

そんなわけがあるか、と思って訊《き》いたのに、壮亮は当然のように頷《うなず》いた。

「当たり前だろ。俺たちで、って言ったじゃん」

「いやいやいや、僕は楽器とか弾《ひ》けないし……」

「夏休みで練習すればいいだろ。それでさ……できたら水野《みずの》さんも誘いたいんだけど、どうかな」

「待って、待って……まだやるって言ってない」

「私がなに？」

「うわ！」

壮亮とのやり取りにあたふたしていたところに、気付けば廊下と教室を繋《つな》ぐ窓からひょこっと当の藍衣《あい》本人が顔を出していた。

びっくりする僕とは対照的に、壮亮はちょうどよかった、とばかりに「おっ」と声を上げる。

「水野さん、テストお疲れ！」

「うん、お疲れ様～。やっと終わったねぇ」

藍衣はニコニコと笑いながら、壮亮と僕を交互に見た。

そして「それで？」という意図を滲ませながらこくんと首を傾げる。壮亮はその意図を汲《く》み取って、再び口を開いた。

「うちの学校の文化祭、二日目が終わった後に後夜祭があるんだけどさ」

壮亮は最近転校してきたばかりの藍衣に気を遣《つか》うように、前提から説明しだす。こういうところが細やかだよなぁ、と思った。

「そこで、俺と結弦《ゆづる》と、他にもメンバーを集めてバンドやろうと思っててさ」

「いや、だから僕は——」

「バンド!?　楽しそう!!」

思ったよりも藍衣の食いつきが良くて、僕がもごもごと吐き出していた言葉はかき消された。

「お、興味ある？　良かったら水野さんもどう？　結弦もいるし」

「僕はまだやるって言ってな」

「私、キーボード弾けるよぉ」

「えっ？」

「マジ!?　じゃあやろうよ!!」

あまりに初耳すぎる情報が飛び出して、僕は驚いた。

藍衣とは中学の頃からの付き合いだというのに——途中ブランクはあったとはいえ——、そんな話はまったく聞いたことがなかった。

壮亮が嬉しそうに誘うのに、藍衣はあっさりと頷いた。

「うん。楽しそうだし、やりたい！」

「よっしゃ！　じゃあギターは俺がやるとして……あとはベースとドラムと、あとヴォーカルかぁ」

壮亮は楽しそうに手の指を折りながらバンドの編成に思いを馳《は》せている。

残っているパートを聞いても、正直自分にできそうな感じはしなかった。楽器を握らなくていいヴォーカルも、僕は歌が上手《うま》い方ではないので、論外だ。

藍衣は壮亮のそんな様子を見てから、僕の方をちらりと見て、それから、さらに僕の後方に視線を動かした。

「薫ちゃんもやるの？」

「え？」

藍衣に突然水を向けられて、薫は気の抜けた声を上げた。

振り返ると、彼女はスマホを操作している。完全に聞いていなかったか、自分には関係ない、と聞き流していたかのどちらかだろう。

「なに？　バンド？」

薫が動揺した様子で言う。一応聞こえてはいたらしい。

壮亮は藍衣の方をちらりと見て、その目が輝いているのを確認した。そして、にんまりと笑う。

「そう、後夜祭のバンド！　お前もやる？　水野さんに加えて小田島《おだじま》までいたら絶対盛り上がると思うけど」

壮亮が言うと、薫は露骨に顔をしかめて、首を横に振った。

「嫌だよ。あたしがいても盛り上がんないでしょ、別に……。てか、楽器なんて弾けないし」

「いや、みんな絶対見たいって！　楽器弾けないならヴォーカルやればいいじゃん。お前、音楽の授業でいつも褒《ほ》められてるし」

壮亮の言葉に、僕は思わず「あー」と声を漏《も》らした。薫の視線がこちらに向く。睨《にら》みつけられていた。

壮亮の言う通り、薫は音楽の授業中、歌唱テストで一人一人歌わされた時も、普段の無気力な印象とは裏腹に、他の生徒よりもかなり真面目に歌っていた。そして、発声やビブラートを先生に褒められていたのをよく覚えている。なんだかんだで、歌うのは好きなんじゃないか、と、勝手に思っていた。

「いや、それとこれとは全然違うっていうか……」

薫は少し顔を赤くしながら口ごもるが、壮亮は逃がす気ナシ、という様子だ。

「せっかくだしやろうぜ！　夏休みもあるし、練習時間はたっぷり取れるだろ」

強くそう言われ、薫は逡巡《しゅんじゅん》するように視線を彷徨《さまよ》わせる。そしてちらちらと僕の方を見た。

なんだろう？　と思っていると。

「ユヅもやるなら……やる」

と、薫が言った。

僕は「えっ」と間抜けな声を上げてしまう。

薫を見ると、彼女は口をきゅっと結んで僕から目を逸《そ》らした。い、言い逃げだ……。

壮亮はパン！　と手を打ちながら「決まり！」と言った。

いや、だから僕は……まだやるとは言ってないのに……！

そう言いたかったけれど、とうてい言いだせる状況ではなくなっていた。僕もなんだかんだで、流され始めている。

「じゃあ残りはベースとドラムになるけど……まあ、初心者ならドラムの方がいいかな。ドラムが簡単な曲を選べばいいよな」

「いやいや、簡単に言うけど……！」

「大丈夫大丈夫。一カ月も練習すればいけるいける」

聞く耳持たず、とはこのことだ。

自分がドラムを叩くところを想像しても、まともに音を鳴らせる気がしなかった。そもそも、大小様々な太鼓——という言い方で合っているのか？——のどれを叩いたらどんな音が鳴るのかすらよく分かっていないのだ。

無理だよ、と思いつつそれがなんだか言葉にならず、僕はあたふたした。

おろおろと視線を動かしていると、窓枠に寄り掛かっていた藍衣と目が合う。

藍衣の口元がきゅっ、と上向きになり、彼女は可憐《かれん》に笑った。

「ドラム、いいね！　結弦が叩いたらどんな音が鳴るんだろうねぇ」

「……いや、えっと……」

あまりに美しい笑顔に、僕は言葉を失ってしまう。そして、藍衣に期待されていると分かった途端に、なんだか「ちょっと、やってみてもいいかな……」と思ってしまう自分の単純さに呆れた。

そんな僕の思考をよそに、藍衣の視線が壮亮の方に移動する。

「えっと、あとはベースだよね？　誰か弾けそうな人っていたりするの？」

藍衣がそう訊くと、それまで潑剌《はつらつ》と話を進めていた壮亮の顔が、緊張したように、少し強張《こわば》った。

しかし、すぐに彼はパッと表情を明るくし、いつものような元気な声で答える。

「アテはあることにはある！　やってもらえるかどうかは分かんないけど……俺のほうで訊いてみるわ！」

「……そう？　分かった。じゃあ、お願いするね」

「おう、任せとけ！」

藍衣も壮亮のテンションの変化に気付いていたようだったが、明るく振る舞う彼の表情を数秒見つめて、結局何も口を挟まずに、頷いた。

壮亮は再びパン！　と手を鳴らしてから、僕の肩をポンポン、と叩いた。

「じゃ、決まりな！　とりあえず結弦については、知り合いにドラムめっちゃ叩ける人いるから、教えてもらえるように俺が話つける！」

「あ、うん……分かった。その……教えてもらったら、できるようになるかな？」

もはや「やめる」とは言いだせない状況でこんなことを訊いても何にもならないと分かっているけれど、ついつい弱腰になって訊いてしまう。

壮亮は爽《さわ》やかに笑って、頷いた。

「やってみてできないことなんかねぇよ！」

妙に力強い返事だったが、中身はゼロだった。根性！　という感じの返事に、僕は苦笑いを浮かべることしかできない。

「じゃ、よろしく！　メンバー決まったら、やる曲も決めようぜ」

壮亮は元気にそれだけ言って、軽い足取りで自席に戻っていった。

僕はその背中をぼーっと見つめている。

正直な感想としては、「強引だなぁ」という言葉が先に心に浮かぶ。

しかし、この数分ですっかり話をまとめてしまったこと自体には感心するし、強引だと感じながらもそこまで不快な気持ちになっていないのは、きっと壮亮のさっぱりとした性格によるものなのだろうと思った。

バンド……バンドか……。

心の中でその単語を繰り返す。

今まで音楽にそこまで親しんでこなかった僕が、高校生になって突然バンドをやることになるとは思ってもみなかった。

そして、夏休みにバンドの練習……というイメージは、なんだかキラキラとしていて、すごく安直な感想だけれど、『ちょっと青春っぽい』なんて思ったりもする。

そんなイベントに、今まで読書以外興味のなかった自分が参加する、というのはなんとも不思議な気分だ。

僕の肩がつんつん、とつつかれる。藍衣だった。

彼女は僕の顔をじっ、と見つめてから、花が咲いたように笑った。

「楽しみだね。練習、頑張ろうね！」

「そ、そうだね。足引っ張らないように頑張らないと」

僕が言うのに、藍衣はくすくすと肩を揺する。

「そんなに緊張しなくても。楽しくやれればいいじゃない」

藍衣がそう言うのと同時に、授業の予鈴が鳴った。

テストは終わったが、まだホームルームが残っている。

藍衣はハッとしたように僕のクラスの壁時計を見て、窓枠から身体を離した。

「戻らなきゃ！　じゃあまたね！」

藍衣は僕と薫の両方に手を振ってから、ぱたぱたと廊下を走ってゆく。「廊下を走るな！って先生に注意されちゃった」という話を藍衣から何度も聞いたものだが、まったく直す気はなさそうだった。

その後ろ姿が見えなくなるまでぼんやりと見つめていると、不意に、僕の背中がつつかれる。いつもよりも、控えめなつつき方だった。

「うん？」

僕が振り返ると、薫はどこかしゅんとした様子で、僕を見ていた。

そして、申し訳なさそうに、小さな声で、言う。

「ごめん……なんか、巻き込む感じにしちゃって」

薫はしおらしく背中を丸めていた。

そんなに申し訳なさそうにするなら、断ってしまえば良かったのに。と思わないでもなかったけれど……なんとなく、彼女の気持ちは察することができた。

なんだかんだで、満更《まんざら》でもないのだ。僕と同じで、「やれるならやってみたい」という気持ちはあるのだと思う。

しかし、手放しに「やる！」と言うのは恥ずかしく……だったら、知り合いも一緒に巻き込んでしまえば、少しは気楽に参加できるというものだろう。

そもそも、薫がそんな顔をする必要はない、と思った。

「いいよ。どのみち断らせる気なかったと思うよ、壮亮は」

僕がそう答えると、薫はなんとも言えない表情で、「まあ……それはそうかもだけど」と口の中でもごもご言う。

これ以上僕がこの話題を引きずると、薫はずっと申し訳なさそうな顔をし続けてしまいそうだ。

「ドラムかぁ……できるもんなのかなぁ」

もう、腹は決めた、と言わんばかりに、ドラムの話に切り替える。

薫は少しほっとしたような表情を浮かべてから、「んー」と鼻から息を抜くように声を出した。

「分かんないけど……」

薫はしばらく考えた後に、少し口元を緩《ゆる》めて。

「でも、ちょっと見てみたい。ユヅがドラム叩いてるとこ」

そう言ってから、彼女ははにかむように僕から視線を外した。

なんだか、むずがゆい気持ちになる。

「……僕も、薫が歌うの、楽しみかも」

僕が照れ隠しにそう言うと、薫は目を真ん丸にして僕を見た。

「音楽の時間でしか聴いたことないからさ」

今度は明らかに「からかっている」と分かる口調でそう言ってみせると、薫はみるみるうちに顔を赤くして、僕の肩をバシッと叩いた。

「うざ！」

加えて、椅子まで蹴られる。とんでもない照れようだった。

……海で薫に告白されてからというもの。

なんだか、こういう今まで通りのやりとりにもこそばゆさを感じてしまうようになった。

今でも僕は藍衣のことが好きだと思う。それでも、こうして何げない会話の中で薫が照れたりするところを見るたびに、その奥底に僕への好意が見え隠れして、むずがゆく感じるのを止めることはできない。

そして、そんな薫の可愛らしい部分を、恋愛感情は一旦抜きにしても、僕はとても好きだと思った。

そうか……バンドを、するんだなぁ。

薫と話していて、改めて、実感した。

ずっと好きだった子と、大好きな部員と、それから、最近新しくできた気さくな友人と、バンドをやる。ベース担当が誰になるのかは分からないけれど、なんとなく、その人とも上手くやれるんじゃないか、という楽観的な気持ちが生まれる。

とにかく。

最初は嫌々引き受けたような気持ちだったのに、僕はすっかり……バンドの結成を嬉しく思っていた。

「テストから解放された日の帰り道って、なんだか足取りが軽くなるよねぇ」

期末テスト最終日を終え、僕と藍衣《あい》は並んで下校していた。

本当は部室に行って読書をしようと思っていたのだけれど……昨日までテストに思考の多くを割いていたからか、スクールバッグに文庫本を入れてくるのを忘れてしまったのだ。

薫《かおる》も彼女のお母さんと一緒に外食をしに行く、と嬉しそうに下校していったので、僕もおとなしく家に帰ることにした。

そして、藍衣は今日のテストに一夜漬けで臨《のぞ》んだらしく、珍しく直帰しようとしていたところで、僕と出くわしたということだった。

「テストどうだった？」

藍衣がゆらゆらと歩きながら尋《たず》ねてくる。

どう答えたものか……と、迷った。

正直、僕の中でテストなんていうものは、普段の学習の成果の確認でしかなくて、別段張り切ってテスト勉強をしたわけでもない。

成績を落とさなければガミガミ言われない家庭で育ったこともあり、授業の予習復習は日常のルーチンの中に組み込まれていた。勉強さえやっておけば、他は何をしていようと母さんから文句を言われることはない。むしろ最近は「勉強ばっかしてないでさぁ、もっと青春しなさいよ！」なんて言われる始末である。

つまるところ……授業がなくなり、テスト期間になる……というくらいの感覚なのだ。

しかし、まさに今日テストのための一夜漬けをしてきた相手にそんなことを言っても角が立つだけだと分かっている。

「うん。まあ……大体解けたかな」

しかし、嘘を言うのも嫌なので、僕は当たり障《さわ》りなくそう答えた。

藍衣は「え～！」と声を上げる。

「私は、ほとんどの教科のテスト、半分くらい自信ないよ」

苦笑しながら、藍衣はそう言った。

彼女の顔に夕日が当たって、目の下のクマが僕にもくっきりと見える。

「一夜漬け、意外と覚えてらんないものなんだね」

僕が言うと、藍衣は僕の視線が彼女の目元に向いていることに気が付いたようで、パッと両手で涙袋を押さえた。

「やだ、見ないで！」

「普段からもうちょっとやっとけばいいんだよ」

「テスト前にやれば赤点は取らないもん……」

「でも、クマはできちゃう」

「見ないで～」

藍衣は可愛らしくぷう、と膨《ふく》れて、それから観念したように顔から手をはずした。

「結弦《ゆづる》は器用だよねぇ。いっぱい読書もしてるのに、勉強もしっかりやっててさ」

藍衣はどこか拗《す》ねたようにそう言った。勉強の話題になると、僕の周りの女子はなぜかみんなこういう顔をする。

「藍衣より暇《ひま》なだけだよ。他にやることがないから、勉強してるんだ」

「え～、そんなことないよ！　きっと、私が読書にハマってたら、勉強しないでずっと読んでると思う」

「はは、確かに……想像つくかも」

藍衣はまるで僕の言葉を上手に否定できたかのように笑ったけれど、僕からすれば、同じことだった。

僕はきっと、生活の中に読書を組み込んでいる、というだけで……のめり込んでいる、というわけではない気がしていた。本を夢中で読む、というよりも……読書という行為そのものが好き、という感じだ。だから、勉強そっちのけで本を読んだりすることはないのだ。

藍衣が言うように、彼女が読書を〝楽しい〟と感じたなら、彼女はすべてを放り出して読書に没頭するんだろうなと思う。

僕は、テストの点数を取れることよりも、そんなふうに何かに没頭できることのほうが羨《うらや》ましいな、と思った。

現に、藍衣の「勉強が苦手」という一面について、僕は何も悪い感情を抱いたりしていない。それこそ、赤点さえ取らなければ別にいいんじゃないかと思う。

彼女はなんだかんだで必要になったらやるタイプだとも思うので、「そんなんで、そのうちやってくる大学受験は大丈夫なんだろうか」という心配も湧いてこない。

それに……普段潑剌《はつらつ》としている藍衣が目元にクマを作っている様子はなんだか可愛らしく見えて、そんなところも好きだと感じてしまう。これも『惚《ほ》れた弱み』というやつなのだろうか。

そんなことを考えていると、藍衣は「ま、テストのことはもういいや～」と能天気に言った。

「いよいよ、夏休みになるねぇ。引っ越しでドタバタしてたからあっという間だったなぁ」

藍衣はしみじみと、そう続ける。

そうだ。藍衣とはいろいろあったけれど……中学の時から地続きで考えているからそう感じるだけで、高校で再会してからはまだ数カ月も経《た》っていない。

藍衣がやってきてからの学校生活は本当にあっという間だったが、引っ越しなどで生活環境自体がガラッと変わってしまった彼女にとっては、なおさらのことかもしれない。

「バンドも、すっごい楽しみ。私、転校も多かったし、そういうのやったことないから！」

そう言って、ニコッと笑う藍衣を見て、僕は「そういえば」と、教室で壮亮《そうすけ》たちと話した時に感じた疑問を思い出した。

「キーボードを弾《ひ》けるなんて、知らなかったよ」

僕が言うと藍衣は数度、ぱちくりと瞬《まばた》きをした。

そして……少しだけ、その表情がぎこちないものに変わった。

……なんだろう？　と訝《いぶか》しく思うのと同時に、藍衣は口を開く。

「うん～、ピアノ習ってたからね。クラシックだったから、バンドのそれとは全然違うかもだけど、譜面があれば多分弾けるはず」

「ピアノ習ってたの!?　それも初めて聞いたよ」

「あはは、言ってなかったかも」

藍衣はくすくすと笑っているが、やはり、なんだかその表情も硬く感じられた。何かを誤魔化しているような……。

違和感が拭《ぬぐ》えず、ついつい、質問を重ねてしまう。

「習ってた、ってことは、やめちゃったの？」

僕が訊《き》くと、藍衣は嫌な顔はしないものの、少し言葉を選ぶように視線を動かす。

「うん。保育園に通ってる時から習ってたんだけど……中三の時に、やめちゃった」

「そんなに小さい時からやってたんだ。やめたのは、忙しくて？」

「うん、そんな感じ……！」

藍衣はどこか不自然にニッと笑って頷《うなず》いた。

……これ以上は、やめておこう。なんとなく、そう思った。

藍衣が言葉を濁すことなんて滅多《めった》にないので、胸がざわつくのを感じてしまった。そして、それが〝良くない〟興味となり、質問を重ねた。

誰にだって……話したくないことくらい、あるだろう。

「なんか、ごめん。根掘り葉掘り訊いちゃって」

僕が言うと、藍衣は目を丸くしてから、首をぶんぶんと横に振った。

「いいよいいよ！　結弦にはなんでも訊いてほしい！」

藍衣は慌《あわ》てたように視線をちょろちょろと動かした。それから、僕の肩に、すり、と彼女の肩を押し当ててくる。

「好きな曲はねぇ、『水の反映』って曲なんだ。練習に疲れたら、いっつも弾いてた」

藍衣は囁《ささや》くように言う。さっきまでのぎこちなさはどこかに消えていた。

彼女は懸命に、ピアノの話をしてくれる。

「最初は穏やかで、美しいの。しん、って張りつめた水平線みたいなんだ。でもね、途中から少しずつ激しくなって、波が立つみたいに、荒々しくなるの。その波が去って……また、穏やかな水の流れと、そこに反射する光を感じて……うん。すごく……好きなの」

藍衣の言葉と共に、その風景が頭に浮かぶ。荒立つときは荒立ち、そうでないときは静かにそこにある。海のありようを想像すると、なんだかそこに藍衣が重なった。聴いたことのない音楽に思いを馳《は》せているはずなのに、何故《なぜ》か、そんな曲を彼女が弾いているところははっきりと想像ができる。

「水とか、海とかがテーマの曲が好きなのかもしれない。他には『鳩たちの水盤』とか、『海原の小舟』とか………あっ」

藍衣が途中で小さく声を上げ、僕の方を見た。

肩をくっつけたまま話していたので、彼女の方に視線を向けると、思ったより近くで目が合った。どきりとする。

「海!!」

キラキラした目で、藍衣が言った。

「海？」

オウム返しすると、藍衣はうんうん、と頷く。

「夏休み、一緒に海行きたい！」

突然の提案に、僕は「えっ」と声を上げてしまった。

「う、海……？」

「そう！　海！　薫《かおる》ちゃんや安藤《あんどう》君も誘ってさぁ。きっと楽しいよ！」

そう無邪気に言って笑う藍衣。

「海……海かぁ……」

言われて、そういえば、友達と海に遊びに行ったことはないなぁ、と思った。

『友達と』というのが最初に付くのは、毎年、家族で海に行くからだ。

父さんは忙しい人で、単身赴任を繰り返しているのでなかなか家に帰ってこないけれど、母さんのこだわりで、夏だけは何があっても家族そろって海に遊びに行くのだ。なんでも、母さんと父さんが付き合い始めたのが夏の海だったらしく、「初心を忘れないため」と母さんは口酸っぱく言っている。

といっても、家族の誰しもが運動が得意じゃないので、ビーチパラソルを数本立てて、その下で駄弁《だべ》っていることがほとんどだ。母さんが波打ち際《ぎわ》にぱちゃぱちゃと足を入れて遊び始めると、父さんはそれに付き合ったり、隣でビールを飲みながら母さんを眺めていたりする。あれはあれでなんだか楽しいのだけれど……友達と海に行ってはしゃぐ、というのはちょっと違う気がする。

そして……この前、薫と一緒に海に行ったのも、『友達と遊ぶ』にカウントするのは、絶対に間違っている。

そう考えると、僕は友達と海に遊びに行ったことは一度もないと言えるんじゃないだろうか。

「あれ……あんまり乗り気じゃない……？」

僕があれこれ考えて黙ってしまっていると、藍衣が顔を覗《のぞ》き込んでくる。

「いや！　そんなことはないけど……！　でも、友達と海に遊びに行くなんて初めてだなと思って」

慌ててそう答えると、藍衣は一瞬「ん？」と考えるように視線をどこかにやってから。ハッと息を吸い込んだ。

「そういえば、私もそうかも！」

嬉しそうにそう言う藍衣。

「そっか……そうだよね」

僕は少ししんみりしながら頷いてしまう。

彼女は昔からずっと、〝自由に〟振る舞ってきた。その結果、あまり友達ができなかったということを、僕は知っている。

藍衣は僕の思考を察したように、「んふふ」と笑って、また僕の肩にすり、と身体を寄せた。

「そうなの。だから、行きたいな～？」

甘えるような視線を、受け止める。

「うん、行こう。絶対」

僕が頷くと、藍衣は「やった～！」と両手を上げて喜んだ。

「初めて同士だね！」

あくまで無邪気に、そんなことを言う藍衣。

僕はどういう表情をしたらいいか分からずに、「そうだね……」と少し小さな声で返事をした。

くすくすと笑い、はずむように歩く藍衣を見つめながら……僕は藍衣たちと海に遊びに行くというイベントに思いを馳せる。

楽しいだろうな、という感想と同時に。

……ちょっと、難儀《なんぎ》な会なのではないか？　という不安も生まれた。

藍衣は単純に「友達と海に遊びに行く！」というような認識のようだが、僕にとってはもう少し複雑だ。

少なくとも、藍衣と薫のことをただの〝友達〟と言い表すのはあまりに難しい。

かたや恋の相手、かたや自分のことを好きと分かっている女子。

そして極めつけに、壮亮は藍衣のことが好きなわけだ。

それらすべてを忘れ去って楽しく遊びたいという気持ちもあるけれど、そう簡単にはいくまい、と思う。

ワクワクしつつも、なんだか、気が重いような気もする。

「水着買わなきゃ！」

そんな思いをよそに、藍衣はただただ楽しい海でのあれこれだけを想像しているようだった。

そんな彼女を見ていると、僕も不思議と、いろいろなことがどうでも良くなる。

諸々《もろもろ》の悩みは一旦脇に置くとして。夏休みの楽しみが増えたなぁ、と、思った。

「いや～、海なんて久しぶりだよ、俺！」

電車に揺られながら、はしゃいだ様子で壮亮《そうすけ》が言った。

すっかり夏休みに突入し、その初めての週末に、僕たちは海に遊びに行くことになった。

藍衣《あい》が海に行くのを提案したら、壮亮がすぐにそれに乗っかり、テキパキと段取りを進めてくれた。彼の行動力は真似できる気がしない。

「水野《みずの》さんと小田島《おだじま》は現地で合流だってさ。一緒に行けばいいのに」

壮亮は扉の脇に寄り掛かりながら、そう零《こぼ》す。一緒に行けた方が楽しい、と思えるところも、彼のコミュニケーション能力の高さを感じられて、僕は曖昧《あいまい》な微笑みで返す。

僕は正直、まだ藍衣《あい》や薫《かおる》に会ってもいないうちから緊張してしまっている。学校で二人と話すときはなんの気負いもないというのに、こういう〝特別なイベント〟になった途端に、二人を女子として強く意識してしまうなんて、なんとも情けない話だと思った。

「まあ……いろいろあるんじゃないの、女の子にはさ」

内心狼狽《うろた》えているのを隠すように僕がそう言うと、壮亮は視線を窓の外から僕の方に移して、少し驚いたような顔をした。

それから、ぶはっ、と噴き出す。

「なんだよ、一人だけ大人っぽい空気醸《かも》し出しちゃってさ。なんかエロいな」

「ええ!?　なにがだよ!!」

シンプルに「男子よりも準備することが多いんじゃないの」というようなことを言ったつもりだったのに、変な捉《とら》え方をされてしまったようだった。顔が熱い。

そして、「エロい」という言葉が登場したことによって、努《つと》めて記憶の奥底に封印していた〝とあるやりとり〟が思い出されてしまう。

昨日、あらかた準備を済ませてから布団に入り……いつものようにすんなりと入眠できずに寝返りばかりを打っていると。

普段、家であまり鳴ることのない僕のスマートホンがポコン！　と通知音を鳴らした。

何かと思い、机の上に置いていたそれを手に取って画面を見ると、メッセージアプリの通知だった。藍衣から届いたものだと分かる。

『明日、新しく買った水着見せるから、感想教えてね！』

というシンプルなメッセージの後に、ぶさいくな犬が「なにとぞ」と言っているスタンプが送られてきていた。

僕はそのメッセージを眺めながら、数十分、ひたすらベッドの上で寝返りを打ち続けていた。

これに……どう返事をすればいいいんだ。

そんなことを悩み続けていると、またポコン！　と音が鳴って。

『ダメ？』

というメッセージが表示された。メッセージ画面を開きっぱなしだったので、一瞬で既読がついてしまい、僕は慌《あわ》てた。

そして数分悩んだ末に、僕はデフォルトで入っている、なんともヒトを馬鹿にしたような顔をしたウサギが親指を立てているスタンプを送ったのだった。

結局それから一時間ほど眠れず、抗《あらが》えぬ眠気が訪れるまでごろごろとベッドの上でのたうち回っていた。

藍衣の水着姿……。

彼女がどんなものを着てきたとしても、きっと似合っているのだろうし……具体的に想像できていないにもかかわらず、死ぬほどドキドキしていた。

そして、それを見せられて「感想を教えて」なんて言われても、スマートに褒《ほ》めることができる気もしない。

ちらりと壮亮を見やる。

彼は、さらっと褒めたり、できそうだよなぁ……。

そんなことを考えていると、ふと彼の視線が動き、目が合った。

「しっかし文化祭もさぁ、うちのクラス、無難なところに落ち着いたよなぁ。俺、お化け屋敷やりたかったのに」

僕の煩悶《はんもん》をよそに、壮亮の話題はころころと変わった。こうして学校を離れた場で友達と話すのが楽しくてしょうがない、という様子だ。

文化祭というワードが浮上したことによって、僕はひとまず藍衣の水着の件を思考の端に追いやることに成功した。

夏休みに入る前の最後のホームルームで、僕たちは文化祭のクラス単位での出し物で何をするかを決めたのだ。

壮亮はとにかくお化け屋敷をやりたがっていたが……結局、「準備が面倒くさそう」という消極的な理由で——特に女子からの反対が激しくて——、結局出し物は「たこ焼き屋」に決まった。

消極的な理由、と言ったけれど、それ以外にも事情はあった。

文化祭ではクラスごとに予算が決まっている。クラス全員でカンパしてその予算内で出し物を作っていくわけだが……一年生に学校から許された予算は『二万円』までだった。

そうなると、明らかに原価の高い飲食店や、準備にどれだけの予算がかかるか分からない出し物などはやはり採用しにくい。

その点、たこ焼きというのは原材料が安く、練習をすれば作るのも比較的楽で……かつ、大量に売ることができる。さっさと食材が尽きてしまって午後過ぎには店じまい……というようなことにはならずに済みそう、という利点があった。

そんな現実的な理由を強く押し出されて、ただただ「やりたい」というだけで意見を出していた壮亮を含む男子たちの案は、多数決であっさり否決されたというわけだ。

「多分、みんなでやることに意味があるよ。たこ焼き屋もきっと楽しい」

「分かってるけどさぁ……絶対お化け屋敷、盛り上がったのになぁ……」

慰《なぐさ》めるように僕が言うと、壮亮はまだ拗《す》ねたように唇を尖《とが》らせている。

後夜祭の件といい、壮亮はきっと『盛り上がること』を実現するのが好きなのだろう。

と……そこで、僕はバンドのことを思い出す。

まだ、決まっていないことがあった。

「そういえば、ベース担当の人、どうなりそう？　アテはあるんでしょ？」

僕が訊《き》くと、それまで楽しげだった壮亮の表情が、少し硬くなったのが分かった。

彼の瞳が、ちらちらと揺れる。

そして、おもむろに言った。

「ベースな……実は、名越《なごし》先輩に頼もうと思ってるんだよ」

その言葉に、僕はぽかんとしてしまった。

思わぬ名前が出てきて、呆気《あっけ》にとられたのだ。

「名越先輩？　あの人ベース弾《ひ》けるの？」

僕が訊くのに、壮亮はフッと苦笑しながらゆるゆると首を横に振る。

「弾ける、とかいうレベルじゃない。続けてれば、きっとプロにだってなれた」

壮亮はそう言い切って、暗い表情を浮かべた。

続けてれば、という言葉に、なんとなく察するところがある。

「……もう、やめちゃったってこと？」

「……ああ。中学の時に」

中学の時？

僕は首を傾《かし》げる。

「名越先輩と同じ中学だったの？」

僕が訊くと、壮亮は「いんや」と低い声で漏《も》らす。

「この前、知り合いにドラム叩ける人がいるって話したろ？　その人は、俺の中学の先輩だったんだよ。で、その人が学校の外で組んでたバンドでベースを担当してたのが……名越先輩」

「なるほど」

僕は相槌《あいづち》を打ちながら、壮亮の横顔を見つめた。

彼と名越先輩の接点は、サッカー部だけではなかったのか、と思う。

今までの壮亮の言動から、名越先輩と彼の間に何かがあったのは確実だと思っていたけれど……まさか中学の頃から繋《つな》がりがあったとは。

壮亮は当時を懐《なつ》かしむように、薄く微笑みながら語る。

「あの人の演奏は、ほんとにすごかった。ヴォーカルやギターがメインの時はそれを支えるみたいにどっしりと下を支えてて、ソロになった途端に信じられないくらいかっこいい音で暴れるんだ。市原雄悟《いちはらゆうご》の演奏に似てた」

「市原雄悟？」

初めて聞く名前だ。壮亮は頷く。

「そう。日本のベーシストの頂点とも言われてた人だよ。かっこいいんだわ」

「ふぅん……」

言われてもピンとこず、「とにかくすごい人なのだろう」という認識をする。

そして、壮亮は『快活なサッカー少年』というイメージが強かったので、意外と音楽に詳しくて、驚いた。

「正直最初は、美鈴《みすず》先輩の……ああ、ドラムの人のことな。あの人に『ライブハウスのノルマあるから来てくんない？』って誘われて、しょうがないからライブ見に行った感じだったんだけど……。そこで、名越先輩のベースに惚《ほ》れちゃってさ。それからは毎回通ったよ」

「そんなに、すごかったんだ」

「ああ。当時は音楽のことなんてなんも分かってなかった……というか、今でもそんなに分かってるとは思えねぇけど。そんな俺でも直感的に『すごい』って分かる演奏だった。なんだろ、音に感情が乗ってる……っていうのかな。上手《うま》く伝えられないけどさ」

壮亮は目を細めながら、穏やかに語る。きっと、彼の視線の先には、当時のライブの光景が克明に思い出されているのだろうと思った。

音に、感情が乗っている。

その言葉と、名越先輩の印象が、僕の中では上手く結びつかなかった。

僕の記憶の中の先輩はいつものらりくらりとしていて、決して自分の本音を誰かに読み取らせようとはしない人だ。そんな彼女が、ベースを手にした時は、その内面を……感情を、音に乗せて雄弁《ゆうべん》に語ったというのだろうか。

もしそんな演奏を本当にしていたのだとしたら、僕も聴いてみたいと思った。

「でも……先輩は中三の時に、突然、ベースをやめて……バンドも抜けた」

穏やかだった壮亮の表情に、影が差す。

「もうあのベースを聴けないんだ、って思ったら悲しかった。で、名越先輩を見る機会もなくなって、受験期迎えてさ。必死こいて今の学校入って……そしたらまさかの同じ学校で、サッカー部のマネージャーやってて。びっくりした」

もう演奏を聴けない。それどころか、会うこともできないと思っていた相手との再会。しかし、それもつかの間だったはず。

「先輩は……マネージャーも、辞《や》めちゃったわけだ」

「……………ああ、そうだ」

僕が言うのに、壮亮はため息一つ、首肯《しゅこう》する。

それから彼は、しばらく、窓の外を眺めながら、黙っていた。瞳は常にちらちらと動いて、流れる景色を追っているのか、それとも言葉を選んでいるのか……僕には分からない。

「マネージャーを辞めた理由は……知ってるの？」

おそらく知っているんだろうな、と、思いながら、僕は訊いた。

壮亮は無言で、頷いた。それから、小さな声で言う。

「なんとなく、だけどな。なんか……なんだろう。あの時の先輩の言葉が本音だったのかどうかも、俺には分からないんだ」

壮亮はそう言って、悲しそうにしながら、口元だけを綻《ほころ》ばせた。

「ベースをやめた後の名越先輩は、なんだか、別人みたいだった。ライブではあんなにあの人の〝声〟が聞こえた気がしたのに……今はなんにも、分かんねぇ。それがすごく……悔しいんだよな」

「そっか……」

僕は神妙に頷くことしかできない。

壮亮の言うことはよく分かる。僕も同じような印象を、彼女に抱いている。しかし、以前の先輩がそうでなかったというのなら……壮亮の戸惑《とまど》いは僕の想像しているそれよりもずっと大きいものなのだろう。

「俺さ……どうしても、もう一回、あの人のベースが聴きたい。だから……なんとか、頼んでみるよ」

壮亮のその声は小さかった。しかし、瞳は先ほどのように揺れてはいない。

定めた目標に何が何でも進んでいくというような、力強さが籠《こ》もっていると思った。

「そっか。弾いてもらえるといいね」

僕がそう言うのに壮亮はニッと笑って、何度も頷いてみせた。

そして。

「は〜！　なんかしんみりしちゃったな！」

壮亮はいつものように元気よく笑いながら、左の掌《てのひら》で、握った右の拳をバシッと受け止めた。

「とりあえず今日は、夏の海を思いっきり楽しまないとな！」

壮亮は明らかに『暗い話は終わり！』というサインを出していたので、僕も彼のテンションについていくように、こくこくと頷いてみせた。

「そ、そうだね！」

「水野さんの水着楽しみだな〜。どんなの着てくると思う？」

壮亮のその言葉で、忘れていた昨夜の記憶がまた蘇《よみがえ》り、むせそうになる。

「そ、そんなの分からないよ……」

たじたじになりながら僕が答えると、壮亮はけらけらと笑った。

「結構攻めたの着てきたりして？　それで無邪気な顔で笑われたら、たまんないよな」

「…………」

言われた通りの想像をして、僕は無言で顔を赤くした。

壮亮は僕を指さして、からかうように言った。

「やっぱお前、結構ムッツリだろ！」

「失礼だな！　なんでもオープンだったらいいってわけでもないだろ！」

からかわれたことに恥ずかしさを覚えつつも、こんな風に男友達と女子の話で盛り上がった経験もなかったので、どこかこそばゆく、楽しかった。

電車はがたごとと僕たちを海へと運んでいく。

壮亮となんだかんだ言い合いながら、僕はしみじみと、「本当に夏休みが来たなぁ」なんてことを考えていた。

EP.04

【4章】

A story of love and dialogue between a boy and a girl with regrets.

海のある駅にたどり着き、電車を降りる。

同じ駅でぞろぞろと人が降りるのを見て、壮亮《そうすけ》は「これ全員海に行くんだと思うとすごいよなぁ」と零《こぼ》した。僕も、そう思う。

実を言うとこの駅は数週間前に薫《かおる》と一緒に訪れた駅と同じだったのだが……この前は夜に来たということもあり、ほとんど人がいなかった。それに比べて今日はまだ日が高いし、人もわんさかと行き交っているので、もはや別の場所のように感じられる。

ホームの階段を降り、若干《じゃっかん》緊張をぶり返しながら改札をくぐる。

壮亮はきょろきょろと辺りを見渡し、「おっ！」と声を上げた。壮亮の見つめる先に僕も視線をやると、駅の柱の横に、藍衣《あい》と薫が立っているのが見える。

「もう着いてたのか！　早いじゃん！」

壮亮が手を振りながら彼女たちに向けて駆けだす。僕は駆け寄るのはなんだか恥ずかしくて、歩いてその背中を追った。

藍衣は壮亮にぶんぶんと手を振り返して、それから、その後方の僕にもニコニコしながら手を振った。僕も手を振って、藍衣の隣にいる薫に視線を動かすと、彼女はふい、と顔を背《そむ》けた。

「ワクワクしすぎて、早く着いちゃった！」

藍衣はいつもと変わらぬ潑剌《はつらつ》とした笑顔を見せている。

「結構早く着いちゃったなって思ったのに、薫ちゃんの方が早く着いてて――」

「あー、あー。最初の電車を一本早く乗れちゃって、そっから乗り換えが上手《うま》く行っただけだから」

藍衣の口をぎゅっ、と摘《つ》まんで、薫が言う。その弁解、いる？　と思ったけれど、薫は鬼の形相《ぎょうそう》だったので、きっと彼女にとっては大事なことだったのだろう……。口を塞《ふさ》がれた藍衣が「むー！　むー！」とじたばたしているのを、薫は数秒睨《にら》みつけてから解放した。

「小田島《おだじま》もやる気十分ってことで！」

壮亮がなんてことなくそう言うのに、薫はキッと尖《とが》った目を向けている。僕はそれに気づかないふりをするように薫から視線を逸《そ》らした。

……嫌でも、藍衣の服装が目に入る。

薄い生地《きじ》の、白い膝丈《ひざたけ》ワンピース。首元は丸くカットされていて、健康的な鎖骨《さこつ》が見えていた。ワンピースに合わせるように、白いサンダルを履《は》いていた。そして、頭の上には大きめの麦わら帽子が乗っかっている。海風が強いのか、藍衣は左手で麦わら帽子を押さえていた。風に合わせて、ワンピースの裾《すそ》がぱたぱたと揺れている。

……可愛い。そう思った。

「水野《みずの》さん、ワンピースめちゃ似合ってんじゃん！」

壮亮がそう言ったのを聞いて、僕はどきりと心臓が跳ねる。

「ほんと？　ありがと～！　いい天気だから、白がいいかなって」

藍衣は嬉しそうに笑って、その場でくるりと回ってみせた。壮亮は「おー」と言いながら拍手をする。

……やっぱり、こういう風に自然に人を褒《ほ》められるのは壮亮の魅力だ。そして、僕にはそれを真似することができない。

なんだか悔しいとも羨《うらや》ましいともつかない気持ちになりながら、僕も壮亮に合わせて弱々しく拍手をした。

「で！　薫ちゃんは逆に、黒！」

藍衣がぴょん、と薫の後ろに飛び跳ねるようにして移動した。薫の肩の後ろから顔を出して、藍衣は朗《ほが》らかに笑った。

「すごくない？　打ち合わせしたみたい！」

薫の後ろで藍衣がはしゃいでいたが、突然自分の服装に話題が移った薫は「いや、別に……」ともごもご何かを言いながら右腕を胴の前に持ってくる。でも、そんなので服が隠れるわけもなく。

薫は黒色の半袖《はんそで》ワイシャツに、濃い灰色と白のチェック&ストライプ模様――チェックの目が細かくて、ほとんど黒っぽく見える――の七分丈パンツを穿《は》いていた。そして、黒色のヒー

ルサンダルが足元を飾っている。全体的にシルエットがシュッとしていて……なんだか、彼女の小柄さを感じさせない服装だと思った。

なんというか……可愛い、というよりも。

「オシャレだね」

僕がそう零すと、薫は驚いたように目を丸くした。後ろにいる藍衣もきょとんとしている。

壮亮にいたってはわざわざこちらを振り向いて、口を半開きにしていた。

「え……なに？」

僕が訊《き》くと、薫は不自然に視線をちょろちょろと動かして、「別に、フツーだけど」とだけ答えた。

壮亮は止まった時が動き始めたかのように、薫の方に向き直って、言った。

「いや、オシャレだろ。なんかすげー大人っぽいっていうか」

壮亮が僕よりも具体的に言葉を尽くすのに、薫はついに照れたように「もう、いいから！」と声を荒らげた。

ふと視線を感じて、僕は薫の後ろを見た。

藍衣が、じっ…………と、僕を見ている。

じ――――っ……と見ていた。

僕はなんだ？　と思いながらおどおどしてしまう。

「よし、じゃあ海向かうか！　水着忘れたやつとかいないよな？」

僕と藍衣が視線を交わしていることに気付かずか、それとも気付いていてか……壮亮は明るい声で言う。

藍衣の視線がふっ、と僕からはずれた。それから、また先ほどまでのはしゃいだ様子に早変わりしていた。

「実はもう、この下に着てるんだよね！」

そう言って、ふふん、と胸を張る藍衣。

壮亮は「やる気ありすぎだろ」と笑ってから、意地悪く目を細める。

「それで下着忘れてる、とかいうオチじゃないよな？」

僕は「えっ」と声が漏《も》れそうになるのを必死でこらえた。

すごいことを訊く！　と思った。

でも……確かにアニメや漫画でお転婆《てんば》キャラがそういう失敗をするのは僕も何度か見たことがあるので、壮亮にとっては冗談の一種なのだろう。

彼としてはちょっと困らせてやろう――そしてもし本当に忘れていたとしたら、取り返しがつかなくなる前に対策ができる、という気遣《きづか》いもあるのかもしれない――という意図での発言だったようだが……。

「大丈夫！　ちゃんと持ってきてるから！」

藍衣は自信満々に、肩にかけていたバッグをバシ！　と叩いた。

壮亮は数秒、口を開けたり閉じたりしながら藍衣のバッグを見つめて。

「そ、そっか……なら、オッケーです」

明らかにぎこちなく返事をして、何度も頷《うなず》いた。

カウンターを食らってるじゃないか……。と思いながら、僕は努《つと》めて、藍衣のバッグの方を見ないようにした。

藍衣から視線をずらすと、ばちっ、と薫と目が合った。

薫は険《けわ》しい顔でこちらを見ていた。

「チッ!」

聞こえるように、舌打ちまでしてくる。

壮亮は薫の方を気まずそうに振り返りながら、「ほら、早く行くぞ!」と言った。

藍衣だけは「?」と、明らかに何も分かっていない顔をしている。

壮亮を先頭に、皆が歩きだす。

僕は少し後ろからそれに続きながら、薫の背中を見つめた。薫は気付いていたんだろうけど、だからって、あんなにあからさまに睨まなくてもいいじゃないか……。

服の下に水着を着ている、という情報も。

遊び終わった後に着けるための下着をバッグにしまっている、という情報も。

高校生男子にとっては刺激が強すぎるのだ。しょうがないじゃないか。

心中でぶつくさと言い訳を重ねていると、薫の隣を歩いていた藍衣が、控えめにこちらを振り返る。

そして、歩くスピードを自然に落として、すす、と隣に寄ってきた。

傍《かたわ》らを歩きながら、藍衣が僕を横目で見つめてくる。無言だ。

僕が首を傾《かし》げると、藍衣はむっと頬を少し膨《ふく》らませて、ずい、と肩が触れ合いそうな距離まで歩みを寄せてくる。

「な、なに……？」

彼女からなんだか甘いいい匂《にお》いがしてきて、僕はたまらず訊いた。

藍衣は依然《いぜん》として何も言わずに「んっ」と胸を張った。ウエスト回りに余裕があるワンピースだったが、彼女がそういうポーズを取るとどうしても胸の存在感が主張されて、僕はスッと目を逸らす。

しかし、僕が目線を逸らした先に、藍衣がすすす、と移動してきた。

「なにさ！」

意図がさっぱり分からず僕が声を上げると、藍衣は「もう！」と憤《いきどお》りを露《あら》わにした。

そして、僕の目を見ながら、訊いた。

「私は？」

「え？」

「だから……私の服は？」

そこまで言葉にされて、僕はようやく気付く。

「ああ……」

僕がため息のような声を漏らすと、藍衣はぷく、と頬を膨らませた。

「薫ちゃんだけ褒めるんだもん」

「いや、それは……」

「私はオシャレじゃない？」

まっすぐすぎる質問に、僕は狼狽《ろうばい》した。

そんなことはない。

でも……なんだか、「オシャレだ」と褒めるのと、「可愛い」と褒めるのでは、僕の中ではかなりハードルの高さに差があった。

薫の服装についてサッと言及できたのは……きっと、そこに『可愛い』という言葉が含まれなかったからだ。あまりに自然に言葉が出ていたせいで、褒めているという実感すらなかったほどだ。

どちらも……似合っている。魅力的だと思ったのには違いない。

なのに、『可愛い』という言葉にやけに恥ずかしさを覚えてしまう自分の幼稚さに呆《あき》れた。

「結弦《ゆづる》～？」

藍衣が僕の顔を覗《のぞ》き込んでくる。そして、キュッと唇をへの字にした。

「そっかぁ。結弦の好みじゃなかったか」

「ち、違う！　そうじゃなくて！」

しゅんとしてしまう藍衣を見て、僕は慌《あわ》てた。

藍衣の目が僕を捉《とら》える。「早く言って」と訴えかけてくる。

「オシャレ……とかじゃなくて……」

「うん」

「か………」

「なぁに？」

「………かわいい」

僕が顔を真っ赤にしながら言うと、藍衣はしばらく、僕の顔を見つめていた。

それから、じわじわと、彼女の顔も赤くなってゆく。

「そっ……！」

藍衣はピッと背筋を伸ばして、不自然な歩調で僕の横に並び直した。

気付けば、壮亮と薫の背中は遠くなっている。無言の攻防で、歩く速度が落ちていたのだ。

「そっか！　へへ……」

藍衣ははにかんだように笑った。

「嬉しい」

「う、うん……似合ってる」

「ほんと？　やったぁ」

藍衣はすっかり上機嫌だった。

半ば強制的に言葉を引きずり出されたような形だったが……藍衣はそれを本気で喜んでくれ

ているようだった。

それは、彼女が僕の言葉を絶対的に信頼してくれているということの証《あかし》で。

僕は早鐘のように鳴る鼓動を抑えるように深い呼吸をしながら、言った。

「ご、ごめん……すぐに言えなくて」

僕が言うと、藍衣は僕を見つめて、それから、花が咲いたように笑う。

「ううん。ありがとう、言ってくれて」

藍衣はそう言って、こつん、と、軽く僕の肩に自身の肩をぶつけた。

「いっぱい見てくれてたから、ホントは分かってたんだよ」

いたずらっぽくえくぼを見せながら、藍衣は言う。

「でもさ……やっぱり、私にも言ってほしいなって思っちゃって」

「……うん」

「言ってもらったら、思ってた百倍嬉しかったよ？」

「なら、良かった」

僕は照れながら頷く。

彼女のまっすぐな言葉に、僕はいつも右往左往《うおうさおう》してしまうのだが……彼女も同じように、僕からのまっすぐな言葉を求めている。

そうであるならば、僕もいつかは、恥ずかしさなどに気後《きおく》れせず、僕の感じている彼女の魅力を、しっかりと伝えられるようになりたいと思った。

「ね、結弦」

「うん？」

藍衣は僕の前にスキップするように躍《おど》り出て、後ろ向きに歩く。

そして、眩《まぶ》しい笑顔で言った。

「私の好きなところ、いっぱい言ってね。私も、結弦の好きなところ、いっぱい言うね」

心臓が、ぎゅう、と音を立てて収縮したような気がした。

僕は熱を持った身体から空気を抜くように、静かに、深く息を吐いた。

そして、頷く。

「うん。頑張って、言う」

「えへへ。うん、頑張って！」

藍衣は僕の照れが伝染してしまったように、はにかんだ。

これも、対話の一つだ。

相手の良さを、一つ一つ伝えられたなら。お互いの些細《ささい》な行動や気持ちを感じ取って、そこに愛を持って……そして、それを両者が理解できたなら。

それはもう、揺るがぬ二人の空間を持っていると言えるのではないだろうか。理解し合える関係であると、言えるのでは。

藍衣とは、そんな関係を目指したいと思った。

ふと視線を前方に向けると、薫と壮亮が立ち止まって、こちらを見ていた。

「あ、待たせちゃってるね」

僕が言うと、藍衣も後ろ歩きをやめて、壮亮たちの方を見る。

そして、「今行くー！」と元気よく、手を振った。

×　×　×

「予約してた安藤《あんどう》です！」

浜辺に着くと、波打ち際《ぎわ》から一定の距離をとって、海の家が一直線に立ち並んでいた。

そのうちの一つに入り、壮亮が元気よく挨拶《あいさつ》をすると、恰幅《かっぷく》のいい、陽気な男性が出迎えてくれた。

壮亮は海の家の予約まで取ってくれていた。おかげでスムーズに更衣室に通してもらうことができたし、荷物なども安全に保管してくれるらしい。つくづく、準備が良いと思った。

「じゃ、着替えたらここの前で集合な！」

壮亮はそう言って、僕を連れていそいそと更衣室に入った。そんなに大きな海の家ではないので、壁を挟んだどこかから、藍衣がはしゃぎ気味に薫に話しかけている声も聞こえてきた。

「いや〜、テンションが上がるなぁ！」

壮亮は上機嫌に服を脱いで、手早く水着に着替えていた。

ちらりと壮亮の身体を見る。スポーツに打ち込んでいるだけあって、全身に程よく筋肉がついているのが分かった。同性から見ても、「かっこいい身体だ」と思う。

パンツを脱いで水着を穿く動作だけを自分でも驚くほど高速で行い、僕は壮亮の腹筋を指さした。

「鍛えてて、かっこいいね」

僕が言うと、壮亮は一瞬きょとんとしてから、噴き出した。

「別に、俺のことは褒めなくていいんだっつの！」

「いや、思ったこと言っただけだよ……」

「水野さんにもそうできたら良かったのになぁ」

にたぁ、と笑う壮亮の胸板をばしっと叩くと、彼はさらに笑った。そして、「冗談だよ」と手をひらひらと振る。

「結弦は、なんか……そういうとこが魅力だよな」

「そういうとこ、って？」

「なんだろうな。言葉に嘘がないって……分かるとこ？」

壮亮はそう言ってから、少し照れたように鼻の頭を掻いて。

突然、バシッ！　と僕の背中を叩いた。

「痛っ！」

「それとお前、細すぎな！」

「そ、そんなの自分でも分かってるって……」

「もうちょい太るか鍛えるかしろよ。ヒョロガリはモテねぇぞ～」

壮亮はニッと笑いながらそう言って、一足先に更衣室を出ていった。

「なんだよ……」

僕は小さくぼやきながら、少し前の壮亮と同じように、鼻の頭を掻いた。

「勝手に照れてどっか行っちゃってさ」

友人として尊敬している相手から褒められる側だって、当然照れているのだ。

一人だけ照れ隠しして逃げていくのはズルじゃないのか。

そんなことを思いながら、視線を落とす。

貧相な身体。壮亮のそれと比べると本当に細っこかった。

「……ほんとに、もうちょい鍛えないとな」

そう呟《つぶや》いて、僕も更衣室を出た。


外に出て、ぼんやりと海辺で遊ぶ人たちを眺めながら壮亮と駄弁《だべ》っていると。

「お待たせ！」

後ろから声をかけられた。

振り返ると……水着に着替えた藍衣と、薫がいた。

薫の方はオーバーサイズのパーカーを、ファスナーを上まで閉めて着ている。しかし、パーカーの下からひょこっと生足が覗いているので、きっとその下は水着なのだろう。

「うわ！　似合いすぎ！」

壮亮がすぐにそう声を上げると、藍衣は「えへへ」と微笑んだ。

藍衣は真っ白なビキニを身に着けていた。

トップは二つの三角形に分かれて、大胆に胸元が露出している。中央を結ぶ紐《ひも》の下部には大きめのフリルがついていて……セクシーさと可愛らしさを両立させているような水着だった。

とても似合っているけれど……目のやり場に困ってしまう。

藍衣は壮亮に「褒めてくれてありがと」と言ってから、僕の方に視線を移す。

そして、その場でくるりと回ってみせた。健康的な背中とお尻が見えて、僕はどきりとしてしまう。

それから、藍衣は小鳥のように首を傾げる。

「どうですか～？」

訊かれて、僕は顔が熱くなるのを感じながら、頷いた。

「似合ってる」

「可愛い？」

「うん……すごく」

「あは、やった！」

藍衣はくしゃ、と微笑む。帽子は更衣室に置いてきたようで、夏の日差しが彼女の顔に直接当たっている。いつも輝くような笑顔を見せる藍衣だったけれど、今日は一段とそれが際立《きわだ》って見える。

藍衣は満足したようにニコニコしながら、今度は薫のほうに視線を移す。

終始ぶすっとしていた薫だったが、藍衣の視線が自分に向いたのを見て明らかに「ぎくっ」という顔をした。

「薫ちゃん〜」

藍衣は両手をわきわきと動かしながら、薫に近づく。

「な、なに……」

「せっかく水着着たんだから、パーカーなんて脱ぎなよ！」

「いや、日差しが……ちょ、ちょっと！」

ごにょごにょと小さな声で薫が言っている途中で、藍衣はジー、と薫のパーカーのファスナーを下ろした。

そして、そのままするりと脱がせてしまう。

藍衣は薫のパーカーを奪うと、ドヤ顔で腰に手を当てた。

壮亮は数秒、無言で薫を見つめていた。僕も、思わず、そうしてしまう。

薫は、黒色のフレアビキニ――というんだったか――を着ていた。これも上下別のセパレートタイプだが、藍衣とは違いトップ部分を大きめのフリルが隠している。黒と灰色で植物のような模様が描かれていて、オシャレだった。

私服もそうだったけれど……薫は意外と黒が似合うんだなと思う。

学校ではいつもピンクのカーディガンを羽織っているせいで、その色の印象が強かったのだ。

「な、なんか……小田島の水着ってあんま想像ついてなかったんだけど」

壮亮はそこで言葉を区切って。

「……思ったよりだいぶ〝イイ〟な」

「な、なにそれ……」

その言葉に、薫は恥ずかしそうに両手で胸元を隠す。

藍衣はその後方で「そうでしょう、そうでしょう！」となぜか自慢げに胸を張っていた。

薫がちらちらと僕の方に視線を送ってくる。

そして、身じろぎしながら、言った。

「てっ……適当に家にあったやつ、着てきただけだから！」

薫がそう言うと、後ろにいた藍衣がきょとんとする。それから、「え〜！」と声を上げた。

「昨日一緒に買いに行ったじゃん！　なんで嘘つくの」

「藍衣！　ちょっと！」

「隠すことないじゃん。何時間も悩んで買ったのに」

「言わなくてもいいこともあんの!!」

薫は顔を真っ赤にしていたが、藍衣は「え〜、もったいない」と唇を尖《とが》らせている。

「なんで？　海入るんだからいらないでしょ。荷物になっちゃうから更衣室に置いてきてあげる」

「パーカー返して」

藍衣は一方的にそう言って、海の家に戻っていった。

薫は「ああ……」と声を漏らしながら右手を宙に彷徨《さまよ》わせる。

「もう……！」

薫が右足でたん！　と地面を踏みつけると、柔らかい砂がぼふっ、と舞った。

「なんか、小田島ってだいぶ照れ屋だよなぁ」

壮亮が言うのに、薫は彼をキッと睨みつけた。

「うるさい。日焼けが嫌なだけ」

「日焼け止め塗ってねぇの？」

「……塗ってるけど」

「ならいいじゃん」

日焼け止めを塗っても肌が赤くなってしまうことはある、と聞くけれど……壮亮が言いたいのはそこではないのだろう。薫が本当に日焼けを気にしているわけじゃないのはこの場の誰もが分かっていることだ。

改めて薫の水着を見る。

壮亮の言う通り……いつもの薫の立ち振る舞いからは、彼女が水着を着て元気よく遊んでいるという想像はまったくつかない。でも、こうして目の前にすると、とても似合っていた。

「何を気にしてるのか分からないけど……似合ってると思うよ」

僕が言うと、薫は戸惑《とまど》うように瞳を揺らしながら、口をへの字にする。

「無理に褒めなくていい」

「いつもと印象が違って――」

「いいってば！」

薫は顔を真っ赤にしながら僕を睨みつけて、すたすたと海の方へ歩いていってしまう。

壮亮はその後ろ姿をしばらく眺めてから、僕の方を見た。

「……結弦って、もしかしてタラシなのか？」

「え？　なんで」

「いや、なんでってよぉ……」

壮亮は呆れたようにため息をついた。

「水野さんの時はたじたじになるのに、小田島の時はサラッと褒めるのなんなんだよ。逆にしろよ、逆に。いや……逆じゃダメか。どっちもサラッと褒めろよ」

「無理だよ、そんなの」

僕が言うのに、壮亮は片眉を上げる。「なんで」という疑問がありありと顔に出ていた。

「藍衣にそういうこと言うのは……なんかこう……ドキドキしちゃうだろ」

僕の言葉を聞いて、壮亮は今度は両方の眉をぐっと上げた。つまり、驚いたように目が見開かれている。

それから、壮亮はどこか切なそうに、微笑んだ。

「……なんだかなぁ」

「え？」

「俺と小田島って結構可哀そうかも、って思っただけ」

「それって、どういう……」

僕の言葉を遮《さえぎ》るように、壮亮が僕の胸にトン、と彼の右こぶしを押し付けた。

「考えろよ」

笑いながら言って、壮亮はすっかり波打ち際までたどり着いている薫の方に視線を向けた。

「おーい！　一人で行くなよ！」

明るい声でそう言いながら、壮亮は薫の方へ走っていった。

僕は壮亮の言葉の意味を考えながら、彼の後ろ姿を見つめる。

「あれ、二人とももう行っちゃったの？」

壮亮と入れ替わるように、薫のパーカーを更衣室に置いた藍衣が戻ってきた。

僕は頷く。

「僕たちも行こう」

「うん！」

そして、小走りで壮亮たちに合流した。

「水野さん！」

「わっ！　……よいしょ！　あはは！」

壮亮から、藍衣へ。透明なビーチボールがゆるい弧を描いて飛んでいく。それを、彼女は両手で「トス」の形を作って、薫の方へ飛ばす。

薫は慌てて両手を組み、腰の下あたりの高さでそのボールを受ける。レシーブ、というやつだ。薫の腕で跳ねたボールは、へなへなとあらぬ方向に飛んだ。一番近かった僕がなんとか拾おうと頑張ったが……。

「んぶっ!!」

いきなり動こうとしたせいで不安定な砂底に足をとられて、僕は思いっきり水面に顔を打ち付けた。鼻から海水が入って、鼻孔《びこう》と、それから喉《のど》に繋《つな》がる気管がカーッと熱を帯びたように痛む。

幸い膝まで浸《つ》かるくらいの水位のところで遊んでいたので、身体の方は、表皮以外は全然痛まなかった。

「大丈夫かよ」

「う、うん……」

壮亮が僕の手を掴んで助け起こしてくれる。

「ごめん……」

上手くコントロールをつけられなかった薫が、申し訳なさそうに肩を落としていた。

「大丈夫、大丈夫」

僕はざぶざぶと胸まで海に入っていって、あっという間に沖の方まで漂っていきそうになるビーチボールを拾いに行く。

僕たちは、さっそくビーチボールを膨らませて、バレーボール形式でパスをどれだけ続けられるかという遊びをしていた。ただ、別に誰かと競っているわけでもなし、パス回しをミスしたところで誰も怒りはしない。むしろ失敗する方が面白いと思えるほどだった。

しかし、見た目に反して、膝まで水に浸かっている状態で身体を動かすのは難しく、体力を使った。疲労困憊《こんぱい》……というほどじゃないが、若干《じゃっかん》息が上がり始めている。女子二人も同じようで、楽しそうではあるけれど、肩はいつもより大きく上下していた。

そんな中で、壮亮だけは平然としていて、ただただ楽しそうに笑っていた。

「さすがの体力だなぁ」

僕が言うと、壮亮はニッと歯を見せて笑った。

「さすがに文化部と帰宅部には負けらんないわな」

壮亮がそう答えるのに、藍衣は「毎日歩いてるから体力あるもん！」と抗議した。

「こっちは毎日走ってんの」

壮亮は藍衣の言葉を軽くいなしてみせる。

改めて、壮亮はコミュニケーション能力に長《た》けているなぁ、と思った。いつでも相手を立てるわけじゃなく、時にはからかってみせたり、自分の魅力を嫌みなくアピールしたり……とにかく、何をさせても格好良いと思った。

僕は壮亮の不意を衝《つ》くように、突然彼の方にボールをトスした。

「わっ！　言えよ～！」

壮亮は一瞬慌てたが、すぐに綺麗なフォームで僕から飛んできたボールを薫の方にパスしてみせた。それから、細い目で僕を見る。

「ミスると思った？」

「ムカつく！」

僕が素直に言うと、壮亮はケラケラと笑った。

薫のトスが、今度は正確に僕の方に飛んでくる。

「藍衣！」

少し低い位置に飛んできたボールを、僕はレシーブして、藍衣の方に飛ばす。

と、今度は力を籠《こ》めすぎたのか、思ったよりも高く上がってしまう。

「わあ！」

藍衣は驚いたように声を上げて、高く上がったボールを見る。

彼女はぱちゃぱちゃと音を立てながらボールの降ってくる位置へと移動して……。

「ほっ！」

ジャンプしながら、ビーチボールをトスした。

美しいフォーム。ボールは綺麗な弧を描いて壮亮の方に飛んだ……。

けれど、僕はボールを目で追ってはいなかった。そして、それは壮亮も同じだったようで。

ボールは「ぽふっ」と音を立てて壮亮の頭に当たり、そのまま水面にぽちゃりと落ちた。

「えーっ！　何ぼーっとしてんの！　完璧なパス出したのに！」

「あっ……ああ！　悪い、悪い!!」

壮亮は慌てて波にさらわれていくボールを拾いに行った。

それを横目に、僕は「こればかりはしょうがないよね……」と、壮亮に同情していた。

ぴょん！　と藍衣が跳び、綺麗なフォームでトスを上げ、そして着地したその時……彼女の胸はたぷんと大きく上下した。その質量と、柔らかさの情報をこれでもかと伝えてくる揺れ具合に、男子二人は抗《あらが》えぬパワーを感じてしまったのだ。

「いや～……余裕ぶっこいた直後にミスっちゃって恥ずかしいわ～」

壮亮は頭の後ろを掻きながらボールを持って戻ってくる。

「ほんとだよ！　帰宅部バカにするから！」

藍衣は冗談めかしながらもぷんぷんと怒った素振りを見せる。

その隣の薫は……。

「…………」

じとっ……とした視線をこちらに寄こしていた。

「じゃあ気を取り直して……」

壮亮が薫の方にビーチボールをパスすると。

薫は腕を振り上げて、力任せにバシン！　と叩きつけた。

ボールはまっすぐ僕の顔に飛んでくる。

「ぶっ！」

「わぁ!?　大丈夫〜!?」

僕はボールを顔面に受けて、尻もちをついた。水で勢いが殺されたものの、どすんと砂底にお尻を打ちつけると、ちょっと痛かった。

「小田島なにしてん……」

笑いながら薫に言う壮亮の言葉が途中で止まった。薫は壮亮を睨みつけていた。

それから、彼女の視線は僕の方にも向いた。

「スケベども！」

薫がそう言うのに、さすがの壮亮もバツが悪かったようで、「なにがだよ……」と珍しく口ごもっていた。

僕も、返す言葉に困って、おずおずとボールを拾いに行く。

藍衣だけが、何も分かっていない様子で「？」と首を傾げていた。

ボール遊びはシンプルながらに楽しく、飽きが来なかった。一時間以上も、僕たちはわいわ

いと騒ぎながら、浅瀬でボールをパスし合っていた。

「お腹空《なかす》いてきたかも！」

藍衣がそう言いだしたことで、一旦遊びを中断して、昼ご飯を食べることになった。

待ち合わせをしたのが十一時頃だったから、ちょうどお昼時だ。

海の家に戻り、コイン式のシャワーを借りて体についた砂を軽く流して再集合する。

僕たちが利用させてもらっている海の家は中に畳の敷かれた座敷があるが、そこは家族連れの数グループがもう陣取っていた。やはり、皆お昼ご飯を食べているようだ。

海の家の前に、いくつかの簡易テーブルがあって、そのうちの一つが空《あ》いていた。ちょうど椅子も四つあったので、その席に座る。

場所取りという意味でも、全員で席を立つわけにもいかなかったので、男子と女子で二回に分けて注文をしに行く。

「混んでるから結構かかるよ～」と店主のおじさんに言われたものの、椅子に座って雑談していたら、思っていたよりもだいぶ早く注文の品が運ばれてきた。

「そっちのクラスは文化祭でたこ焼き屋やるんでしょ～？　それ聞いてからずっと食べたくてさぁ」

藍衣の前には、ほかほかと湯気を上げるたこ焼きがあった。

壮亮は焼きそばを、薫は醤油ラーメンを。そして僕はチャーハンを注文していた。

「いただきまーす」

待ちきれないとばかりに藍衣が真っ先に手を合わせて、つまようじでたこ焼きを一つ刺して、口に運ぶ。

「ん〜〜！」

感激したように目を輝かせながら、彼女はもぐもぐとたこ焼きを咀嚼《そしゃく》した。

美味《おい》しそうに食べる彼女を見て、皆の食欲も加速した。一斉に注文した食べ物に口をつけだす。

レンゲでチャーハンをすくい、口に運ぶ。いかにも〝鶏《とり》がらスープの素《もと》を使いました〟という味付けで、まさにそういう味を求めていたので、嬉しい。思ったよりもだいぶ脂《あぶら》っこかったけれど、運動後で疲れているからか、むしろそっちのほうが美味しいと思える。

「うーん！　これこれ！」

壮亮も焼きそばを啜《すす》り、満足げに頷いていた。

海の家の食べ物は、なんというか……「求めていた味」がそのまま出てくるというような印象があって、それが楽しいのだ。

驚くほど美味しいわけではないのだけれど、期待通り。想像のド真ん中を突いてくる味が嬉しい。

薫は感情の読めない顔で、ラーメンをずるずると食べている。

「薫は海に来てもラーメンなんだね」

僕が苦笑交じりに言うと、薫は唇を尖らせて、頷く。

「……宇宙だから」

「そっか」

その言葉を用いたやりとりはなんだか懐《なつ》かしく感じられて、僕は思わず笑った。薫も、少しだけ口元が綻《ほころ》ぶ。

壮亮が「宇宙……？」と小さく声を上げたが、薫は視線だけ彼の方に向けて、何も答えなかった。壮亮も肩をすくめて、それ以上は訊かなかった。

「なあ、一口くれよ」

「もちろん」

壮亮に促《うなが》されて、僕はチャーハンの皿を壮亮の方に差し出す。壮亮はチャーハンを器用に箸《はし》でつまんで、口に入れる。

そして、彼はそうするのが当然だというように、焼きそばの入ったプラパックを僕の方に置いた。僕も一口もらっていいということだろう。

しかし僕の手元にあるのはチャーハンを食べる用のレンゲだったので、壮亮は箸を僕に手渡してくれた。まあ……男子同士なら何も気にすることないか……と、彼から箸を受け取る。

箸で麺と、端に寄せられていた紅ショウガを少量取り、ずず、と啜る。

壮亮の最初の反応と同じ気持ちになる。「これだよ、これ！」という感じ。

「美味しい」

僕が言うと、壮亮もチャーハンを咀嚼しながら、うんうん、と頷いた。ごくりと飲み込んでから、チャーハンの皿をこちらに返してくる。

「チャーハンも美味《うま》いわ。思ったよりこってりだ」

「運動後だから、これもいい感じ」

「分かる」

僕と壮亮のやり取りを、藍衣がじっ、と見つめていた。

明らかに「羨ましい」という顔だった。

「薫ちゃん、一口ちょーだい！」

藍衣は無邪気にそう言った。隣の壮亮がフッ、と笑う。

薫は無言で頷いて、藍衣の方にラーメンの入ったどんぶりをずず、と動かす。

藍衣はいそいそと箸を握って、ラーメンを食べる。

「美味しい～！　でもちょっと伸びてるね。ありがと！」

余計な一言と共に薫にどんぶりを返す藍衣。薫は気にもしていない様子で、また麺を啜りだした。

藍衣の視線が僕の方に向く。言いたいことは分かっていたので、僕は前もってチャーハンの皿を彼女の方に寄せた。

「いいよ」

「えへへ……ありがと～」

藍衣は僕の使っていたレンゲをそのままひょいと摘《つ》まみ上げて、それでチャーハンをすくい、ぱくっと食べた。

わ！　と、心中で声を上げる。他二人も、同じように驚いた顔で藍衣を見ていた。

「ん～、脂っこいけど美味しい！」

そんな視線を気にもせず、藍衣はニコニコしていた。

「ありがと」と言いながら、藍衣が皿とレンゲをこちらに返してくる。

なんだかすぐにレンゲを手に取って食べる気にはならなかった。紙コップに入った水を一口飲んで、お茶を濁す。

「や、焼きそばも一口いる？」

壮亮が控えめに訊いた。

藍衣は壮亮の焼きそばを数秒、見つめる。「うーん……」と唸《うな》っている。

そして、パッと顔を上げて、苦笑しながら言った。

「食べたいけど……間接キスになっちゃうから……」

その言葉に、藍衣以外の三人は絶句してしまう。

薫と壮亮の視線が僕の方に向く。

こいつのチャーハンは食べたじゃん。と、顔に書いてあった。

当たり前のように薫のラーメンはノーカウントになっているようだったが——同性でも気にする人は気にするみたいだけれど、藍衣はそんなことはないらしい——、僕のチャーハンはなんの抵抗もなく同じレンゲで食べたわけで。

二人の言いたいことはよく分かるんだけども、こっちを見られても、僕は何も言うことができない。

藍衣はしばらく不思議そうにきょろきょろしてから、「ああ！」と声を上げた。

「結弦は別に大丈夫なの！」

その言葉に、胃痛がする思いだった。いや、嬉しい。そう言ってもらえるのはすごく嬉しいしドキドキするのだけれど……。

「そうか、結弦は大丈夫なんだ……ならしょうがない」

そう言って苦笑を浮かべる壮亮を見て、僕はいたたまれなくなった。

恋のライバルとはいえ……こんな風に素直すぎる言葉に打ちのめされているところを見て愉快に思うほど性格が悪くもない。壮亮はライバルだけど、尊敬している友達なのだ。

「あーあ。俺も可愛い女子と間接キスしてぇよ。小田島、一口くれない？」

「馬鹿、ダメに決まってんでしょ」

しかし、壮亮はすっかり切り替えたようにそんな冗談を口にしている。薫も強い言葉で返しながらも、呆れたように笑っていた。

壮亮は……こんな状況でも、僕に気を遣ってくれている。

僕はレンゲをひっつかんで、チャーハンをどかっ、と口に入れた。

もぐもぐと咀嚼して、飲み込む。

「美味しい」

壮亮の顔を見て僕がそう言うと、彼は一瞬きょとんとしてから、じわじわと邪悪な笑いを浮かべた。思いが通じたようだった。

「ずるいぞてめぇ！」

「あはは！　役得だから」

「ムカつく！」

壮亮がそうやって「冗談」に昇華《しょうか》してくれるというのなら、僕もそれに全力で乗っかるのが一番丸く収まると思った。

気を遣わせてばかりなのは、嫌だ。

恋を意識して切なくなる瞬間は今後いくらでもあるのだろうけど、こうして同じ時間を共有してるのだから、せめて、それを全員で楽しむための行動をしたい。

壮亮とだって、ずっと、友達でいたいと思うのだ。

「仲良しだねぇ」

藍衣はくすくすと笑いながら――この騒ぎの元凶のクセに――僕と壮亮を見ていた。

薫はその隣で、じっ、と僕のチャーハンの皿に視線を落としている。不意にその視線が上がって、僕と目が合った。

「あたしにも、一口ちょーだい」

「えっ」

薫は僕が返事をする間もなくチャーハンをレンゲですくい、そのまま口に入れた。

もぐもぐと咀嚼してから。

「……ラーメンの方が美味しい」

と、吐き捨てるように言って、薫はチャーハンの上にレンゲを雑に置いて返した。

藍衣は隣で「えー？　でももうラーメン伸びてるじゃん」と明後日《あさって》の方向から口を挟んでいる。

「伸びてても美味しいよ。藍衣は未熟」

「え～!?　じゃ、じゃあもう一口ちょうだい。美味しいか確かめるから」

「もうあげない」

「たこ焼き一個あげるから！」

「たこ焼きの気分じゃないし」

きゃーきゃーと騒ぎだす女子二人をよそに、壮亮はにたぁ、と意味ありげな笑みを僕に向けた。

そんな顔をするな、と　僕が睨み返すと、壮亮は肩をすくめて、焼きそばを啜りだす。

薫も……前よりも、はっきりとアプローチしてくるようになった。

それは、二人の間の約束に基《もと》づいたものだと分かる。僕と彼女は、もうお互いの想いにおいて、一切の妥協《だきょう》はしないのだ。

薫は異性として僕を好きだという気持ちを隠さない。僕は、友人として薫と関わりながらも、彼女の想いに応《こた》えられるのかどうか、真剣に考える。

薫が僕のレンゲに口を付けた時、少し、どきりとした。その小さな唇を、数秒、見つめてしまった。

「………」

このレンゲを使い続けていいものだろうか。そんなことを思ったけれど。露骨に替えてもらいに行くのもそれはそれで失礼だし……。

僕は妙にもじもじしながらチャーハンをちまちまと食べた。

ご飯を食べるだけでこんなにもドキドキしてしまうのは、初めてだと思った。


「バナナボートに、乗りてぇ!!」

昼食を摂《と》り終えて一息ついたタイミングで、壮亮が、大きな声で言った。

その提案に、薫は顔をしかめ、藍衣は目をキラキラとさせた。

「あれだよね!?」

藍衣が海の方を指さす。ちょうど、遠くで水上バイクに曳航《えいこう》された黄色いボートが見えた。かなりのスピードで水上を走っていて。そこに五、六人の若い男女がしがみついている。

「楽しそうじゃない？」

「うん！　私乗ってみたい！」

「え～……」

ノリノリな藍衣に対して、薫は及び腰だった。高速で水上を滑るボートを細い目で眺めている。

「なんだよ、怖いのか？」

壮亮が訊くと、薫は分かりやすく目を吊り上げた。

「そんなこと言ってないでしょ」

「だったら付き合ってくれてもいいじゃん。結弦も乗るよな？」

「え？　ああ……うーん……」

突然僕に振られて、少し、迷う。

みんなが乗りたいのであればもちろん僕もそうしたいが……薫はあまり乗り気じゃなさそうだ。怖いのか？　と挑発されて売り言葉に買い言葉、という様子だったけれど、もしかしたら怖いのかもしれない。

でも、見たところライフジャケットも着けているし、そんなに危ない乗り物とは思えない。

どうしたものか……。と、迷っていた時に。

僕はふと、夏休み前のある一幕を思い出した。

うん、そうしよう。

僕は一人頷いて、薫の方を見た。

「薫も乗るなら」

僕がそう言うと、薫は驚いたように何度もまばたきをしてから……僕と同じく、何かを思い出したようにハッ、と息を吸う。それから、顔を赤くしながら僕を睨んだ。

「性格悪っ……！」

「あはは。どうする？」

「乗るよ。乗ればいいんでしょ！」

薫はムキになるようにそう言ってから、そっと僕のそばに寄って、小さな声で言った。

「バンドのことはチャラにしてよ」

僕は笑って、頷く。

「当然」

「ほんとムカつく」

バンドをやる、やらないの話の時に……僕を巻き込む形になってしまった、と薫が申し訳なさそうにしていたことを思い出したのだ。だったら、こういうところで同じように巻き込んで、チャラにしてしまうのが円満な解決法だという気がした。

それに、ああいう速い動きをするものに本気で怖がっているんだとしたら、こういう誘い方をしても断れるはずだと思った。薫はそこまで自分を押さえつけて場の空気に合わせるタイプではないと知っている。

すっかり話はまとまって、みんなでボート乗り場に移動した。

もともと遠くに見えていた乗り場は、実際に歩いてみると思った以上に距離があって……、改めて砂浜の広さを実感する。

随分《ずいぶん》歩いたような気がしたけれど、楽しく話しながらだと感覚的にはあっという間だった。

タイミングが良かったようで、四人貸し切り状態で乗せてもらえることに。

壮亮が「さすがにここは男女ペアにさせてもらいたい!!」と強く言った。四人並んでボートにしがみつく形になるのだが、つまるところ僕と壮亮、そして藍衣と薫で並ぶ形になると面白くない、ということらしい。男、女、男、女という順番で並びたい、と壮亮は頑《かたく》なだった。

特に反対する者もおらず、女子は女子同士、男子は男子同士で「グッパー」をしてチーム分けをした。

結果、「グー」は僕と薫。そして「パー」は壮亮と藍衣……という組み合わせになった。

「よっしゃ!!」

壮亮は露骨に喜んでみせる。藍衣は「よろしくね～」と柔らかく微笑んでいた。

「……まあ、巻き込まれてるし、ね」

「うん、よろしく」

薫はもじもじと視線を落としながら言う。僕も、今回ばかりはこの分かれ方で安心していた。巻き込んでおいて、放っておくのも心苦しい。

水上バイクの運転手さんから説明を受け、ライフジャケットを着せられる。初めて着けるそれは、思ったよりもずっしりとしていて驚いた。

「どっちが先頭に座るか」で僕と壮亮がじゃんけんをし、勝った壮亮が先頭に座る。そして、その後ろに藍衣が座った。

それに続くように僕もバナナボートにまたがるが……。

「うわ……！」

思ったよりもぐらついて、上手に座るのに苦労する。何度もゴム製のボートを「きゅっ！」と鳴らしながら安定する場所を探して、ようやく落ち着くことができた。

最後に、薫がおずおずとボートに足をかける。

「わっ」

さっそくバランスを崩しかけた薫の腕を、スタッフがしっかりと摑んで、「ゆっくりでいいですよ～」と言いながら補助してくれていた。

彼女も同じようにおっかなびっくりでボートにまたがり、たっぷりと時間をかけて安定する位置を探した。

「それでは、発進しますよ～！」

水上バイクの運転手さんが元気よく言う。

「女の子は、前の男の子に抱き着いてみたりするのもオッケー！　頼り甲斐のある男の子なら、そっちの方が安定します！」

明らかにいたずら心を含ませた声で、運転手さんはそう言った。

前方から壮亮が笑う声が聞こえた。

「どうする？　俺は全然いいよ」

「落ちそうになったら抱き着くかも！」

藍衣と壮亮が楽しげに会話している。

「では、発進！」

快活に運転手さんが叫び、ボートがゆっくりと動きだす。

壮亮と藍衣が「お〜！」と声を上げるが、後ろからはまったく声がしなかった。

思った以上に、上下左右にボートが揺れる。

薫は大丈夫かな……と、振り向こうとすると。

背中に、ぴとっ……と柔らかい感触があった。

身体がびくっ、と跳ねる。

後ろから、白くて細い腕がにゅっと伸びてきて、僕の胸の下のあたりに巻き付いた。

そして、右の耳の近くで、声がした。

「落ちそう……だから……」

「あ、ああ……うん、大丈夫。気を付けて……！」

「ゆ、ユヅが落ちたらあたしも落ちるんだからね」

「はは、大丈夫だって……多分」

努めて〝普通〟に返事をしているつもりだったが、声は震えていた。

背中が温かい。

薫が僕に抱き着いていた。それも、思ったよりもだいぶ強い力で。

しがみつかれている、という表現が正しい気がした。

上半身がぴったりとくっついていて、意識がついつい背中に集中してしまう。

なんというか……控えめな柔らかさを感じた。明らかに、〝そこ〟だけ感触が違うのだ。

僕はドキドキしながらも、どんどんとボートが加速するのを感じた。

スピードが上がれば上がるほど、身体全体に風を感じて、ボートの小さな取っ手にしっかりと摑まらないと振り落とされそうだった。

前の二人はわーきゃーと楽しそうにはしゃいでいるが、逆に後ろの僕たちは無言だった。

藍衣の背中が目の前に見えているのに、意識は背中ばかりに向いてしまう。

「ユヅ」

耳には風を切る音がびゅうびゅうと鳴っていたが、耳元で囁《ささや》かれる薫の声はよく聞こえた。

「藍衣ばっか見てないで、こっちも見てよ」

「えっ？」

驚いて僕が振り返ったのと同時に、運転手さんが大きな声で「思いっきりカーブしますよ～！」と叫んだ。

ぐいんっ、とボートがカーブする。振り返ろうとしていた僕は思いきりバランスを崩した。

「あっ」

水に濡れた手が滑り、僕はあっさりと取っ手を離してしまった。

ふわっ、と浮き上がる感覚があった。

「きゃあ！」

薫が叫ぶのと同時に、僕と彼女はざぶん、と水に落ちる。

何が何だか分からないうちに、ライフジャケットの浮力で身体が水面にぐいと押し上げられた。

「ぷはっ!!」

水上に顔を出したのは二人同時だった。

「わぷっ……！　も、もう!!」

薫は声を荒らげて、僕のライフジャケットを掴んだ。

「落ちないでって言ったのに!!」

「いや、君が突然びっくりすること言うから!!」

二人で言い合って……それから。

「ふふっ」

「はは……！」

「あははっ」

同時に、笑いだした。

遠くで、水上バイクが減速しているのが見えた。こちらに向けてハンドルを切っている。

「やっと二人になれた」

薫が言う。海水に濡れているからか、彼女の顔は日の光を反射してきらきらと輝いているようだった。

「すぐに藍衣たちが来ちゃうよ」

よく分からない返事を僕がすると、薫はくすっと笑った。

「いいよ、一瞬でも」

薫は笑って、どきっとするほど艶《あで》やかな表情で言った。

「あたしだけ見て」

「う、いや……えっと……」

「見てよ」

「み、見てるよ！」

「ふふ……うん、見てる」

どうしていいか分からず、ただただ海に浮きながら、二人見つめ合っていると。

「おーい！　大丈夫か～!!」

近づいてきたボートから、壮亮の声がした。

運転手さんも「大丈夫ですか～！」と言いながらボートを僕たちの近くまで寄せてくれる。

そして、なんだかニヤニヤとしながら、「いいですねぇ～」と、言った。

僕と薫はちょっぴり顔を赤くしながら、再び、悪戦苦闘しながらボートに乗り込む。

藍衣が僕の方に振り返る。

「大丈夫？」

「うん、大丈夫」

「楽しかった？」

無邪気に訊かれて、僕はちょっとだけ言葉に詰まる。

でも、すぐに、笑いながら返事をした。

「一瞬、空飛んだみたいだった」

僕が言うのに、藍衣はくすくすと笑った。

「いいなあ！　海で空飛べるなんて。贅沢《ぜいたく》だね」

藍衣はそれから、本気とも冗談ともとれる声で「私も落ちてみようかな」なんて言うので、僕は慌てて「ダメだよ!?」と叫んだ。

そして、またボートは動きだす。

また背中に温かい感覚があったけれど、それ以降は、僕も薫も、一言も喋《しゃべ》らなかった。

そして、またボート乗り場に戻ってくる頃には、薫はしれっと、僕から身体を離していた。

バナナボートを楽しんだ――変にドキドキさせられてそれどころじゃなかったけれど――後は、ボディボードで遊んでみたり、砂浜で駆けっこをしてみたりと、普段はしないような無邪気な遊び方で海を楽しんだ。ちなみに、駆けっこは藍衣と壮亮の圧勝で、僕と薫は一回走るたびにゼエゼエと肩で息をしていた。普段から身体を動かす重要性を思い知る。
楽しい時間が過ぎるのは速く、あっという間に夕方になってしまう。

「そろそろ着替えて帰らないとだなぁ」

壮亮がそう言うのに、皆も少し名残惜《なごりお》しそうにしながらも頷いた。

「水着の中にいっぱい砂入っちゃった。ちくちくする～」

藍衣があけすけにそんなことを言うのに、僕と壮亮が沈黙すると、薫が小さな声で「スケべ」と言ったのが聞こえる。これに限っては藍衣が悪いと思う。

また男子と女子で分かれ、シャワーを浴びたり着替えたりした。水着に砂が入ったと言っていたし、女子組は少し時間がかかるだろう。

すっかり着替えを終えて、荷物を持って更衣室を出る。

昼時は混雑していた店内だったけれど、今は閑散《かんさん》としていた。座敷スペースに、一足先に帰り支度を終えた壮亮が座っていた。

「お、来たな。これ、奢《おご》り」

「ありがとう」

壮亮は僕にラムネの瓶を渡してくれる。テーブルの上には、すでに半分ほど減った同じものが置かれていた。

ラベルをはがして、瓶の上に装着されていたプラスチックの器具で、ぐい、とビー玉を押し込む。ブシュッ！　と音がして、飲み口が開いた。からころと瓶の中でビー玉が揺れている。

「いやぁ……分かってたけどさぁ」

壮亮は水平線に沈みかけている夕日を眺めながら言う。

「やっぱ水野さん……結弦のことが本当に好きなんだなぁ」

　壮亮はそう言いながらも、穏やかな表情だった。

「あんなにお前だけに好意をむき出しにしてるとこ見せられたら、諦《あきら》めた方がいい気がしてくるよ」

「……そんなこと。壮亮が全力でアタックし続けたら、何か変わるかもしれないよ。いいヤツだし、壮亮は」

　僕がそう言うと、壮亮は横目で僕を見て、スンと鼻を鳴らした。

「余裕だねぇ。ほんとに俺に盗《と》られてもいいのかよ」

「そういうことじゃない。でも、諦めるのも違うって思うだけで」

「というか、あんなに好かれてるんだから、さっさと付き合っちゃえばいいのに。お前と付き合いだしたら、さすがに俺だって諦めるよ」

　壮亮はさっぱりとそんなことを言うけれど……僕にとっては、そう簡単な話ではないのだ。

「……今付き合ったら、前と同じになる」

　僕は静かにそう言った。

「お互いの気持ちを分かってるようで、分かってなかったんだよ、僕たちは。だから今度は、もっと丁寧《ていねい》に会話を積み重ねて、お互いの気持ちをすり合わせていきたいんだ。それが一番大事だって……分かってるから」

　僕が言うのを、壮亮は薄い微笑みを浮かべながらも、真剣に聞いてくれていた。

そして、しみじみと、言う。

「お互いの気持ちを分かってるようで、分かってない……か」

壮亮の視線が、海の家の外に向く。夕日が彼の瞳に反射して、ちらちらと輝いている。

「なんか、分かる気がする」

その言葉は、藍衣や僕に向けられたものではないと分かった。

「……もし、違ってたら悪いんだけどさ」

「なんだよ」

「壮亮は……名越《なごし》先輩のこと、好きだったんじゃないの？」

僕が訊くのに、壮亮はどこか自嘲的に笑った。

「ま……バレるわな、そりゃ」

壮亮はそう言ってから、頷く。

「好きだったよ。中学の頃は、憧《あこが》れてるだけだった……かっこいいな、って……。でも、高校で再会して……同じ部活で関わるようになってからは……もう、好きだった」

「……そっか」

「それから数カ月しか経《た》ってない。もう別の女の子のこと好きになってるなんて、軽いヤツだよな、俺」

「そうは思わない。いろいろあったんでしょ、名越先輩とも」

僕がかぶりを振ると、壮亮はなんとも言えぬ表情を浮かべて、バシッと僕の肩を叩いた。

「結弦って、なんか大らかだよな」

「そんなことない」

「いいや、あるね。水野さんが惚《ほ》れるのも、分かるよ」

壮亮はそう言ってから、しばらく黙りこくった。

二人で夕日を眺めながら、ラムネをちびちびと飲む。

畳のエリアに置かれている扇風機が風を送る音と、波の音が聞こえていた。

「別に、名越先輩にフラれて、さっさと次の恋愛しよ！　と思って水野さんを好きになったわけじゃない。ほんとに、あの子に惹《ひ》かれてるんだ」

「分かってる。…………というか、フラれたんだ」

「ああ、フラれた。それどころか……」

壮亮はそこまで言って、嫌なことを思い出したかのように顔をしかめる。

「いや……なんでもない」

そう言ってまた口を噤《つぐ》む壮亮に、僕は何も訊かなかった。いや……訊けなかった。

「今でも、名越先輩のことは気にかかるんだよ。もう、恋愛感情とは違うと思うけど……あの人、前とはすっかり変わっちゃったから」

「そっか」

「ああ。また前みたいにキラキラした顔でベースを弾《ひ》いてるとこが見たいだけなのかも」

壮亮がそう言うのを聞きながら、僕は名越先輩の過去に思いを馳《は》せる。

先輩が楽しそうに楽器を弾いているところを想像してみようとしても、難しかった。

今の彼女は、自分の感情をすべて薄い笑顔の下に隠してしまっているように見える。そして、それに触れようとすると、ぞっとするほど冷たい表情で、それを撥《は》ねつける。

「名越先輩と、バンド、やりてぇな……」

壮亮がそう言って、ラムネをぐいと飲み干すと、中に入ったビー玉がカランと鳴った。

「もちろん、結弦や、水野さん、小田島ともな！」

「分かってるよ。僕はまず……練習しないと」

僕が答えると、壮亮はけらけらと笑った。

「近いうちにドラム叩ける先輩と予定合わせるから。お前も楽しみにしてろよな！」

そう言ってバシバシと僕の背中を叩く壮亮。

ひとまず、名越先輩について僕ができることは……何もない。きっと壮亮と名越先輩の間には、二人しか共有していない出来事と感情があって、それは僕がおいそれと触れられるようなものではない。

とにかく、僕はドラムの練習を頑張らなければいけない。名越先輩がベースをやってくれることになったとして、僕のドラムがグダグダでは格好がつかないから。

「あ、ラムネ飲んでる！」

着替え終わった藍衣と薫が座敷に上がってきた。

壮亮はすっかりいつもの様子で「二人にも奢ってやるよ～！」と元気よく立ち上がって、冷蔵庫の前まで歩いていった。

それを横目に、僕はラムネ瓶を傾けて……しゅわしゅわと口の中を刺激する、冷たく甘い液体を飲んだ。

夕日を見つめながら飲むラムネはなんだか、ノスタルジーを感じさせる味わいだった。

四人で「楽しかったね」と話しながらラムネを飲み、電車に乗り……あっという間に、日常に戻ってくる。

壮亮は僕たちよりも二駅前で電車を降りて、薫とは最寄《もよ》り駅で別れ……藍衣とも、途中で帰路が分かれた。

一人で家まで歩きながら、空を見上げる。雲の間から月が見えていた。

「……楽しかったなぁ」

僕はしみじみと、そう零す。

たまにはこうして友達とどこかへ遊びに行くのも悪くない。

高校に入り、藍衣と再会して……なんだか僕の人生は少しずつ拓《ひら》けていっているような気がした。

後夜祭でのバンド演奏も、良い思い出の一つになればいい、と、そう思った。

EP.05

〔5章〕

「おー、結弦《ゆづる》。もう着いてたのか！」

海に行った三日後、僕は壮亮《そうすけ》から呼び出しを受けて、普段はまったく訪れることのない〝都会駅〟に来ていた。

壮亮と共に歩いてきた女の子を見て、僕は緊張する。

「は、初めまして……！」

僕が頭を下げると、見るからに「オシャレギャル」といった感じの黒髪女子は軽く手を上げて返してくる。

「おー……石神美鈴《いしがみみすず》ね。美鈴って呼んでいいよ」

「よ、よろしくお願いします！　浅田《あさだ》結弦っていいます」

「結弦ね。よろしく～」

い、いきなり呼び捨て……！

たじろぎながらも、ぺこぺこと頭を下げる。

そう。壮亮の先輩がドラムを教えてくれるというのでこうしてやってきたわけだが……こんなにイケイケな女子がやってくるとは思わず、ガチガチに緊張してしまったのだ。

美鈴先輩は、脱力しきった感情の読めない表情で僕をまじまじと見つめて……そして、ぐい、と僕のすぐ近くに寄ってくる。

「なっ……」

そして、そのまま僕の半袖《はんそで》シャツから伸びている腕をとった。

「わー……ほっそいなぁ。こりゃ当分筋肉痛になんね。覚悟しときな」

美鈴先輩はそう言って、にや、と笑った。

「あの、僕、本当に素人《しろうと》で」

「そうらしいね。読書少年なんでしょ？　なんでこんな子にドラムやらせるかね」

美鈴先輩がじとっと壮亮を見つめるが、壮亮は「友達なんで！」と爽《さわ》やかに言ってのける。

「ふーん。ま、だらだらしててもしゃーないし、スタジオ行くべ」

美鈴先輩はどうでも良さげに頷《うなず》いて、さっさと歩き始める。

僕は壮亮に近寄って、小声で訊《き》く。

「スタジオって……？」

「あー、ドラム練習するには、そもそもドラムがないとだろ？　時間貸ししてくれるスタジオがあるから、そこ行って練習しようって話」

あまりに説明が足りてないように感じるが、つまり、スタジオに行けばドラムがあるということなのだろう。

ちらりと壮亮を見やると、背中にギターケースを背負っていた。

「そういえば、ずっと訊いてなかったけど」

「うん？」

「壮亮ってギター弾《ひ》けたんだね」

「あー……まあ、それなりに？　中一の頃から練習し始めたんだよな」

「……名越《なごし》先輩のライブを見て？」

僕が訊くと、壮亮は照れたように頭の後ろを掻いた。

「そうだよ……文句あるかよ」

「いや、全然、いいと思うけど……。でも、なんでベースじゃなかったの？」

僕の質問に、壮亮は露骨に視線を泳がせた。

そして、顔を赤くしながら、言った。

「……ギターだったら、名越先輩と一緒に演奏できるかなって思ったんだよ」

その言葉に、僕は一瞬言葉を失って、それから……噴き出した。

「案外可愛いところあるんだね、壮亮って」

「イジんなって！」

壮亮は明らかに照れた様子でバシッと僕の腕を叩く。

それから、ため息をついた。

「……ま、結局一緒に弾くことはなかったんだけどな」

「……そっか」

なんだかしんみりしてしまって、僕は俯《うつむ》く。

「ここ、右ね」

僕たちのこそこそ話をよそに、美鈴先輩はマイペースに歩きながら、僕たちを先導する。

彼女の後ろについて十分くらい歩くと、そのスタジオはあった。

「こんちわ～」

無人のロビーで美鈴先輩が挨拶《あいさつ》をすると、数秒経《た》って、スタッフルームから人が出てくる。

「お、美鈴ちゃん……と、見知らぬ男子二人」

ドレッドヘアーのいかついお兄さんは僕と壮亮を物珍しそうに見つめた。

「三人で予約だったからてっきりいつもの三人かと思った」

「今日はちょっと別なんだよね。三時間だと……いくらになるっけ」

美鈴先輩は受け答えをしながら、財布を取り出した。

「五千四百円だけど、五千円にまけたげる」

「お、たすかる～」

美鈴先輩が財布から五千円札を取り出すのを見て、僕はハッとした。

「ぼ、僕も払いますよ！」

慌《あわ》てて僕が言うのに、美鈴先輩は視線だけをこちらに寄こして、首を横に振った。

「いらないよ～。あ、壮亮は払えよな」

「もちっす。はい、二千五百円。五百円玉あって良かった〜」

「いやいや、僕だけ払わないわけには」

さすがにこんな金額を二人に出させるわけには……と、思ったが、壮亮もぶんぶんと首を横に振る。

「強引にバンドに巻き込んどいて、スタジオ代まで出せとは言えねぇわ。その分きっちり練習してもらうからさ」

「あたしもバイトしてるから、おけ」

二人とも、僕に払わせる気は一切ない、という様子だった。

「……ありがとうございます」

観念して僕が頭を下げると、二人は満足げに何度か頷いた。

「はい確かに。じゃあBスタ使ってね。ペットボトルで水分補給するのはいいけど、こぼさないように。食べ物と、フタの閉まらない飲み物は禁止」

ドレッドヘアのお兄さんが早口で説明をしてくれる。

「分かってるって。どんだけ来てると思ってんの」

「そっちのカワイイ子に言ってんの」

「あ？　あたしの方が可愛いだろうが」

美鈴先輩はビッ！　と行儀悪く中指を立てながら歩きだす。

僕はお兄さんに会釈《えしゃく》をしながらその後に続いた。

外から見ると小ぢんまりとしたスタジオだと思ったが、中は意外と広い。

入り組んだ通路を先輩に続いて歩いていくと、Ｂスタジオがあった。

先輩が慣れた手つきでいかつい ドアノブをガチャリと回す。

「おお……」

スタジオに入ると、まずドラムが目に入り、その横にスタンドに置かれたギターとベースがあった。

ドラムセットは、目の前にすると思ったよりも大きく見える。

僕はそれらをじっ、と見つめて……。

「……叩ける気がしない」

思ったことをそのまま口にしてしまう。

ぷっ、と美鈴先輩が噴き出した。

「叩く前から尻込みしてどうすんの。ほら、さっさと座る」

バンバン！　と、座面が革で出来た黒いドラム用の椅子――ドラムスローン、というらしい――の座面を叩く美鈴先輩。

おずおずと座ってみると、たくさん並んでいる太鼓の圧がさらに強まる。

「えっと……」

どうしたらよいか分からず、教えを乞《こ》うように美鈴先輩の方を見る。

「はい、これ」

美鈴先輩は彼女のカバンから、二本のスティックを手渡してくる。よく見る木製のやつだ。先端が少し丸くなっていて、そこでドラムを叩くのだと分かる。細いのに、思ったよりもずしりと重い。

「今日は、この中の三つしか使わないから」

美鈴先輩は、左側にある三つのパーツを指す。僕の左前にある小さめのドラムと、足元の、ペダルのついた大きな太鼓。そして、小さめのドラムのさらに左奥に置かれている小さめのシンバル。

「スネア、バスドラ、ハイハット」

指さしながら、名前を言ってくれる。僕が復唱すると、先輩はうんうん、と頷いた。

「まずスネア。叩いてみ」

「は、はい……」

恐る恐る、スネアと呼ばれる小さな太鼓を叩いてみる。「ポーン！」となんだか間抜けな音がした。

美鈴先輩は音を聴くや否《いな》や「んっ」と顔をしかめて、素早くしゃがみ込んだ。

「張ってないじゃん。ま、ちょうどいいか」

スネアの下を覗《のぞ》き込みながら、先輩は何やらぶつくさと言っていた。

「結弦、ちょっと。スネアの下見てみ」

言われて、椅子から降りて、先輩と一緒にスネアの下を覗き込む。

そこにはバネのような器具がついていた。

「これ、スナッピーね。響き線とも言う」

「す、スナッピー……」

「そう。今はこれが張られてないから、ポンポコ間抜けな音が鳴っちゃう。で……ストレーナー……あー、これね、これ」

先輩は太鼓の横にある留め具のような部分を指さした。そして、それをぐい、と押し上げる。

「ストレーナーを上げると、スナッピーが張られる。そしたら、音が変わる。叩いてみ」

「はい…………あっ」

聴いたことのある「タン！」という音が鳴った。

「基本、バンドでスネア叩く時はスナッピーはＯＮにする。この『タッ！』がスネアの音だって覚えといて」

「はい」

「で、キミ今右手でスネア叩いてたけど、スネアを叩くのは基本左手。ほら、座って」

美鈴先輩は僕を椅子に座らせ、密着するように僕の後ろに陣取った。どきりとする。

「左手で持ったスティックを、スネアの上に」

「はい……」

「で、右手は、ハイハットに」

「こ、こうですか……？」

「そう。で、右脚でバスドラのペダルを踏む」

「あ、はい……うわっ！」

言われた通りにペダルを踏むと、「ドン！」と大きな低い音が鳴って驚く。

美鈴先輩は慣れたもので、ぴくりともしていなかった。

「これが基本。今日はこの形を覚えて帰ってもらうよ」

「は、はい……！」

左手と右手が交差している状態もなんだか落ち着かないし、それと別に右足を動かさなければならないとなると、すでに頭がこんがらがりそうだった。

「あの～……俺、暇《ひま》なんでギター弾いてていいっすか」

「好きにしな～」

壮亮は手持ち無沙汰《ぶさた》な様子で、ギターケースを開けて中身を取り出している。

「みっちり教えてもらえよ～」

にや、と笑いながら壮亮が目くばせをしてくるのに、まったく余裕のない僕は何度も頷いて返した。

「よし、じゃあ代わって。まずハイハットの叩き方から……」

美鈴先輩は僕の代わりに椅子に座って、手本を見せてくれた。

そして、僕はそれを真似して叩く。

その繰り返しで、三時間、みっちりとドラムの基礎を叩き込まれた。

先輩は僕が素人であることをしっかりと理解してくれていて、同じことを根気よく何度も教えてくれた。そして、ちょっとでも進歩を見せるとたくさん褒《ほ》めてくれる。

気分良く練習するうちに、僕は少しずつドラムの基礎——本当に、基礎中の基礎だと思うけれど——を飲み込んでいった。

「結弦、結構覚えいいじゃん。初日から形だけでもエイトビート叩けてんのはなかなかイケてるよ」

初日は、フォービート、という叩き方と、エイトビート、という叩き方を教えてもらった。

右手と左手でまったく別の動きをするのは難しかったけれど、リズムが掴めてくると、たどたどしいながらに、手と足が自然と動くようになってきていた。

結構……楽しいかもしれない。

「そのスティックあげる」

スタジオを片付けながら、美鈴先輩は貸してくれていたスティックを顎《あご》で示した。

「えっ……いいんですか？」

「うん。この前新しいの買ったからさ。あたしのお下がりで良ければだけど」

「ありがとうございます！　大事に使います」

「ふふ、大げさだって」

美鈴先輩は可笑《おか》しそうに笑う。

「家でも、空いた時間でとにかくフォービートとエイトビートを叩き続けな。机とか叩くとバカうるさいから、畳んだタオルをスネアに見立てて、ベッドの上とかでやるといいよ。こう……ベッドに半分くらい座ってさ、右脚は下ろして、バスドラ踏む練習しながら、両腕を動かすわけ」

「なるほど……毎日やります」

「ん。そうしな」

美鈴先輩は満足げに頷いて、パンパンと手を叩いた。

「よし！　片付けも終わったし、帰んべ」

「あっという間だったなぁ」

壮亮も、僕が教えてもらっている間、ギターの練習をし続けていた。

中一の時からやっていたというだけあって、随分《ずいぶん》とこなれている感じがあった。上手《うま》い下手《へた》については僕には分からなかったけど……明らかに「弾けている」ということだけは分かる。ギターは彼に任せておけば安心な気がした。

スタジオを出ると、十六時を回っていた。夏は日が長いのでまだ明るいけれど、あと一時間もすれば日が傾き始めるだろう。

駅への道を歩きながら、美鈴先輩が口を開く。

「初回だしスタジオ代も出したけど。毎回スタジオ借りて練習してたらとてもじゃないけど金が足りんねぇ」

軽い口調だったが、その問題は切実だと思った。

「そっすね～。つってもドラムなんて軽音部にしかないし、ずっと軽音部の備品借りるわけにもいかないから」

「そりゃそう。あたしの練習時間なくなるから」

「でもドラムが家にある人なんて……」

壮亮が思案顔でそう言うと、美鈴先輩は「あ」と声を上げて、ポンと手を叩く。

「そっか。その手があったわ」

そして、先輩は僕たちの方を振り向き、あっけらかんと、言った。

「李咲《りさ》ん家《ち》行こ。使ってない電子ドラムあるよ」


美鈴先輩に連れられて十分ほど電車に乗り、そう大きくはない急行も停まらない駅で降りた。

先輩はのんびりと歩いているが……壮亮はなんだか緊張した面持《おもも》ちだし、僕も当然、まごついている。

「あの……急に押しかけて迷惑だったりしないんですかね」

僕が言うと、美鈴先輩は鼻を鳴らした。

「休日の李咲なんて、寝てるかゲームしてるか腕切ってるかでしょ。ヒマなヤツの家に急に押しかけたって怒られやしないよ」

あっさりした口調でそう答える先輩。

僕と壮亮はハッと息を呑んだ。

「……やっぱ、まだ……アームカット、やめてないんすね」

悔しそうに呟《つぶや》かれた壮亮の言葉を聞いて、僕は「知っていたのか」と思った。

彼女はいつも胸ポケットにカッターを入れている。そして、僕は彼女の左腕に包帯が巻かれていることを知っていた。

彼女がどういう思いでそんなことをしているのかまでは知らないが……もしかしたら、壮亮はそこまで知っているのかもしれない。

美鈴先輩はちらりと壮亮を一瞥《いちべつ》する。

「やめる理由がないでしょ、あいつには」

「……」

壮亮は返す言葉がないように、沈黙した。

「あの……いつからなんですか?」

僕が訊くと、美鈴は「んー」と唸《うな》ってから、答えた。

「バンドやめてから。ほんと、中三の時に急変したよ、あいつは。まあ……仕方なかったとも、思うけど」

「名越先輩が変わってしまった理由っていうのは……美鈴先輩は知ってるんですか」

僕が重ねて問うと、美鈴先輩は意味ありげに押し黙った。

数秒の沈黙の末、先輩は首を横に振る。

「知ってるけど……。それはあたしの口からは教えらんない」

「そう……ですか。すみません、立ち入ったことを訊いて」

「いんや。心配して訊いてるってことくらい分かるから、いいよ」

美鈴先輩は薄く微笑み、僕を横目に見た。

「やらせときゃいいんだよ。死ぬわけでもなし」

「でも……」

「それより、結弦はドラムもっと上手くなることだけ考えな」

会話を打ち切るように美鈴先輩はそう言い放つ。

そして、田んぼだらけの道の向こうを指さした。

「ほら、あれが李咲ん家」

「え………あれ、ですか」

他の住宅とはずいぶん離れた位置に、ぽつんと立つ一軒家。

やけに外国じみた造りというか……田んぼばかりの風景の中で異様な雰囲気を放っている家があった。

「周りに田んぼしかないいし、隣家ももはや隣家って言えないような距離にあるから……楽器弾き放題なんよ、あの家は」

美鈴先輩は田んぼの間の道をすいすいと歩きながら話す。

「で、一階はガレージになってて、そこに電子ドラムがある。今じゃただの置物と化してるから、あれ使わせてもらっちゃおうぜ」

あまりに勝手に話を進めていく美鈴先輩。いいのかな……という思いが強いが、きっと美鈴先輩と名越先輩の間には僕たちには分からない絆《きずな》があるのだろう。

少なくとも、今までの会話で、美鈴先輩が名越先輩のことを大事に思っているということだけは理解できる。

そう……やはり、名越先輩のことについて、僕が知ってることも、できることも、少なすぎる。

美鈴先輩の言うように、ドラムの練習をする、ということを第一に考えるべきだった。

ちらりと隣の壮亮の横顔を盗み見る。

さっきまでの楽しげな雰囲気はどこかに消え、彼は思い悩むように視線を揺らしながら押し黙っていた。

EP.06

〔6章〕

A story of love and dialogue between a boy and a girl with regrets.

名越《なごし》先輩の家の目の前までやってくると、遠くから見ていた以上に大きい家だった。

三階建ての、洋風な一軒家。一階に玄関扉があり、その右側は大きなシャッターが下りている。おそらく、このシャッター部分がガレージなのだろう。

美鈴《みすず》先輩がためらいなくインターホンを鳴らすと、数十秒後に、制服姿の名越先輩が玄関から顔を出した。

「美鈴じゃん。え……なんか珍しい二人もいるし」

名越先輩は驚いたように僕と壮亮《そうすけ》を見た。

彼女の瞼《まぶた》はなんだか腫《は》れぼったく見える。今まで寝ていた、という様子だった。

「どういう組み合わせよ、これ」

名越先輩が首を傾《かし》げるのに、美鈴先輩は玄関横のシャッターの閉まったガレージを指さした。

「電子ドラム貸してくんない？　この子がドラム練習するんだけど、毎回スタジオ行ってたら金なくなっちゃうから」

美鈴先輩がそう言うと、名越先輩の目がまんまるに見開かれる。

「浅田《あさだ》がドラム〜⁉　はは、そんな細腕で叩けんのかい」

名越先輩はけらけらと笑いながら、玄関から出てくる。そして、僕の腕をバシッ！　と叩いた。

「よいしょっと」

そのまま僕と壮亮の横をすり抜け、名越先輩はガラガラとシャッターを上げた。

「随分《ずいぶん》使ってないから多分ホコリ溜まってるよ。使う前に掃除しな〜」

先輩の口調は、「使うこと自体は問題ない」というようなものだと思った。

「あの……いいんですか？　使わせてもらっちゃって……」

僕が訊《き》くと、先輩はすぐに頷《うなず》く。

「いいよ、腐らせとくより良いでしょ」

あまりに深く考える素振りもなかったので、僕はどんどんと不安になる。

「そんなあっさり……。それに、定期的にお邪魔させてもらうことになっちゃうかもですけど
……」

「それも別にいい。毎日でも来たらいいじゃん？　部屋に入れるってわけでもなし」

名越先輩はそう言ってから、一瞬動きを止めて。

「……部屋には入れないからな？」

「わ、分かってますよそんなの！」

「じゃあいいよ。ガレージなんて、家の外みたいなもんだわ」

先輩はへらへらと笑いながらガレージに入っていき、壁のスイッチを押して、電気をつける。暖色の照明がつくと、ガレージの全貌が見えた。

なんというか……とても、アメリカンだった。

カウンターがあり、その前には座面に『Coca-Cola』と書かれた背の高い丸椅子──バースツール？　というのだろうか──が四つ並んでいる。壁には様々な映画やバンドのポスターが貼られており……ガレージの一番奥に、少し小ぶりのドラムセットが置かれていた。あれが電子ドラム……というやつなのだろうか。

「……すごい」

僕が小さく呟《つぶや》くと、名越先輩は鼻を鳴らして、「親の趣味だよ」と言った。

先輩は電子ドラムセットの、ゴムでできたハイハットをつう、と人差し指で擦《さす》った。そして、指の表面を見て、顔をしかめる。

「うわ、思ってたより汚いな。バケツと雑巾《ぞうきん》持ってくるからちょっと待っててな～」

そう言って、足早にガレージを出て、家の中に引っ込んでいく名越先輩。

「……あっさり許可下りちゃいましたね」

僕が言うのに、美鈴先輩は苦笑で返す。

「李咲《りさ》は他人に興味ないから。気にする必要ないよ」

「でも……親の趣味って言ってましたし……親御さんに許可もとらずに使わせてもらっていいのかな……」

僕の呟きに、美鈴先輩は一瞬困ったように口を閉じた。

それから……ぽつりと言った。

「李咲は一人暮らしだよ。だから大丈夫」

「えっ？」

「今は、親はいないの」

「……そう、なんですね」

なんとなく、それ以上訊くことができなくて、僕は曖昧《あいまい》に頷く。

こんな大きな家に、一人で住んでいるのか。

秘密基地のようなガレージには驚いたけれど、この場所が埃《ほこり》をかぶっていたという事実も、明らかに一人で住むような大きさでない家に一人で暮らしているということも……なんだか、先輩の生活の一端を知ったことで、さらに謎が深まったような感じだった。

壮亮の方を見ると、彼は無言で、部屋の中のある一点を見つめていた。

それは、さっきスタジオで見た、ギターやベースを立てかけるためのスタンドだった。しかし、そこには何も置かれていない。スタンドのみが……かつて、そこに何かが置かれていたことを主張するように、ぽつんと立っている。

ガチャ、と扉が開く音がして、その方に目を向ける。

水の入ったバケツと雑巾を持って、名越先輩がガレージに戻ってきた。

「とりあえず、これで掃除しな。終わったら好きに使っていいよ。セットアップは美鈴に任せる」

「りょ」

美鈴先輩は頷いて、電子ドラムの電源コードを壁のコンセントに差し込む。

名越先輩が持ってきてくれたバケツと雑巾を受け取って、僕もドラムセットに近寄った。近くで見ると、確かに目に見えるほどに埃が積もっている。

「じゃ、あたし部屋戻るわ～。終わったらガレージのシャッター下ろしといて」

「あの！」

家に戻ろうとする名越先輩を、壮亮が引き留めた。

なぜか、心臓がどきりと跳ねる。彼の声には、そういう切実さがあった。

「おー、どした？」

先輩は相変わらず平坦な口調で返事をしながら、振り向く。

壮亮は数秒の逡巡《しゅんじゅん》の末、意を決したように言った。

「あの、俺たち……文化祭の後夜祭でバンドをやろうと思ってて」

「あー、それで浅田がドラム始めたわけね。で？」

「その……ベースを……名越先輩に――」

「やらない」

先輩の返事は早かった。壮亮がすべてを言い終わるよりも前に、首を横に振っている。

「えっ…………」

った。


「やらないよ。他を当たりな～」

名越先輩は軽い口調でそう言った。しかし、その言葉にはどこか有無《うむ》を言わせない迫力があった。

ひらひらと手を振って、先輩は家の中に入っていってしまう。

壮亮はその場に呆然と立ち尽くしていた。

「壮亮、そんなこと考えてたんか。……無理に決まってんじゃん」

彼の背中に美鈴先輩が声をかける。

壮亮は振り向いて、悔しそうな表情で先輩を見た。

「美鈴先輩は、名越先輩がベースをもう弾《ひ》かないこと、なんにも思わないんですか……！」

壮亮が言うのに、美鈴先輩は苦笑を浮かべる。

「あたしにキレんなし」

「だって……！」

「あたしだって、もったいないと思うよ」

美鈴先輩が答えると、壮亮はハッと息を吸い込む。

「でも……本人が決めたことなんだから。あたしらが何言ったって、しょうがないっしょ」

美鈴先輩は自嘲的に微笑んで、そう言った。それから、僕の方を見る。

その表情は、すっかりさっきまでの通りだった。

「悪いんだけど、こっち先拭《ふ》いてくれる？　埃、すごすぎ」

「あっ……はい」

彼女が指さすコンソール部分を、慌《あわ》てて拭く。

壮亮はため息をついて、赤いバースツールに腰掛けた。そして、苛《いら》ついた様子でくるくると回る座面を左右に揺らしている。

僕は彼に何も言うことができずに、黙々とドラムの掃除をした。

「よし。セットアップはこんなもんでオッケー。ほれ、ヘッドフォンつけて」

美鈴先輩はコンソールに繋がったヘッドフォンを僕に装着させ、そのまま椅子に座らせる。

「さっきスタジオでやったのと同じように叩くと、ヘッドフォンから音が鳴るから」

言われて、スネアを叩くと、耳元で「タッ」と音が鳴った。なるほど、と思う。

「で、ここ押すとメトロノーム……まあつまり、リズムの見本みたいなのが流れる。ＢＰＭ……あー、リズムの速さは、ここで変えられるから」

美鈴先輩はぽちぽちとボタンを押しながら、電子ドラムの使い方を教えてくれた。

今日はひとまず、先輩が決めたリズムで、フォービートとエイトビートを練習するようにと命じられる。

「ま、もっと詳しいことはもうちょい練習が進んだら教えるよ。とりま、連絡先教えて」

「え？　連絡先？」

「そ。少しずつ課題出すから、一個一個練習してけば夏休み明けるころにはそれなりになるっしょ」

「ああ、なるほど……分かりました」

僕がポケットからスマートフォンを取り出している間に、先輩はメッセージアプリの連絡先交換のためのＱＲコードを表示させている。

それをカメラで読み込んで、交換完了だ。

よし、と呟いてから、美鈴先輩は壮亮の方を振り向いた。

彼はまだ何かを思い悩むように一点を見つめながら椅子を揺らしている。

「壮亮」

先輩に声をかけられて、ビクッと彼の身体が跳ねる。

考え事に没頭していたようだった。

「はい？」

「ベース、どうすんの。他探した方が早いよ」

美鈴先輩がそう言うのに、壮亮はすっと表情を曇らせて、かぶりを振った。

「……俺、まだ諦《あきら》めません」

壮亮の言葉と表情からは、その決意の固さが滲《にじ》み出ている。

美鈴先輩は大きなため息をついた。

「……まあ、止めはしないけど。最悪、うちの軽音部から貸してやってもいいよ。そいつ、器用だからすぐ曲とか覚えると思うし」

「ありがたいですけど、お断りします」

「断るには早いっつの。最悪、って言ってんでしょ。……正直、無理だと思うよ、あたしは」

「それでも、諦めたくないです」

美鈴先輩は数秒押し黙ってから、「あっそ。好きにしたら～」と言った。

そして、うーん、と伸びをする。

「じゃ、帰るか～。壮亮も、一緒に帰ろ」

ドラムの椅子に座ったままの僕をよそに、先輩は帰り支度を始める。壮亮も、まだ何か言いたげだったが、椅子から立ち上がる。

「あの……僕は……？」

僕が訊くと、美鈴先輩は横目で僕を見る。

「結弦はもうちょい練習していきな。フォービートとエイトビートのことしか考えられなくなるくらいやったら、帰っていい」

「そ、そんな……一人で名越先輩の家に残されたら……」

「大丈夫大丈夫、あいつもう下りてこないと思うよ。じゃ、がんば！　なんか分かんないことあったらいつでもメッセしな」

「ええ～……？」

言うだけ言って、美鈴先輩は荷物をまとめてガレージを出ていってしまう。

壮亮は美鈴先輩の背中をしばらく見つめてから、足早に僕の方に寄ってきた。

そして、小さな声で耳打ちする。

「もし先輩と話せるタイミングがあったら、結弦《ゆづる》からも頼んでくれよ」

「う、うん……言えるだけ、言ってみるけど」

「あと！　また腕切ってそうだったら、止めてくれ」

「…………うん…………」

「じゃ、お疲れ」

壮亮は片手を上げて、急いで美鈴先輩を追いかけていった。

その背中が小さくなっていくのを見ながら、僕はため息を漏《も》らす。

……頷いてしまったけれど、僕は、名越先輩にベースをやってもらうための言葉も、アームカットをやめてもらうための言葉も、持っていないように思えた。

美鈴先輩の言うように……彼女自身が選んでいることなのだとしたら、僕はどういう立場でそれに口を出せるというのだろうか。

何も、分からない。

「……練習、するか」

分からないことをいつまでも一人で考えていても仕方がない。

ひとまず、こうして取り残されたからには、一生懸命練習するほかになかった。

僕はスティックを握り、ドラムを叩きだす。

音が耳元で鳴るのは少し変な感じがしたが……メトロノームのおかげか、さっきよりも自分のリズムのヨレが明確に分かった。

日が落ちていくのを感じながら、僕は必死で、電子ドラムを叩いた。

「おー……まだやってるし」

ガレージに名越先輩が顔を出したことで、僕はすっかり日が暮れかかっていることに気が付いた。

スマートフォンを取り出して、時間を見ると……もう十九時前だった。

「すみません！　こんな遅くまで。もう帰りますから」

僕が慌てて椅子から立ち上がると、名越先輩は笑いながら手をひらひらと振る。

「いいよ、別に。必要なら泊まってってもいいし。トイレと風呂くらいは貸してやる」

先輩は笑いながら、ガレージの壁にくっついているカウンターの前の、バースツールに腰掛けた。

「にしても、まさかキミがドラム叩くとはねぇ。何が起こるかわからないもんだ」

言われて、僕は苦笑する。

「それは僕が一番思ってます……」

「はは、断れなかったわけだ。相変わらずお優しいねぇ」

目を半月型に細めて、僕を見る名越先輩。

「ま～、今から毎日練習したら、文化祭まではそれなりになるんじゃない？　浅田はきっと、勤勉だし」

「どうでしょうね……まだ基礎の『き』の字もできてないです」

「そんなん、一日目なんだから当たり前だろ～。できないなぁって思いながら、こんな時間まで練習してんのが勤勉だって言ってるわけ」

名越先輩はそう言ってから、少しだけ口元を緩《ゆる》め、首を傾げた。

「ドラム……楽しい？」

その声に、僕はなんだかどきりとした。

どこがどう……と言葉にするのは難しいが、なんだか、いつもの彼女の言葉と温度感が違う気がしたのだ。

「ドラムが楽しいのかはまだ分かんないですけど……新しいことをするのは、楽しいですね」

僕がそう答えると、先輩は「いちいちめんどい答え方するなぁ」と笑って、バースツールの座面ごとくるくると回った。

「その電子ドラムくんも、ホコリかぶってるよりは叩かれた方が喜ぶだろうさ。特に断りなく来て、好きな時に帰っていいから。勝手にやんな～」

「そういうわけにはいきません。一応、来るときは連絡したいんですけど……」

僕が言うのに、名越先輩はにゃぁ、と口角を上げた。

「押しかけてきたうえに、連絡先まで訊くのかよ。キミ、なかなかやらしいねぇ」

「そ、そういうつもりじゃ……」

「分かってる分かってる。じゃあ、はい」

スカートのポケットからスマホを取り出して、先輩がメッセージアプリのＱＲコードを表示した。僕は彼女に近寄り、それを読み取った。

「連絡してくるのはいいけど、あたし多分返事しないよ～」

「既読だけつけてくれればいいです。あとダメな時だけは返事ください」

「ダメな時なんてないと思うけど」

先輩はそう言いながら、唐突に、僕の腕をぎゅ、と握った。突然すぎるボディタッチに、僕は狼狽《ろうばい》する。

「な、なんですか」

「おー。パンッパンに張ってるねぇ。今日はこんくらいにしときな」

先輩は僕の腕に視線を落としながら言った。

「今日は浴槽には入んないで、シャワーだけにしといたほうがいい。その方が腕の痛みが引くの早くなるから」

「あ……えっと、ありがとうございます。そうします」

「ふふ。サッカー部のマネージャーやってたから、筋肉については割と詳しいんだぜ」

名越先輩はいたずらっぽく笑いながら、右手で「ピース」の形を作る。

サッカー部、という単語に、僕は思わず反応してしまう。

「サッカー部……やめちゃったんですよね？」

僕が訊くと、名越先輩はなんてことないように頷く。

「うん」

「どうしてですか？」

僕の質問に、先輩の目が少し細められた。しかし、すぐに彼女の顔にはわざとらしい笑みが貼り付けられる。

「飽きたから」

それが本音じゃないのは、なんとなく分かった。しかし、これ以上何かを訊く気にはならなかった。彼女の顔には「訊くな」と書かれている気がした。

「じゃ、ガレージ閉めるよ。明日以降は好きにしな。ヒマだったら覗きに来る」

先輩はそう言いながら、すたすたと電子ドラムの横まで歩いていき、そのコンセントを引っこ抜いた。

そして、ガレージの出入り口まで歩いていき、僕を手招きする。

僕は急いでスティックをバッグにしまって、ガレージを出た。

シャッターをガラガラと下ろし、名越先輩は「ふう」と息を吐く。

「あの……」

どうしても、もう一つ、訊きたいことがあった。煙たがられるのは分かっていたけれど、僕は口を開く。

「なに？」

「ベース……弾いてたって、壮亮から聞きました」

「あー……うん」

名越先輩は、感情の分かりづらい相槌《あいづち》を打った。

「壮亮は、先輩のベースに心底惚《ほ》れてたらしいです」

「あ、そう。それで？」

「……どうして、やめてしまったんですか？」

僕の質問に、先輩の目がきゅっと細められる。視線が僕の方へ動いた。口角はにんまりと上がっているけれど、僕は睨《にら》みつけられているような気持ちになる。

「そんなこと知ってどうするわけ？」

「いや……どうするってことはないですけど……」

「興味本位で他人《ひと》の過去を詮索《せんさく》するのはいただけないな、浅田少年」

「……すみません」

ぴしゃりと言われて、僕は謝ることしかできない。

やはりこの人は、自分の内面を開示する気が一切ない。というより……そもそも、そんな話をしてもらえるほど、僕と先輩は親しい仲でもないのだ。

ベースをやってくれ、なんてことをもう一度僕の口からも言える雰囲気ではなかった。

「ドラム、貸していただいてありがとうございます」

僕が頭を下げると、名越先輩は「真面目《まじめ》だねぇ」と呟いてから、僕の額《ひたい》を人差し指でつついた。

「ま、練習頑張んな～」

先輩はそう言って、手を振る。

僕はもう一度頭を深々と下げてから、彼女の家を後にした。

一人で歩く田んぼ道はどこか寂《さび》しく……一度だけ、名越先輩の家の方を振り返る。

シャッターも扉も閉まった彼女の家は……やはり来た時と同じように、ぽつん、と、景色に馴染《なじ》むこともなく、所在なさげに佇《たたず》んでいた。

「どうやったら、そんなすごい音が鳴るの？」

ある日、私はあの人に、そんなことを訊《き》いた。

私がどれだけ両手をタコだらけにして練習しても、あの人の音に近づいている気がしなかった。

激しくて、美しくて……地面を揺らすような力強さを持った、ベースの音。

あの人の奏《かな》でる音楽は、いつだって〝轟《とどろ》いて〟いた。

私の薄っぺらいそれとは、違っていた。

あの人はバースツールに座ってハイネケンを飲みながら、「そうさなぁ」と零《こぼ》す。

「もっと、喜んだり、悲しんだり、怒ったりした方がいいかもな」

彼はそう言って、ニッと笑う。

私には、意味が分からなかった。真面目《まじめ》に答えてくれていないと思って、頭にくる。

「関係ないこと言わないでよ」

私が憤慨《ふんがい》して言うのに、あの人は肩をすくめた。

「関係なくねぇよ。強い感情が、音を鳴らすんだ。李咲《りさ》はまだ楽器を弾《ひ》くのでいっぱいいっぱいだから、感情が乗ってこねぇ。感情の乗らない音は、記号と同じだ」

「記号って何」

「誰でも書けて、書けば意味の伝わるものだよ」

「よく分かんない」

「そりゃ、お前の歳でそんなことが分かってたら怖《こえ》ぇよ。いいんだ、分からなくて」

「もっと上手《うま》くなりたい」

「練習すりゃ、上手くなる。とにかく弾け。そんで、生きろ」

あの人はそう言って、美味《おい》しそうにビールをぐびぐびと飲んだ。

「生きてりゃ、それが音楽になるから」

まだ幼かった私は、彼の言っている意味が何一つ分かっていなかった。

自分の真似をされるのが嫌で、適当に言いくるめられているのだと思っていた。

でも、成長するにつれて、なんとなく……その意味を理解できるようになった気がした。

楽しかった日は、音がはずんだ。嫌なことがあった日は、弦をはじく手が乱暴になった。泣きたい日はベースを握って、泣く代わりに音を出した。そういう日は、なんだかしっとりとした音が出る気がした。

音と感情は連動してる、と理解できるようになった。

でも……やっぱり、それでもあの人の音は謎だらけだと思った。

何を思ってベースを弾けば……あんなに圧倒的な音色になるのだろうか。

あの人はベースを弾いていない時はてんでダメな大人だった。

酒を飲み、いびきをかきながら眠っている。料理はまったくできなくて、私生活は恋人に甲斐甲斐しく世話されてばかり。

テレビをつけて音楽番組を観《み》ては、「こんな音楽はクソだ。上《うわ》っ面《つら》ばかりのゴミ！」と罵《ののし》って、まるで自分の音楽だけが正しい、みたいな言い方だった。

そんな物言いにうんざりするのに……あの人が音を奏でるたびに、「ああ、この音が一番だ」と思ってしまう。

そう……あの人には音楽しかなかった。

きっとそれが、あの人の音の魅力だったのだ。

それに気付いた頃には……すべてが、消えてなくなっていた。


階下、から、タカタカと、ゴムを叩く音が聞こえている。

たどたどしくて、リズムはガタガタ。

だというのに、何度も何度も、同じリズムを叩き続ける。

……夢中になっているのだ、と、分かった。

リビングのソファに寝転がりながら、カチカチとカッターの刃を伸ばしてみたけれど……結局何もせず、その刃をしまった。

音がしていると……なんだか落ち着かない。

悦子姉《えつこねえ》の使っていた電子ドラムがまた音を立てているのは、なんだか不思議な気持ちだった。

目を閉じて、タカタカ、タカタカと鳴る下手《へた》くそなリズムに耳をそばだてる。

そうしているうちに、意識が深いところへと沈んでいく感じがして、私は眠りに落ちた。


『楽しいだけじゃ、ダメなんだねぇ……』

そう言って切なそうに笑った悦子姉の顔を、思い出していた。

ドラムを始めてからというもの、僕は数日おきに名越《なごし》先輩の家のガレージに通った。

美鈴《みすず》先輩から出される課題に一つ一つ取り組み、できることを増やしていく。

毎回、筋肉痛になるまでガレージで叩かせてもらっては、その筋肉痛が治るまで家で宿題やらなんやらをこなし、そして治り次第また名越先輩の家に行き練習をする。

それを繰り返すうちに、なんとなくコツを掴んできた感じがあった。

基本のリズムはあまりヨレなくなったし、タムなどに手を回すときもあまり腕がもつれなくなった。

「いや、ほんと上達早いな。真面目《まじめ》に練習しすぎ」

一週間に一回、美鈴先輩が練習の様子を見に来てくれたが、毎回先輩は僕を褒《ほ》めてくれる。

「これなら多分、難しい曲じゃなければいけるよ」

美鈴先輩に励まされながら、僕は少しずつ自信をつけていく。

最初の頃は僕がガレージを貸してもらっても一日に一度顔を出すか出さないかだった名越先輩も、気付けば毎回ガレージにやってきて、端に置かれているソファで寝転がりながら僕の練習を聴いていくようになった。ヘッドフォンで出力していた音は、名越先輩に言われてスピーカーから出力するようになった。そうすると、彼女も音を聴くことができるからだ。

「もっと手首使いな。腕で叩こうとするから、脱力できなくて、タム回しがぎくしゃくする」

複雑な手の動きに苦戦し続けていると、名越先輩が見かねたようにソファから起き上がって、指導しに来てくれることもあった。

「強く握らなくていい。指先と、手首でスティックを支えるイメージ。腕を振るのと同時に、手首を柔らかく動かす……そう。そのスナップで、しっかり音は鳴るから」

言われた通りに叩くと、いつもより脱力できているのに、ハッキリと音が鳴って驚いた。

「先輩、ドラムも叩けるんですか」

僕が訊《き》くと、名越先輩は困ったように笑って、答えた。

「ま、キミよりはね」

そう言う名越先輩は、いつもよりも、少しだけ幼く見えた。

不思議だ。

言葉を交わしていると彼女が遠く感じられるのに……こうして音楽に没頭している時だけ、ちゃんと隣に立っているような気がするのだ。

少しだけ仲良くなれたかなと思って、ベースの話や、壮亮《そうすけ》の話を振ってみたが、彼女は煙《けむ》に巻くだけだった。やっぱり……過去の話はしてくれそうにない。

無理に訊くものでもないので、そのたびに僕は諦《あきら》めるしかなかった。

ただ、一つだけ分かったことがある。

名越先輩は……やっぱり、音楽が好きなのだと思う。

僕が「なんだか今、上手《うま》く叩けている気がする」と思いながらドラムを叩いている時は、彼女も決まって、ソファの上で組んだ脚を揺らしていた。そして、僕が叩くのをやめると、「今の、良かったじゃん」と、声をかけてくれる。

どうでも良さそうな顔をしているくせに、音に耳を傾けているのだ。

だというのに……もうベースを弾《ひ》かないと頑《かたく》なに言う理由が、僕には分からなかった。

近づいたようで、そうでもない。

そんな距離感で、名越先輩の家での練習は続き……あっという間に日付が進んでゆく。

「いや〜、手伝ってくれてありがとねぇ」

八月の一週目が終わろうとしていた。

すっかり気温が上がり、外を歩いているととにかく汗をかいた。

重いものを持っていれば……なおさら。

「一人でいけるよ〜、って言ったけど。持ってみると案外重いねぇ」

僕の後ろでそう言うのは、藍衣《あい》だった。

僕と彼女は今、ずしりと重いキーボードを運んでいるところだ。

と、いうのも……。

夏休みも折り返しに差し掛かり、ついにバンドで演奏する曲が決まった。

壮亮はそこまで難易度が高くない〝名曲〟をチョイスしてくれたようで、ようやく譜面が読めるようになった僕からしても、「まあ、なんとか叩けそう」というようなものだった。

そして、曲が決まったことにより、僕以外のメンバーも全員個人で練習ができるようになったわけだが……。

すでにギターを持っている壮亮と、楽器のいらない薫《かおる》、そして、名越先輩の家で練習をさせてもらえている僕。その三人はすでに個人練習ができる環境にあった。

しかし、藍衣は家にキーボードがないというので、急遽《きゅうきょ》壮亮が美鈴先輩に相談し、軽音部で余らせている一台を貸してもらうことになったのだ。

そして今、それを彼女の家へと運んでいる、というわけだ。

藍衣は「一人で運べるよぉ」と言っていたが、その言葉になんとなく不安を覚えた僕は、一応軽音部の部室についていった。

すると、やはりそこに置かれていたキーボードは藍衣が想定していたものよりもだいぶ大きかったようで……。

「もうちょっと小さいやつだと思ってたからさぁ」

結局、二人で持ってもちょっと重いキーボードを、だくだくと大汗をかきながら運んでいる。

藍衣は「途中まででいいよぉ」と言っていたが、僕の家と藍衣の家への分かれ道から、彼女の自宅までは十分以上かかると知っている。

「いや、家まで手伝うよ」

僕がそう言うと、藍衣は申し訳なさそうに、「じゃあ、頼っちゃおうかな」と言った。

いつもは手を振って別れる道で、そうせずに同じ方向に歩き始めると……僕は、一つの重大な事実に気が付いた。

そういえば、僕は藍衣の家に行ったことはなかったんじゃないか？　ということだ。

藍衣が僕の家に来たことは何度もあるけれど、その逆は一度もなかった。

重いものを一人で運ばせられない、という使命感ですっかり頭から抜け落ちていたが……僕は今から彼女の家に行くことになるのだ。

妙に、緊張し始める。

ゆるい坂道を上ったと思えば、今度は同じような坂を下る。

そして、もう一度上った先に、彼女の家はあった。

「ここだよ～」

藍衣がそう言うのに、僕は「えっ」と声を上げそうになるのをこらえた。

そこは、見るからに「ボロアパート」といった様子の建物だったのだ。

無邪気ながらに、その所作《しょさ》から上品さが漂う藍衣を見ていて、僕はどこか勝手に、お金持ちの家で育った子なのではないかと思っている節《ふし》があった。こういう考えは突き詰めれば偏見に繋《つな》がってゆきそうだから、改めねば、と、思う。

鉄製の階段を一段一段上るたび、ギシ、と金属の軋《きし》む音がした。

二階に上がると、藍衣は「このままっすぐ進んで～」と言った。

廊下の突き当たりまで行くと、藍衣は「一瞬だけ、よろしくね」と言って、キーボードから手を離す。僕は踏ん張って、キーボードを下に落とさないように耐えた。

藍衣が手早くドアの鍵を開ける。そして、それを大きく開いた。

「ありがと。こっち持つね」

「う、うん……」

藍衣がキーボードの端を持ち、玄関から中に入っていく。彼女はぱたぱたとローファーを脱いで、キーボードを家の中に入れていった。

家の床の上にゆっくりとキーボードを置いて。

「ふう！　重かったねぇ！　ありがとね」

藍衣はニコリと笑った。

「良かったら、上がってって！」

藍衣が言うので、僕は「お邪魔します……」と小さな声で言いながら、玄関のドアを閉めて、靴を脱ぐ。

二人でキーボードを持ち上げて、居間の方まで運んだ。

ついつい、家の中を、見てしまう。

藍衣の家は、１Ｋの間取りだった。おそらく四畳もなさそうに見えるキッチンに、六畳あるかないかの居間がくっついている。一番奥にはベッドが一つ。その横に勉強机があり、窓際《まどぎわ》には布団が畳まれていた。

「狭くてごめんね～」

藍衣は照れるというよりも〝恥ずかしそう〟にそう言った。

「お父さんと二人で住んでるんだ。っていっても……お父さんは週に二、三回帰ってくればいい方だから、一人暮らしに近い感じになっちゃってるけどね」

「……そう……なんだ……」

僕はあまり深刻な声色にならないように努《つと》めたが、それでも隠しきれているかどうかは不安だった。

そういえば、藍衣の家族構成について聞いたことはなかったような気がする。

まさか父親と二人で暮らしているなんて思いもしなかった。

「よし！　これでいつでも練習できるね。イヤフォンつければ、うるさくないし！」

勉強机の横にキーボードを立てかけて、藍衣が言った。

言いながら微笑む藍衣は、いつも通りの元気な彼女だったので……僕は、これ以上何かを訊くのはよしておこうと思った。

家族のことも、きっと、彼女が必要だと思った時に話してくれるはずだ。あれこれ詮索《せんさく》する必要はない。

「待ってね、お茶淹《い》れる！　っていっても、麦茶だけど」

「ああ……おかまいなく！」

「座布団ないから……ベッドに座ってて！」

藍衣は言いながら、早足でキッチンへ向かっていく。

僕はおずおずと藍衣のベッドに腰掛けて、彼女が麦茶を注いでくれているのを眺めていた。

「お待たせ〜」

藍衣はコップを二つ持ってきて、片方を僕に手渡した。

そしてもう片方を、勉強机の上に置く。

「テーブル出すからちょっと待って！」

藍衣はまたぱたぱたとキッチンの方へ小走りで向かい、その横にあった物置を開け、中から小さなローテーブルを引っ張り出してくる。

畳んであった脚を開くのを僕も手伝って、畳の上に置いた。

「ふう。久々に出した！」

藍衣はそう言って、にこにこしている。

つまり、彼女はいつもご飯を食べたりするのもすべて勉強机で済ませている、ということなのだろうか。

父親はあまり帰ってこないというし、一人勉強机でご飯を食べているということなのか。そんな姿を想像すると……少しだけ、寂《さび》しい感じがした。

「ドラムの練習、どう？」

畳の上に座りながら、藍衣が首を傾《かし》げてみせた。

「ああ……うん！　美鈴先輩が丁寧《ていねい》に教えてくれるし……名越先輩は嫌な顔せずにドラム貸してくれるし……結構順調だと思う」

「そっかぁ、良かったねぇ」

藍衣はうんうん、と頷《うなず》いてから、じっ……と僕を見つめる。

そして、唐突に頰を膨《ふく》らませた。

「なぁんか……最近結弦《ゆづる》の周りって女の子ばっかだよねぇ」

「ええ？」

藍衣の言葉に、僕はたじろぐ。

言われてみれば……壮亮を除けば、最近は僕の周りは女の子だらけだ。

でも、藍衣にそんなことを言われるとはまったく思ってもみなかった。

「まあ、そうだけど……別に、何もないよ？」

そう、何もない。

名越先輩はそもそも男子に興味がなさそう――僕が勝手にそう思っているだけかもしれないけど――だし、美鈴先輩にはすでに彼氏がいると壮亮が言っていた。

ただただ、ドラムの練習に協力してもらっているだけだ。

「それは分かってるけどさぁ」

藍衣は拗《す》ねたように手の指をいじっている。

「……そっち行ってもいい？」

テーブルを挟んで向かいに座っていた藍衣が、訊いてくる。

「こ、こっち？」

「うん。行くね」

訊いたくせに、僕の答えを待たずに藍衣はいそいそと立ち上がって、僕の横に座り直した。

そして、ぐい、と肩を押し付けてくる。

僕は緊張して、何も言えない。藍衣の髪からは、シャンプーの甘い匂《にお》いが漂ってくる。重いものを運んでめちゃくちゃに汗をかいてしまったけれど、僕は臭《くさ》くないだろうか……なんてことを考えた。

「中学生の頃はさ……私、結弦のこと好き～って思うばっかりで、他のこと全然考えてなかったんだけどさ」

距離が近づいて、藍衣の口調は囁《ささや》くような抑揚に変わった。近くでそんな声を出されると、なんだか背中がぞわぞわする。

藍衣の頭がもぞ、と動き、その視線が僕の方に向いた。

「結弦って、もしかしてモテるんじゃないの？」

「ええ!?」

僕は思わず大きな声を上げてしまう。

「そんなことあるわけないでしょ！」

「そうかなぁ。でも、女の子とすぐ仲良くなるしさぁ」

「だから、それはドラムの練習を始めたからで……！」

「薫《かおる》ちゃんとも、二人でボートから飛び降りていちゃいちゃしてるし……」

「飛び降りたんじゃなくて、落ちちゃったの！」

「でもいちゃいちゃしてたもん！」

藍衣が膨れっ面《つら》で僕に迫る。

僕は慌《あわ》てながらも……意外に思った。

彼女はいつも自由で、自分の在《あ》り方に他人を巻き込んでいくような力強さがある人だ。だからこそ……他人同士の関係性について、深く考えることはしないのだと思っていた。

思考がそのまま、言葉に出てしまう。

「藍衣って……やきもちとか、焼くんだね」

僕が言うと、藍衣はきょとんとした様子で目を丸くしてから、みるみるうちに顔を赤くした。

「いじわる！」

藍衣は恥ずかしそうに目を吊り上げて、僕の肩をぽかりと叩いた。

「好きな人の周りが女の子だらけだったら少しは思うところもありますよ！　薫ちゃんは前よりもグイグイ〜！　って感じになってるしさ！　結弦もドキドキしちゃってさ！」

「いや、それは！　藍衣だって、ちゃんと選べって言ったじゃん！」

あんなことを言っておいて、薫に一切ドキドキするなと言われたって難しい。

好意をはっきりと向けられて、それを平然と受け止められるほど僕は恋愛慣れしてないし、そんなふうに動じていないフリをするのが正しいことなのかも分からない。

「言ったけど～～！」

藍衣はばたばたと身体を揺すって、また、僕にぐい、と肩を押し付けて、静止する。

「……夏休みに入ってから、ちょっぴり寂しいよ。全然、二人っきりで会えないし」

「……そっか。そうだよね」

僕は、神妙に頷く。

そういえば、そうだった。

学校があった時は、なんだかんだで一緒に帰ったり、寄り道をしてみたりと、二人の時間を作れていたけれど……。

夏休みに入ってからは、海に行くのも皆とだったし、それ以降はドラムの練習ばかりだった。

そんな中で、僕が他の女の子とばかり会っているというのは、藍衣としても面白くないところがあるのだろう。

……そんなふうに思ってもらえることを嬉しく思っている自分に、なんとも言えぬ度《ど》し難《がた》さを感じる。

「大丈夫だよ。僕だって、会えない時は藍衣のこと考えてる」

「……ほんとに？」

藍衣の真ん丸な瞳がこちらに向いた。

嘘じゃなかった。

確かにドラムの練習に多くの時間を割いているけれど……ふと集中が切れた時に考えるのは藍衣のことばかりだった。

「ほんとだよ。今日も散歩してるのかな、とか」

「うん、毎日してる」

「夜更《よふ》かししてないかな、とか」

「ベランダでお星さま見てると、気付いたら深夜になってるんだよね」

「……ちゃんと宿題やってるかな、とか」

「………………」

藍衣はきょときょとと視線を動かし、下手《へた》くそな口笛を吹き始める。

僕が肩を押して返すと、藍衣はくすくすと笑った。

そして、僕の肩に、こてんと頭を載《の》せた。

頬に彼女の髪の毛が当たって、くすぐったい。

「結弦の言葉って、優しくて、楽しい」

藍衣がぽつり、と言う。

「中学の頃から、もっと聞かせてもらえば良かった。今思うとね、あの頃は私が話してばっかりだったなって。いつも結弦が優しく相槌《あいづち》を打ってくれてた。もっとちゃんと、結弦の言葉に耳を傾けてたら……私たち、別れずに済んだのかなぁ」

しみじみとそんなことを言う藍衣に、僕はすぐに返す言葉が思いつかなかった。

「こんなこと、言ってもしょうがないって分かってるんだけどね。でも、考えちゃうなぁ」

藍衣はそう言って、くすりと笑った。

確かに、彼女の言う通りだ。

僕はあの頃、藍衣の言葉や行動の煌《きら》めきに惹《ひ》かれていた。彼女と一緒にいるだけで満たされているような気持ちになっていたし……それをだんだんと悪い方向に拗《こじ》らせて、少しずつ不満を募《つの》らせて……結局、取り返しのつかないところまでその思いを膨らませ、感情を叩きつけて、逃げ出した。

僕がもっと、自分の気持ちを素直に伝えられていれば、きっとあんな結末にはならなかったはずだ。

でも……あの時は、そうなってしまった。仕方のないことだったのだ。

「あの時があったから……今があるんだよ」

僕が言うと、藍衣の頭が動く。僕の肩に頬をつけながら、彼女は僕を見た。

「こうやってお互いの気持ちを言い合えるようになったのは、あの頃があったからでしょ?」

「……うん、そうだね」

藍衣は穏やかに頷く。

「今度は、じっくり……お互いの気持ちを知って、大切なものを理解して……そうやって、もっと結弦のことを好きになりたいな」

藍衣はそう言ってから……。

「ん～～～～～」

すりすりすり！　と僕の肩に頭を押し付けた。

「でも～～～～～」

「な、なに！　どうしたの！」

突然暴れだす藍衣に狼狽《ろうばい》した。

藍衣がバッと頭を上げて、僕を見る。

「もどかしい……」

「え……？」

「だって、結弦のこと大好きだもん！」

大好き。という言葉が頭の中をぐるぐる回る。

そして、顔の温度が急上昇した。

そんな僕に構うことなく、藍衣はばたばたと足を動かした。

「好きだから、もっと一緒にいたいし、いちゃいちゃしたい！」

「いや、そんな……まだ付き合ってもないのに……」

「付き合ってないけど、好きなの！」

藍衣は駄々をこねるように手足をばたばたと上下に揺すった。

「抱き着きたいし、ちゅーしたいし、それ以上のことだって……」

そこまで言って、藍衣はハッと息を吸い込んだ。

僕は驚いて、藍衣の方を見る。彼女もゆっくりと、視線を上げて、僕を見た。

少し濡れた上目遣《うわめづか》い気味な眼差《まなざ》しで、下から僕を覗《のぞ》いている。

「結弦……」

藍衣が、かすれた声で僕を呼んだ。心臓が跳ねる。

「ちゅー……していい？」

藍衣が僕の両の目を交互に見つめる。その顔は上気していて、妙に艶《つや》っぽかった。

ゆっくりと、藍衣が身体を持ち上げる。彼女の顔が、近づいてくる。

「し…………」

僕は震える口から、声を絞り出して。

「し……ない！」

ぐい、と藍衣の肩を押し返した。

藍衣は思い切り唇を尖《とが》らせた。

「も～～、カタブツ!!」

「だから、まだ僕たち、付き合ってないんだってば！」

「お互い好きならいいじゃん～～！　しちゃう流れだったじゃん！」

「だって、キスなんてしたら……！」

そこまで言って、僕は言葉を詰まらせる。

藍衣が僕の目を見つめた。

「したら、何?」

「いや……えっと……」

「なぁに」

藍衣がずい、と前のめりになる。

僕は彼女から視線を逸《そ》らしながら、小さな声で、答えた。

「もう、止まれなくなっちゃうよ……」

僕が震える声でそう答えると、藍衣が深く息を吸い込むのが分かった。

彼女の顔が真っ赤になる。

そして、僕の胸にぽすっ、と頭を押し付けた。

「……別に、いいのに」

藍衣が、小さな声で言った。

「え?」

ドキドキと胸が高鳴っている。きっと、僕の左胸に頭を押し付けている彼女には、この鼓動が聞こえている。

「止まらなくて……いいよ?」

ゆっくりと顔を上げて、藍衣が言った。

僕は彼女の濡れた瞳に見つめられながら、口をぱくぱくと開閉することしかできない。

再び、ゆっくりと藍衣の顔が近づいてきて。

「だ……だだ、ダメだ！」

僕はもう一度、彼女を押し返す。

「あーん！　ひどいよ～！」

藍衣がじたばたと抗議をするが、もう、絶対に折れないと決めた。

「ひどいのはそっちでしょ！」

「なんでぇ！　好きなのに～！」

「これのどこが〝じっくりお互いのことを理解する〟なんだよ！」

「大好きなんだからいいじゃん～！」

「そこまでしちゃったら、付き合ってないのも何もかも無意味になっちゃうでしょ！」

藍衣の肩を摑んで、僕は叫んだ。

「僕は、ちゃんと、藍衣のこと好きになりたいんだ!!」

僕がそう言うのに、藍衣は言葉を詰まらせた。

「僕だって同じ気持ちだよ。君のことが好きだと思う。キスだってしたいよ。でも……勢いでそこまでしちゃったら、結局、大事なことを全部すっ飛ばしちゃうことになるって分かってるんだ」

藍衣のことが好きだ。好きな子とキスなんてしたら、それはもう幸せで、気持ちがいいだろうと思う。

でも、その幸せや気持ち良さに身を委《ゆだ》ねてしまったら……どんどんと、その快楽におぼれていってしまいそうで怖かった。

深く考えすぎなのかもしれない。もっと気軽に、付き合ってしまってもいいのかもしれない。

でも、膨れ上がる思いに任せて行動して、僕は一度彼女との関係を終わらせてしまったのだ。

根本的な価値観をすり合わせないまま、お互いの言葉を嚙み締める時間を作らないまま恋人になって……、そのズレを放置して、取り返しのつかない段階になってそれに気が付くのは、もう嫌だった。

僕は藍衣の頭を抱き寄せて、自分の胸に押し付けた。半ばヤケクソだった。

「心臓の音聞いてよ！　信じられないくらい速くなってるんだから！」

僕は顔を真っ赤にしながら、そう言った。僕の胸に頭を密着させたまま、藍衣が頷く。

「うん……すっごく、速い」

「好きな子にキスしたいって言われて、それを断るこっちの気持ちにもなってよ……」

「……ご、ごめんなさい」

藍衣はようやく落ち着いたように、同じ姿勢でじっとしていた。

「うん……うん……ごめんね。私……ちょっと寂しくてヘンになっちゃってた」

「……うん。寂しくさせてごめん」

「ううん。結弦のせいじゃないよ」

僕の胸の中でもぞもぞと藍衣が動いて、その視線が僕の方へ向いた。

「なんか……中学の時よりも、ちゃんと〝恋〟が分かったかも」

藍衣はそう言って、薄く微笑む。

「前は、結弦と一緒にいるだけで、心が満たされて、楽しくて、嬉しかった。でも今は……」

そこで言葉を区切って、もう一度、彼女は僕の胸に頭を預けた。

「ちょっと、苦しいや」

その言葉に、僕は胸が熱くなるような感覚があった。

中学生の頃の藍衣は……僕にとって、神様みたいな存在だった。自由で、輝いていて……手の届かない哲学を持っているように見えて。

でも、今の藍衣は……なんだか、普通の女の子だった。

そう感じられるようになったのは、僕も藍衣も成長して、その上で、言葉を交わしたからなのだろうと思う。

「……僕も、苦しい」

僕が答えると、胸の中で、藍衣がこくりと頷く。

「……好きだよ、結弦」

「うん」

「私のこと好きになってほしい」

「うん……もう、なってる」

「付き合ってほしい。ぎゅーってして、ちゅーしてほしい」

「うん。いつか、そうしたい」

もぞ、と藍衣が頭を上げて、そして笑った。

「それまでは、我慢するね！」

僕も、微笑んで返す。

「うん。僕も、我慢する」

「えへへ。なんか、あべこべだねぇ」

「本当にね」

藍衣はようやく僕から離れて、テーブルを挟んで反対側に座り直した。

「は〜。いっぱいくっついて、ちょっと結弦を補充できたな」

「なんだよ、それ……」

藍衣はくすくすと笑って、コップに入った麦茶をゴクゴクと飲んだ。

そして、花が咲くような笑顔で言った。

「バンド、頑張ろうね！」

「うん……頑張ろう」

二人で笑い合って、たっぷりと話した。

のんびりとした時間のようだったが、あっという間に夕方になり。

母親から「そろそろ夕飯！」というメッセージが届いたので、家に帰ることにする。

「じゃあ、またね！」

「うん、また」

藍衣に見送られながら玄関を出る。

ギシギシと軋む階段を降りて、アパートの外に出る。

振り返ると、二階の廊下の手すりから身を乗り出すように、藍衣が手を振っていた。

僕はそれに手を振り返して、今度こそ自宅へ向けて歩きだした。

「はぁ……」

深く、ため息をつく。

藍衣の家に行き、その生活の一端を垣間見《かいまみ》た。

思っていたよりもずっと質素で、そして、なんというか、寂しげな家だった。

そして……今日の藍衣の様子は、なんだか今までの彼女とは違っていた。

いつもの人懐《ひとなつ》っこさを踏み越えて、〝女の子として〟僕に甘えてきていたような気がする。

その行動は僕にとってはとても意外なものだったけれど……よくよく考えれば、普通のことのような気もした。

好きな相手を独占したいと思う気持ちは、ごく当たり前のものだ。

僕が藍衣に対して嫉妬心が湧いてこないのは……きっと、彼女の態度がきっぱりしているからだ。僕にだけ恋愛的な好意を向けてくれているのが、はっきり分かっているからだ。

でも、僕の周りには彼女が言うように、多くの女子がいて……その中の一人は、明確に、僕に対して好意を抱いている。

そんな中で「落ち着いて見ていろ」というのも、酷な話だと思った。

やっぱり、僕は心の中で、藍衣を神様のような存在だと思っていたのではないか。

いつもいつも静かに見守ってくれていて、その上で、僕に優しく助言をしてくれていた。薫の時だって、そうだった。

今日一日で藍衣の様々な一面を見て……改めて、思う。

僕はやっぱり、藍衣のことをすべて理解できているわけではないのだ。

そんなことを考えていると、ふと、名越先輩のことが思い浮かんだ。

そこまで仲良くもないのに、ガレージやドラムは二つ返事で貸してくれた先輩。おちゃらけながら会話はしてくれるものの、自分の心の内は一切明かそうとしない。そして、深く話そうとはしないのに、ドラムのリズムには身体を揺すっている。

すべてを曝《さら》け出してくれているように見えてつかみどころがない藍衣とは真逆だな、と思った。

そして……そういう意味では、藍衣と名越先輩は……どこか、似ているような気もするのだった。

土砂降りだった。

ばちゃばちゃと水溜まりを雨水が叩く音が、ガレージの中に響いている。

「こりゃ当分やまないかもねぇ」

出入り口の近くで空を見上げながら、美鈴《みすず》先輩が言った。

壮亮《そうすけ》もその隣で「うわぁ」と声を漏《も》らしながら、空を見ている。

基本的なリズムはある程度——未《いま》だに、結構ヨレてしまうのは課題だけれど——叩けるようになったと認められて、今日は美鈴先輩に〝フィル〟を教えてもらう予定となっていた。

フィル、というのは小節の切り替えなどでちょっとした〝キメ〟を作る大事な技術だけれど……基本的なリズムしか叩けない僕にとっては未知の領域だった。

「そんだけ叩けてりゃ、ちょっと練習すればいけるよ」と美鈴先輩は言うけれど、動画サイトなどでなんとなくそれらしい箇所を確認しても、やはり「難しそう」という印象しかない。

「ま、アホみたいに空見ててもしゃーないし、始めるかぁ」

美鈴先輩が手を打って、僕の方へ寄ってくる。

壮亮も、ギターのストラップを肩にかけて、近くのバースツールに腰掛けた。

そう、後夜祭で演奏する曲も決まったので、今回は壮亮のギターと合わせてみるのも練習メニューの一つだった。

「あんま難しいことしなくても、スネアをツタタタン！　って叩いてみたりするだけでもフィルって言っちゃえるからね」

まずは美鈴先輩がいくつか手本を見せてくれる。何度見ても、彼女の手元の流れは美しかった。無駄がなく、音も力強い。

「サビでもないとこで盛り上げすぎてもしょうがないから、AメロBメロでは無理しなくてもいい。正直、リズムさえずれなきゃ誰も気にしないし」

教えてもらいながら、少しずつ、基本的なビートとは違う叩き方を覚えていく。

壮亮は僕のドラムに合わせて、コードを弾《ひ》いてくれていた。それだけでも、なんだか音楽を演奏している実感が湧いて、気分が高揚する。

「いや、前よりだいぶサマになってんな。こりゃ絶対いけるぜ」

壮亮も前向きに鼓舞《こぶ》してくれる。そう言われると本当にできる気がしてくるので、不思議だった。

サビ前やサビ中のフィルだけは美鈴先輩が叩き方を完全に決めて、教えてくれた。今までスネアを連続で叩いたり、タムドラムをすべて叩いていくような動きは重点的に練習していなかったので、若干《じゃっかん》苦戦したが……数時間も練習しているとそれなりにはなってきた。

「よし、ちょっと休憩しよう。結弦《ゆづる》はなるべく腕脱力して、しっかり休めな」

「はい……！」

「壮亮もね。結構ぶっ続けで弾いたっしょ」

「まだまだいけますけどね」

「いいから、休む！　本番前に腱鞘炎《けんしょうえん》になったら最悪だよ」

美鈴先輩は、締めるところはしっかりと締める人だった。有無を言わせず、僕と壮亮に休憩を取らせる。

「軽音部は後輩にドラム希望者いなかったから、こうやって初心者に教えるのってあたしも初めてだったけど……意外とおもろいもんだね」

美鈴先輩はスポーツドリンクを飲みながら、ニッと笑った。

僕はなんだか嬉しい気持ちになりながら、頭を下げる。

「丁寧《ていねい》に教えてもらえて、本当に助かってます」

「んふ、結弦、教え甲斐あるからさぁ」

美鈴先輩が少し嬉しそうに笑うのに、壮亮は唇を尖《とが》らせた。

「なーんか……結弦って人タラシなとこあるよなぁ」

「ええ……？　そんなことないでしょ」

「あー、ちょっとそういうとこありそう」

「ですよねぇ！」

美鈴先輩も一緒になって、僕をからかってくる。

僕が困っていると……ガチャ、と扉の開く音がした。そして、すぐに小走りで、ガレージに走り込んでくる人影があった。

「降りすぎ！」

そう言いながら、名越先輩がガレージに入ってきた。

頭にかかった雨粒を手で払ってから、ニッと笑う。

「おーおー、やってんねぇ」

名越先輩はにやにやと笑いながら僕たちを順繰りに見つめて、そのままぼすっ、とソファに座った。彼女は今日も制服姿だ。そういえば、彼女の私服姿って見たことないなぁ、なんてことを思う。

「李咲《りさ》さぁ。夏休みでもずっと制服着てるわけ？」

まさに僕が思っていたことを美鈴先輩が口にしたので、驚く。

名越先輩はひらひらと手を振って、面倒くさそうに言った。

「なんで休日にいちいち着る服選ばないといけないんだし。制服は洗濯も楽だしさぁ」

「干物じゃん」

「うるせー。気に入らないなら帰れば？」

言葉の上では言い合っているように見えるが、二人とも口調に棘《とげ》はなく、これがいつものコミュニケーションなのだと分かる。

そして、制服を着まわしているというものぐさ具合も、なんだか彼女らしいような気がした。

僕は二人のやり取りに頬を緩《ゆる》めていたが……壮亮は、なんだか緊張した様子だった。

ああ……もう一度、頼むのか。

僕がそう察したときには、彼はもう口を開いていた。

「あの……先輩。やっぱり後夜祭のバンドのベース、先輩にやってほしいです」

壮亮が意を決したようにそう言うが、ソファに深々と腰掛ける名越先輩は、煩《わずら》わしそうにゆるゆると首を横に振った。

「しつこいなぁ。やらないってば」

「お願いします。ベースは先輩以外考えられないんです」

「もう二年もベース弾いてないヤツしか考えられない、ってのは思考停止でしょ。軽音部から借りなよ。湯島《ゆしま》だっけ？　あいつの方があたしより上手《うま》いって、絶対」

壮亮は真剣に頼み込むが、先輩は取り合う気がないように手をぶらぶらと振っている。

「……昔はあんなに楽しそうに弾いてたのに」

壮亮が零《こぼ》すと、先輩はスンと鼻から息を吐く。

「昔の話は、昔の話だよ」

名越先輩がそう言い切ると、壮亮の表情の温度がぐわっ、と上がるのが、僕にも分かった。

「先輩がベースを弾かなくなったのは！」

壮亮が大きな声を出すと、空気がぴりっと張り詰めたような感覚があった。

嫌な予感がする、とも、言えた。

「……市原雄悟《いちはらゆうご》の、せいなんですよね？」

彼がそう言い切ると、僕の隣にいた美鈴先輩がハッと息を吸い込む音が聞こえた。視線を動かして彼女を見ると、明らかに動揺していた。その見開かれた目が、名越先輩の方を見ている。

僕は美鈴先輩の視線を追うように名越先輩を見て……ぞくり、とした。

彼女の表情は、あまりに、冷たかった。

そして、その冷たさの奥に……明確な怒りがあると……分かった。

しかし、壮亮の言葉は止まらない。

「あの人が〝捕まった〟のと同時に、先輩はベースをやめたじゃないですか。憧《あこが》れてたミュージシャンがあんなことになって、それで――」

「おい」

名越先輩が、低い、あまりに低い声を上げた。壮亮が言葉を詰まらせる。

先輩はソファから猛然と立ち上がり、壮亮の胸倉を摑み上げた。

「あたしの前で……二度とその名前を口にすんなッ!!」

名越先輩が吼《ほ》えると、その声はガレージの中で反響して、その壁をびりびりと揺らした。

時間が停止したかと、思った。

「……ッ」

壮亮は、先輩に締め上げられたまま、狼狽《ろうばい》したように口をぱくぱくと開いたり閉じたりしている。

先輩も、我に返ったように、ハッと息を吸い込む。

そして、パッと壮亮の襟《えり》から手を離した。

「……………ごめん」

先輩は小さく謝って、ゆっくりと、ガレージの出入り口へと向かう。

「ベースはやらない。どれだけ頼まれても……やらない。だからもう諦《あきら》めな」

それだけ言い残して、名越先輩はガレージを出てゆき……遅れて、パタン、と家の扉が閉まる音がした。

壮亮は、呆然とした様子でその場に立ち尽くしている。

しばらく、誰も、何も言わなかった。

「…………はぁ」

美鈴先輩が、大きなため息をついて。

「……腹減った」

と、言った。

そして、僕の肩をぽん、と叩く。

「奢《おご》ったげるから、ご飯食べ行こ。壮亮も」

先輩が壮亮にも声をかけるが、彼はその場に無言で立ち尽くしたままだ。

「……ったく、もう。ほら、行くよ！」

先輩は壮亮の肩にかかったギターを無理やり取り上げて、それをケースにしまう。

そして、それを再び壮亮の肩にかけなおし、バン！　とケースごと壮亮を押した。

「……うす」

壮亮がようやく頷《うなず》くのを見て、美鈴先輩は少し安堵《あんど》したように息を吐いて、僕に視線を送った。僕も椅子から立ち上がって、荷物をまとめる。

傘を差してガレージを出ると、傘に激しい雨がぶつかって、バチバチと音を立てた。

憂鬱《ゆううつ》な気持ちのまま、僕たちは駅前まで戻り、ファミリーレストランに入った。


「……名越先輩が市原雄悟に憧れてたことくらい、音を聴けば分かりましたよ」

ファミレスでご飯を食べながら、壮亮は苦々しい表情で言った。

「あんなに、市原雄悟の音に近づいていた人、他に見たことがない。憧れてなきゃ、ああはならない」

僕がちらりと美鈴先輩の方を見ると、彼女は頷くことも否定することもせずに、壮亮の話を聞いていた。

「すごいと思った。あのまま続けてたら、とんでもないベース奏者になってたに違いないんだ。なのに……市原雄悟は……逮捕されて、業界から消えた。それで、先輩も……」

物騒な言葉が突然飛び出して、僕は声を上ずらせる。

「た、逮捕……？」

僕の狼狽《うろた》えた声に応《こた》えるように、向かいに座る美鈴先輩が、頷いた。

「人を殺したんだよ。同じバンドのメンバーを」

「えっ……？」

「バンドの今後の話で、喧嘩したらしくて。それが白熱して、首絞めて、殺しちゃった。一時期騒ぎになってたけど、結弦は知らなかったんだ」

「ええ……あんまり、テレビとか見ないので」

「なるほどね」

美鈴先輩はいつもと同じく脱力した表情だったが、少しだけ、悲しそうだった。

「市原雄悟はすごいミュージシャンだった。憧れてた人が逮捕されてショックなのはわかる。でも、だからって、自分の才能まで潰《つぶ》しちゃうことないじゃないですか。それどころか、今のあの人は滅茶苦茶《めちゃくちゃ》だ。なんもかんも放り出して、好んでテキトーに生きてるように見える……俺は、それがすごく……つらい」

壮亮が苦しい表情で心情を吐露《とろ》している。彼のこんな様子を見るのは初めてで、僕は戸惑《とまど》った。

いつも朗《ほが》らかで、きっと壮亮なりに悩みもあるだろうに、それをまったく表に出さない彼が……ここまでつらそうに何かを語るのを見ると、なんだか僕まで苦しくなるような感覚があった。

「壮亮の言ってることは分かる」

美鈴先輩はため息交じりに、言った。

「あたしも、壮亮と同じことを思わないでもないよ。……でも、あたしは、あいつが馬鹿みたいにベースを弾き続けてたのを、隣で見てたから……」

先輩はそこで言葉を区切って、かすれた声で言った。

「それをやめるってことが、あいつにとってどれだけ大きなことかってことも……分かってやらないといけないと思う」

その言葉は、重い響きを伴っていた。

好きで好きでたまらなかった何かをやめる。そんな重大な決断をして、それきり本当にすっぱりとやめてしまうほどの理由。

そのすべてが、僕には想像もつかないものだった。

もし僕が読書をやめるとしたら……二度とそれをしないと決めるのだとしたら、それは一体、どんな理由だというのだろう。

考えてみても、答えは見つからない。

「やめないと、つらいから。李咲自身の心を守るために、そうしたんでしょ。だったら……もうそっとしておいてあげるのがいいんじゃない」

美鈴先輩はそう言って、言うことは言ったとばかりに食事を再開した。

しかし、壮亮はわなわなと震えていた。

「……あの人の周りの人間が、そうやって〝大人ぶった〟から……誰もあの人にベースをもう一度握らせようとしなかったから、こんなことになったんじゃないですか」

壮亮のその言葉には、明確に〝糾弾《きゅうだん》〟の意図が込められていて、驚く。美鈴先輩も、ぴくりと眉を動かしながら、顔を上げた。

「なにそれ、どういう意味」

先輩も、少し気色《けしき》ばんだ声を出した。

しかし、壮亮は先輩を睨《にら》みつける勢いで、言葉を吐き出す。

「あの人がベース弾いてるとこ、ずっと見てたんですよね！　だったら分かるはずだ！　あんなに幸せそうに、楽しそうに演奏する姿が失われたんですよ⁉　本人も幸せで、その音を聴かされた方も、みんな最高の気分だった。あの音が失われることの大きさを、美鈴先輩は分かってるのに！　どうして！」

壮亮は、怒りに身を任せていた。そんな感情をぶつけられた先輩も、少しずつ、ヒートアップする。

「だから、それは本人が選んだことでしょ！　それに口を出す権利が、誰にあるっていうわけ！」

「そんなことはどうでもいいんですよ！　だって……」

壮亮はそこで言葉を区切って、喉《のど》の奥につかえる、大きく、重苦しい塊《かたまり》を吐き出すように、言った。

「……まだあの人は、音楽に惹《ひ》かれてるじゃないですか……！」

壮亮が言うのに、美鈴先輩は困ったように、息を詰まらせた。

「結弦がガレージのドラムを叩くようになってから、少しだけ、李咲先輩の表情が変わったんですよ。昔の、ライブハウスで身体を揺すってた時のあの人の表情に、戻りかけてた！」

「そんなの、あたしだって……」

「だったら、もう一度音楽をやらなきゃ嘘でしょ！　俺は……もう一度、あの人にベースを弾いてほしいんだ！」

壮亮はそう言いながら、泣きそうな顔をしていた。

「誰も言わないなら、俺が言いますよ。嫌われたっていい。あの人がもう一度弾いてくれるなら、二度と口を利《き》いてくれなくたっていい。俺……もう一回行ってきます！」

「ち、ちょっと!?」

千円札を机にバン！　と置いて席を立つ壮亮。そのまま店の外に出ていってしまう。

美鈴先輩は額《ひたい》に手を当てながら、深いため息をついた。

「はぁ……ファンボーイってのもなかなか御《ぎょ》しがたいねぇ」

軽い口調で言いつつも、その声色は本当に参っている様子だった。

窓際《まどぎわ》の席だったので、外を見ると、傘を差して走っていく壮亮の姿が見えた。方角からして、本当に名越先輩の家に向かうつもりなのだろう。

「……壮亮、本当に音楽が好きなんですね。最近まで全然知らなかった」

僕が言うと、美鈴先輩は苦笑した。

「ま、あいつが音楽にハマったのは李咲がきっかけだよ」

「ええ。聞きました」

「あたしがライブハウスのノルマのために壮亮のことライブに呼んでさ。そこで、李咲のベースに一目惚《ひとめぼ》れよ。まあ……それだけ、李咲の音には魅力があったから」

先輩はそう言って、どこか懐《なつ》かしそうに目を細めた。

「壮亮、訳知り顔で市原雄悟の話ししてたけど、李咲の音が市原のに似てるって話をしたのもあたしだし、それを聞いて市原にもハマってた。可愛かったな～」

数年前のことを思い出すように、穏やかにそう語る美鈴先輩を見て……ふと、疑問が湧いた。

「美鈴先輩は……本当はどう思ってるんですか？」

僕が訊くと、美鈴先輩はこちらを見て、少し迷うように視線をうろうろと動かした。

それから、すう、と息を吐く。

「あたしだって……また弾いてほしいと思ってるよ」

先輩はゆるゆると首を振りながら、呟《つぶや》く。

「李咲の音は……一度聴いたら、忘れられない。市原雄悟に似てる、って、当時は思ってたけど……今では、それもなんか違う気がする」

先輩は、テーブルの上に視線を彷徨《さまよ》わせながら、ふさわしい言葉を探すように、ゆっくりと語った。

「あいつは昔から掴みどころがないというか……言葉が少ない方でさ。よく笑ってたけど、なんで笑ってるのかはよく分からないというか……なんか、とにかくヘンなヤツだった。でもさ、ベースを握らせるとそりゃもう、よく喋《しゃべ》るわけよ」

「よく、喋る？」

「そう……音が、ね」

美鈴先輩はくすくす、と笑う。

「音を聴けば、あいつのその日の機嫌が分かるんだよ。言葉の代わりに、ベースが喋ってるみたいだった。音楽の子だったよ、李咲は」

先輩はそう言ってから、スッ……と表情を硬くする。

「でも……あたしがさ、思うままに、『またあいつの音が聴きたい』なんて、壮亮に言っちゃったらさ……味方だと思われそうで、あいつを勇気づけちゃいそうで……そんなことできないよ」

「……名越先輩のため、って、ことですか？」

僕が訊くと、美鈴先輩はおもむろに頷く。

「壮亮は知らないんだよ。李咲に何があったのか」

そう言われて、僕はそれ以上何も言えなかった。

名越先輩がベースをやめた理由は、当時彼女の一番近くにいた人しか知らない、ということなのだろう。

「……でも、壮亮の言ってたことも、本当に、分かるんだよ」

「え？」

「……李咲が、今でも、音楽に惹かれてるって話」

美鈴先輩は困ったように髪の毛を掻きながら言う。

「結弦が電子ドラムを叩いてるのを聴いてる時のあいつ……やっぱり、なんか嬉しそうだもん」

先輩の言葉は、テーブルの上に転がって、そのまま下に転がり落ちていくようだった。

「きっと、結弦のドラムの音の中の言葉を……聴いてるんだろうな」

音の中の言葉。

それがどんなものなのか、僕にはよく分からなかったけれど……。なんだか、美鈴先輩のその言葉は、ジワリと僕の胸に浸透するようだった。

きっと、言葉というのは、会話や文字の中だけに宿るわけじゃないのだ。

「はー！　あたしはどうしたらいいのかねぇ」

美鈴先輩は大きなため息をついて、言う。

「李咲にもう一度音楽の方を向かせるべきなのか……それとも、あいつの抱《かか》えた深い絶望に触れないでいてやるべきなのか」

先輩は呟いてから、窓の外に視線をやる。

「……壮亮、李咲の家行ったのかな」

「多分……そうでしょうね」

「馬鹿だな。冷たくあしらわれて終わりなのに」

そう言う先輩は少し寂《さび》しそうだ。

「……そうかもしれませんけど。僕は……壮亮が馬鹿だとは思いません」

僕がぽつりと言うと、美鈴先輩は驚いたように僕を見つめた。

「伝えたいことは、何度でも伝えるべきです。そうしなければ後悔するって分かってるから、きっと壮亮は踏ん張ってる」

きっと、壮亮はすでに、後悔しているのだと思う。

サッカー部で再会した先輩と……彼は、思うようなコミュニケーションを取れなかったのではないか。そして、去っていった先輩のことを、今でも、気にしている。

彼女を理解できなかったこと、そして、自分の気持ちを伝えきれなかったことを……悔やんでいる。

だからこそ、今、拒絶されてもなお、全力でぶつかり続けているんじゃないか。

「大事に思う気持ちがあるなら、ぶつかり合わないといけないこともあると思います。彼がそのために懸命に戦うのであれば……僕は……」

今、きっともう一度名越先輩に体当たりしているであろう壮亮のことを思い浮かべながら、僕は、言った。

「僕だけは……壮亮に、『それでいい』って……言い続けますよ」

僕がそう言い切るのを聞いて、美鈴先輩はしばらく目を丸くしたまま硬直していた。

そして、突然、彼女は破顔《はがん》した。

「あはは！　そっか、そっか……」

美鈴先輩はけらけらと笑ってから……小さく、頷いた。

「あんたら、ちゃんと友達なんだねぇ」

先輩はしみじみとそう言って、「はー」と息を吐く。

「そうだね……うん、そうだ。みんな…………好きにしたらいい」

彼女は何かに納得したように、何度も、何度も頷いた。

そして、僕をじっ、と見つめた。

「じゃあ、壮亮を頼むわ。あたしが行っても、結局どっちの方にも寄り添えずに、ただ立ってるだけになっちゃうから」

「……はい。分かりました」

二人頷き合って、僕たちはガツガツと、残りのご飯を平らげた。

そして、ファミレスを出てすぐに先輩と別れ、僕は名越先輩の家へと向かう。

まだ、壮亮は先輩と話しているだろうか。

それとも、もう話を終えているのだろうか。

どちらにしても……僕は、壮亮の想いを踏まえたうえで……先輩と話がしたいと思った。

EP.09

9章

A story of love and dialogue between a boy and a girl with regrets.

相変わらずの土砂降りの中、早足で、名越《なごし》先輩の家を目指していた。

傘を差していても、みるみるうちに、靴とズボンが濡れていく。

藍衣《あい》が隣にいたら、楽しそうにはしゃぐんだろうな……なんてことを考えるが、一人でいると、やっぱり、こんな雨は憂鬱《ゆううつ》だった。

気付けば、足が濡れることばかりが気にかかって、視線が落ちていた。

現在位置を確認するために、ふと視線を上げると。

「…………！」

田んぼ道を、こちらに向かって歩いてくる人影があった。

俯《うつむ》きながら歩く男子。

僕は急いで、駆け寄る。

「……壮亮《そうすけ》」

「……結弦《ゆづる》」

力なく顔を上げる壮亮。その表情を見るだけで、名越先輩にすげなく断られたということがありありと分かった。

「…………ダメだった」

壮亮は、ぽつりと言った。

「……そっか。頑張ったね」

僕が頷《うなず》くと、壮亮は俯いたまま、グッと奥歯を噛むように口元を歪《ゆが》めた。

「なあ……結弦なら、説得できるか？　お前みたいに、まっすぐで、優しい言葉が使えたら、もっと、違ってるのかなぁ」

壮亮の声が震えている。

僕は何度も首を横に振った。

「そんなことない。君の想いは、絶対、伝わってる」

「伝わってねぇよッ！」

壮亮が叫んだ。

びゅう、と風が吹いて、壮亮の傘がおちょこになった。僕は慌てて、それを掴み、ぐい、と押し下げる。

「先輩、ずっと、笑ってんだよ。俺が何言っても、表情一つ変えないでさぁ。その奥の気持ちを全部隠しちまうみたいに、薄く、笑ってる……！」

「うん……そうだね」

「俺は……俺は、なんにも……あの人のこと、なんにも知らないんだ……。ベースを弾《ひ》いてた時のあの人は、ただただ楽しそうで、音が、はずんでて……そこに感情が溢《あふ》れてた。ライブを聴いてるだけで、先輩と、会話してるみたいな気持ちに……なれたんだ……ッ」

壮亮は、俯いたまま、痛みが口から溢れ出すように、かすれた声を絞り出している。

「でも……！　音楽をやめた先輩は……なんにも……なんにも、言ってくれない！　言葉の通じない人と話してるみたいな気持ちになるんだ……俺の言葉が全部、あの人の身体をすり抜けていってるみたいで……！」

壮亮は震えていた。ぽたぽたと、雨ではない雫《しずく》が垂れているのが見える。

「怖くて、悲しくて……寂《さび》しいんだ……ッ！」

僕はたまらず、傘を畳んで、壮亮を抱きしめた。その背中を何度も撫でる。

「なぁ……俺、戻ってほしいんだよ……また、聴かせてほしいんだよ。あの人の気持ちを……！　心が通じてなくても、また……話したいだけなんだよ……」

「うん。そうだね。君は……ずっと、聴いてたんだもんね、先輩の音を」

「うっ……ううっ……！　俺、おれ……間違ってんのかなぁ……」

「どうでもいいんだ。そんなことは」

僕は彼の背中を撫でながら、必死に言葉をかける。

「君の気持ちが嘘じゃないなら、それでいい。君の気持ちを受け止めて、先輩がどうするかは……彼女自身が決めるだけなんだよ」

「俺ッ……美鈴《みすず》先輩の言ってることも、分かるんだよ……！」

「うん……」

「でも、名越先輩の気持ち……聞いてないからッ」

「そうだね」

「音楽やりたいなら、やりたいって……言ってほしい……！　もうやりたくないなら、そう言ってほしいだけなんだッ」

「うん……」

僕は、壮亮がすべての言葉を出し尽くすまで、背中を撫でることにした。

彼は震えながら、どこにも吐き出すことのできなかった感情を、一気に吐露《とろ》している。

大丈夫だ、僕しか聞いてない。

本当は誰にも聞かせたくなかった言葉を、この大雨が流してくれる。

「『やらない』だけじゃ……分かんねぇよッ!!」

壮亮はそう叫んで、それから、ずっと、すすり泣いていた。

僕は壮亮が泣きやむまで……ずっと、彼の背中を、撫で続けていた。


「悪い……なんか、みっともないとこ見せた」

壮亮はそう言って、照れ臭《くさ》そうに真っ赤になった鼻を掻きながら、不器用に笑った。

「ううん。君も泣いたりするんだなって分かって、ちょっと安心した」

僕がからかうように言ってやると、壮亮は「なんだよそれ！」と、僕の肩をドンと押した。

「……先輩のとこ、行くのか？」

「うん……行く」

「結弦も……説得してくれるのか？」

訊《き》かれて、僕はゆっくりとかぶりを振った。

「ううん。説得はしない」

僕の言葉に、壮亮は目を丸くした。

「え……じゃあ、何しに行くんだよ」

僕はニッと笑って、答えた。

「ドラムの練習」

壮亮はきょとんとした表情を浮かべてから、ぷっ、と噴き出した。

「真面目《まじめ》かよ、馬鹿！」

「うん、僕は真面目なんだ」

「あはは……そっかそっか」

壮亮は何度も頷いて、なんだかすっきりしたような表情で、笑う。

「頑張れよ、練習。後夜祭、成功させないとな」

「うん。頑張る」

頷き合って、同時に、逆方向を向いた。

壮亮はもう、「先輩に頼んでくれ」とは言わなかった。もう今後、そんなことを言ってくることはないだろう、と、分かった。

彼に伝えたように……僕は、名越先輩を説得するつもりはなかった。

でも……壮亮の心の叫びを聞いて……やっぱり、先輩の本音を知りたいと、思った。

そのためにできることは……結局、対話しかない。

僕は僕の持てる言葉のすべてを、先輩に投げかけるのだ。それに彼女が返答してくれるかどうかは、問題じゃない。

そうしたくないなら、そうしなくてもいい。

でも……言葉を投げかけることをやめてしまったら、もう、おしまいなのだと、僕は知っている。


「おー、おかえり」

名越先輩の家に着くと、ガレージは開いており、先輩はバースツールに座って、ひらひらと僕に手を振った。

僕はわざとらしく、きょろきょろとガレージの中を見回してみる。

先輩は、「あー」と声を漏《も》らした。

「安藤《あんどう》は帰ったよ」

「……そうですか」

知っているのに、僕はそう答える。

「美鈴は？」

「帰りました」

「ふぅん。まあこの雨だしなぁ」

僕は荷物を置き、中からドラムスティックを取り出した。

「で、浅田《あさだ》少年はまだまだ練習しようと戻ってきたわけだ」

「そうです」

「真面目だねぇ」

「僕が一番素人《しろうと》だから。……一番、練習しないと」

僕がそう言うと、先輩は押し黙って……じっ、と僕を見つめた。

「……なんですか？」

僕が首を傾《かし》げると、先輩は「いやぁ」と苦笑を浮かべる。

「読書少年だった浅田が、なんでこんなに張り切ってドラムやってんのかなって」

先輩は心底不思議そうに、そう言う。

「安藤に強引に誘われただけなんだろ？　そんな必死こいて練習する必要あるかね」

「だって、ドラムが下手《へた》じゃ、盛り下がるでしょ」

「そんなの、キミに関係ある？」

訊かれて、僕は戸惑《とまど》う。

無様な演奏では、バンドとして恥ずかしいじゃないか、と思ったけれど。

「乗り気じゃないのに無理やりやらされてさぁ。完成度まで高めようとするなんて、真面目すぎると思うけど」

先輩はくすりと笑いながらそう言った。

僕は……少し、考える。

確かに、最初は、壮亮に突然、しかも強引に誘われてバンドをやることになった。

でも、美鈴先輩の助けもあって、少しずつ上達するうちに、楽しくなった。

上達したといっても、僕はまだ、下手《へた》だ。上手に叩けているという自信が持てるわけもなくて、少しでも上手《うま》くなるために、必死で……思ったように叩けないと、苦しくて。

なのに、どうして。

そう、深く考えると……思い浮かぶのは、壮亮と、美鈴先輩。そして、まだ一緒に練習はできていないけれど、藍衣《あい》や、薫《かおる》の顔だった。

「……新しい、言葉を得たような気がするからです」

僕がそう言うと、先輩の眉がぴくり、と動いた。

「僕と壮亮と薫は……同じクラスで、そんな理由だけで、たまたま仲良くなれただけなんです。まったく違う価値観を持って、同じ場所にいて……それだけでも、楽しかった。でも……」

僕は、心の中を整理するように、言葉を吐き出す。

「こうやって、バンドをやるっていう……一緒に同じことをする……っていうのは、僕にとって、新しい〝言葉〟になりました。口で会話しなくても、同じものを共有できるのが……嬉しいのかもしれません」

僕がそう言うのを、先輩は感情の読めない顔で、聞いていた。

そして、フッ、と、なんだか寂しそうに笑った。

「キミは、なんというか、眩《まぶ》しいな……」

名越先輩はそう言ってから、鋭く目を細めて、僕を見る。

「感受性が豊かで……自分の心を言い表すための言葉を持っていて……羨《うらや》ましいよ」

彼女はバースツールから立ち上がって、ゆっくりと、僕に近寄ってきた。

「なあ……やめさせてくれない？」

「何を、ですか」

「分かるでしょ。安藤にさ、もうしつこくベースを弾けって言うのやめさせてくんない？」

先輩がそう言うのに、僕は首を横に振った。

「……できません」

「なんで？」

「それが壮亮の本心だからです。それを止めることはできない」

「迷惑してるんだって」

「だとしても、です」

「部員が困ってたら助けてくれるって言ってたじゃん。あたし今困ってるんだけどなぁ」

いつものように、真意を窺《うかが》わせない微笑みを浮かべる名越先輩。

それでも、僕は首を縦《たて》には振らない。

「できません……僕は、壮亮の気持ちしか聞いてないから」

僕が言うと、名越先輩は一瞬、怯《おび》えたような表情を見せた気がした。

「困ってるって言うなら、名越先輩が今どんな風に困ってるのか、教えてください」

僕が間髪《かんはつ》をいれずに言うと、先輩は苦笑した。

「面倒なことを言うなぁ」

「それを面倒くさがるなら、僕は壮亮を止めたりできません。僕には……名越先輩が、ただ自分の気持ちを誰にも教えたくないがために、壮亮を遠ざけているように見えます」

僕がそう言うのを聞いて、スッと先輩の表情の温度が下がったのが分かった。胃の辺りが冷えるような感覚。怖かった。

先輩は僕を射貫《いぬ》くような目線を向けてくる。

「おめでたいヤツだなぁ、キミは」

その言葉は、明確に、僕を傷付けようと放たれたものだと分かった。ひるまぬよう、奥歯を嚙み締める。

「言葉を尽くすのって、疲れるんだよ。そんな疲れる行為を、浅田や、安藤のためにしてやる理由がどこにあるわけ？　キミは、お互いに言葉を尽くし合って、気持ちを伝え合えばすべてが解決すると思ってる。そういう〝夢物語〟を信じてるわけだ」

「そんな言い方――」

「自分が心を開けば、相手もいつかはそうしてくれると信じてる。今までは〝そういう優しい人〟にだけ出会ってきたのかもね。でも、あたしは違う。キミのためだけに時間を使ってやったりしない。言葉なんてものに、何一つ価値を置かない」

先輩は捲《まく》し立てるように言った。

そして、息を吸い込み……ゆっくりと、呟く。

「言葉なんてさ……いつか、全部嘘になるんだよ」

そう言う彼女の顔には、少しだけ、悲しみの色が混ざっているような気がした。ずっとひた隠しにされてきたそれを垣間見《かいまみ》て、僕は小さく、息を呑む。

「だから、あたしに言葉はいらない」

名越先輩はそう言い放って、滲《にじ》み出てしまった感情をごまかすように、笑った。

「頼むって。〝もうやめとけよ〜〟って言ってくれるだけでもいいから――」

「言葉がいらないって言うなら」

僕は、先輩の言葉を遮《さえぎ》って、言った。

「音楽は、どうなんですか」

名越先輩は、言葉を詰まらせる。

「あなたの言葉は、音楽だったんじゃないんですか」

僕がそう言い切るのを聞いて、先輩は瞳を揺らしたが、すぐにスンと鼻を鳴らした。

「分かったようなこと言うなよ。音楽だって……言葉と同じだ。全部嘘だったたって、気付く時が来る」

「でも、薫と、屋上で音楽の話をしてた。僕のドラムを聴いて、身体を揺すってた！　先輩はベースから離れても、音楽自体から離れたわけじゃない」

「ただの暇潰《ひまつぶ》しだよ。夢中で聴いてるのとは違う」

「でも……」

「あ〜〜もう面倒くさいな!!」

先輩は煩《わずら》わしそうに声を上げて、僕を睨《にら》みつける。

「安藤に忠告してくれないなら、ここもう使わせないぞ」

脅《おど》すように言われて、僕は言葉に詰まる。

……でも、そう言われてしまったら、仕方がない。

「もとから……厚意に甘えて使わせてもらってただけですから。先輩がそう言うなら、もう来ません」

僕がそう答えると、再び、名越先輩の瞳が動揺するように震える。

「僕は……壮亮の気持ちを大切にしたい。それとこの場所を天秤《てんびん》にかけることはできません」

「いや、でも、じゃあ……練習はどうすんのさ」

「どうにかします」

「どうにかって……」

　自分で脅しておいて、先輩は動揺しているようだった。ただ僕を引き下がらせたかっただけなのかもしれない。

　やっぱり、ただ意地が悪いだけじゃないのだ。

　僕から音楽を奪うことを、躊躇《ためら》っているように見える。

「……壮亮の行動が迷惑だと言うなら、先輩が壮亮を説得すべきです」

　僕の言葉に、先輩は苦しげに、首を横に振る。

「だから……もうそれは散々伝えたんだってば」

「何度でも、伝えるべきです。そうされたら困る理由を、壮亮が納得するまで」

「……」

「先輩は分かってるはずです。拒絶されてもなお、壮亮があなたの音楽を聴きたがっていることを。それだけの熱量と想いを持って、彼があなたにぶつかっていってることを」

　僕は、先輩の前で姿勢を正す。

「ちゃんと……返事をしてあげてください。壮亮は……あなたがまだ音楽を好きかどうかを、聞きたがっているんです。〝やらない〟という言葉だけじゃ足りないんです」

　先輩は、ふるふると、弱々しく首を横に振るばかりだった。

「あなたの本当の気持ちを……彼に伝えてあげてください。お願いします」

　僕が頭を下げると、名越先輩が深く息を吸い込む音が、聞こえた。

僕は頭を上げ、バッグを摑む。

「ガレージ、貸していただいてありがとうございました」

厚意に対して礼を言い、僕はガレージを出ようとする。

「あいつには、サッカーがあるじゃん!!」

背後で、名越先輩が叫んだ。

僕は驚いて、彼女の方を振り向く。

「友達だってたくさんいて、学校生活は充実してて……他にもやることいっぱいあるはずなのに……なんで、あたしなんかに、こだわるんだよ……」

僕は初めて、名越先輩が本気で戸惑《とまど》っているところを見たような気がした。

彼女の言葉は、本気で「答えが分からない」という困惑を含んでいた。

でも……僕にとっては、そんなこと、考えるまでもないことだった。

「……それだけ壮亮にとって、名越先輩と……先輩の〝音〟が……大切だからじゃないですか？」

僕がそう言うと、先輩は大きく目を見開いた。

そして、くっ、と歯を嚙み締めてから、早足で僕の横をすり抜けて通る。

「先輩……？」

先輩は乱暴に、ガレージのシャッターをガシャン！　と下ろした。

それから……ゆっくりと、僕の方へ振り返る。

苦しそうな表情で、彼女はワイシャツのボタンを、一つずつ、はずし始めた。

「せ、先輩……何してるんですか……？」

「いいから……黙って見てろ」

先輩は有無《うむ》を言わさず、どんどんとシャツのボタンをはずしていく。

シャツの下には黒いインナーを着ていて、少しほっとした。

しかし……すべてのボタンをはずしてシャツを脱ぎ捨てると、彼女の左腕の上腕部にはぐるぐると包帯が巻かれている。

そうであることは知っていたが、直接見せられると、心臓を摑まれるような緊張感があった。

先輩は無言で、包帯を留めていたテープをぺりっ、とはがして、包帯をほどきだす。

「先輩……！」

「…………」

名越先輩は鬼気迫る表情で、包帯をほどきさる。

僕は、言葉を失った。

目を逸《そ》らしたいのに、逸らすことができない。

彼女の左上腕部の内側には、びっしりと切り傷が刻まれていた。

完全に傷口が塞《ふさ》がっているものの、まだ赤みを帯びている傷。それから、つい最近つけたような、生々しい傷もある。それ以外にも、内出血を起こして紫色になっていたり、切り傷の近辺の肌は黄色とも緑ともつかない色に変色していた。

あまりに痛々しい、傷跡だ。

「なあ……あたしは、こんなだよ」

僕は、口がからからに渇《かわ》くのを感じながら、無理やり言葉を吐き出す。

「こんな、って……」

先輩は僕を細めた目で見つめている。

「馬鹿みたいに、自分を傷付けることでしか、自分の命を実感できない、ゴミみたいな人間」

「そんなこと……」

「気持ち悪いでしょ？」

「気持ち悪いだなんて」

「気持ち悪いだろ。正直に言いなよ」

「いや、そんな……！」

「言えよ。言葉で」

先輩は厳しい口調で僕に迫った。

僕は震えながら、ついに、言った。

「……こわい……です……！」

これだけの切り傷が密集しているのを見たのは、初めてだった。

人の肉が傷付いているという視覚情報は、ただただ、恐怖だけを僕に与えた。

どうしてこんなものを見せられているのかも、分からない。

身体が震える。

僕の言葉に、名越先輩はすう……とゆっくり息を吐いて。

すっ……と右手で、左腕の傷を隠した。

「……ごめんね」

先輩は僕に、頭を下げた。

「汚いものを、見せた」

「いえ、そんな……」

「怖がらせたね」

「…………はい」

僕が頷くのに、先輩は僕の頭をくしゃくしゃと撫でてから、「むこう向いてな」と、言った。

僕は言われた通りに、先輩に背を向ける。

先輩がソファに腰掛けた音が聞こえた。そして、しゅるしゅると、包帯を巻き直している音も。

「こんなおぞましいものを見せられたらさ、さすがにもう関わってこないと思うじゃん」

その言葉で、僕はようやく、先輩の意図していることを理解したような気がした。

「……壮亮にも、こうしたんですか」

僕が訊くと、先輩は「うん」と、頷いた。

「それどころか……あいつの前で、腕切ってみせた」

ぞわり、と鳥肌が立った。

どうして。

「どうしてそんなことを……！」

僕が震えながら声を荒らげるのに、先輩は穏やかな口調で答える。

「そうでもしないと、あいつ、引き下がらなかったから」

先輩がそう言うのを聞いて……僕は、今先輩と壮亮の間で起こっていることは、今回が初めてではなかったのだと理解した。

先輩は、包帯を巻きながら……静かに、数カ月前のことを、語りだす。

私の〝音楽〟は、中学三年生の時に、失われた。

大好きでたまらなかったミュージシャンたちが姿を消して……すべてを裏切られた気持ちになって、私の憧《あこが》れた〝音〟と、それを奏《かな》でた人たちの〝言葉〟は、すべて、嘘になった。

それからは……私は努《つと》めて、音楽とは関係のないことに手を出してみようとした。

どれも長続きはしなかったが……そのうちの一つが、サッカー部のマネージャーだ。これが、一番長く続いたものだと言える気がする。

スポーツを楽しみながら、大会で勝つという目的のために努力する男子たちを見ているのはそれなりに楽しく、暇《ひま》が潰《つぶ》れた。部員から頼られるのも、悪い気分ではなかった。

部員から告白されることも何度もあったけれど……そのすべてを、「恋愛とかよく分かんないんだよね～」という一言でのらりくらりと躱《かわ》していた。方便のようにそう言ったけれど、恋愛感情というものをよく分かっていないのは事実だった。愛とか恋とか、そういうことに目もくれずに、ひたすら音楽に打ち込んできた人生だったから。

そんな調子で、「誰にもなびかないが、全員に平等に優しいマネージャー」というポジションを上手に維持しながら一年を過ごした。

なんだか、上手《うま》く〝生きて〟いられている気がした。大切な人たちと音楽を一気に失い、私を構成していたすべてが空っぽになってしまったのに、なんだか、それらしくやれている。この調子で、そこそこに他人と関わり、同時に、誰にも自分の深くには立ち入らせずにニコニコしていよう。

そんな考えで迎えた高校二年生。サッカー部にも新一年生の部員が入り……その中に、安藤《あんどう》壮亮《そうすけ》がいた。

彼が同じ学校に入学していたことすら知らなかったので大層驚いたし、少し面倒だな、と思った。

彼は私がバンドをやっていたことを知っている。

安藤はいつだったか……美鈴《みすず》がライブハウスのノルマ——ライブを開催するのに必要な費用を回収するために、ライブハウスから課されるバンドへのチケットノルマ。十分な人数を客として呼べなければバンドメンバーで折半して不足分を払うことになる——を達成するために連れてきた、彼女の後輩だった。

いかにも先輩にライブに誘われて、あまり興味もないのにホイホイついてきただけ……といった様子の彼が、私のベースにハマりだしたのは意外だった。ライブが終わって、安藤は私のところにやってきてキラキラした目で「サインください！」と言ったのだ。趣味のバンドをしているだけでサインなんて作ってもいなかったから、私はそれを断ったけれど……それからは、ライブのたびにサインをねだられ、それを断るのがお決まりのやり取りとなっていた。

少なくともあの頃は、私にとっても、安藤は可愛い年下の男子だった。自分の音楽を好きと言ってくれるのを悪く思う理由も特にない。

しかし……あの頃の私のことしか知らない彼と、今になってどう関わればいいのか、私には分からなかった。だから、偶然同じ部活になってしまったことで、私は身構えていた。

最初は安藤も同じように、私とどう絡《から》んでいいのか困っているようだった。しかし、部活で同じ時間を過ごすうちに、少しずつ〝今の私〟に慣れていっているのが分かった。

そして、意外なことに、彼は私に対して、ベースについての話題を一度も振らなかったのだ。

正直、ありがたかった。音楽について、今さら私に語るべきことなど何もありはしない。過去についても、話したくないことばかりだった。

だから、安藤が私の今の在《あ》り方について、過去と比べてあれこれ言ってこないことに安心したし、それであれば私が彼を敬遠する理由もない。私は、他の部員と分け隔《へだ》てなく、彼と接した。

ただ……ときどき、彼から向けられる視線に、なんらかの〝含み〟を感じる時があって……それだけが気がかりだった。そういう視線で見られた時は、私は決まって、目を逸《そ》らした。すると、彼は私に声をかけることもなく……少し寂《さび》しそうに、練習に励むのだ。

安藤は一生懸命サッカーに打ち込んでいた。他の部員よりも、ずっと。

一年生たちがおろそかにしがちな――その重要性をあまり理解していないからだと思う――

基礎トレーニングも、彼だけは真剣な表情で取り組んでいたし、試合形式での練習では、まるで公式戦に臨《のぞ》んでいるかのような鬼気迫るプレイを見せていた。

しかし……その一生懸命なところが祟《たた》ってか、ある日の練習中、彼は突然不自然な転び方をし、そのまま病院へ連れていかれた。

翌日詳しく聞くと、右のふくらはぎが肉離れを起こしたというのだ。

安藤はそれからしばらく、練習には参加できなかった。見学と、患部に関係のない筋トレのみが彼に許された〝部活動〟となる。

それでも安藤は毎日部活に顔を出し、筋トレをこなしたり、全力で声出しをしながら練習を見つめていた。

そして、痛みがマシになってきたころには、彼は顧問に黙ってスクワットなどの筋トレを始めていた。医者から禁止されているにもかかわらず、だ。

ある日、スポーツドリンクの粉を補充しに、練習中に部室に戻った時……私はその現場を目撃した。扉を開けた私が見たのは、禁止されているはずのスクワットに励む安藤だった。

彼は一瞬気まずそうな表情をしたものの、すぐに開き直ったかのようにトレーニングを再開した。

私はふと……夢中になってベースを弾《ひ》いていた頃のことを思い出した。

そして……彼を止めてやらねば、という使命感に駆られてしまったのだ。

「……ずっと部活続けるなら、ちゃんと治さないとダメなんじゃない？　もっと長いこと、練習できなくなるかもしれないよ」

私がそう言うのに、安藤は頷《うなず》かなかった。思いつめたような顔で、スクワットを続ける。

「今筋力を落としたら、練習続けてたヤツらに追いつけなくなります」

「まだ一年生じゃん。焦《あせ》ることないでしょ」

私は諭《さと》すように、彼に言った。

それでも、彼は私の言葉を無視するようにスクワットを続ける。少し、イラッとした。

「あたしもベースやってた頃は、毎日馬鹿みたいに練習してさ。あっという間に腱鞘炎《けんしょうえん》になった。それでも痛むのを我慢しながら、だましだまし練習続けて……ついにドクターストップ食らっちゃって。一カ月以上、ベースを触れなくなった。いや〜、下手《へた》になったよ、あの時は」

気付けば、私はそんなことを言っていた。具体的な例を交えてでも……やめさせるべきだと思った。今振り返れば、何をそんなに必死になっていたのか分からない。

安藤が無理な筋トレで故障を悪化させようが、私には関係ないことだったはずなのに。

「上手くなりたい気持ちは分かるけど、今はしっかり治すのが先決。じゃないと、長い目で見たら失う時間の方が長いよ」

私がそう言うのを聞いて、……安藤はついにスクワットをやめた。

やっと納得したか、と、ホッとしたのもつかの間。

彼の視線が私の方へ向いた時に……私は気付いた。

まずいことをしてしまった……と。

安藤はいつもの〝含み〟を感じる眼差《まなざ》しで……私を見ていた。

そして、私が逃げる間もなく、それをついに、口にした。

「先輩は……もう、ベース、弾かないんですか」

私は高校に入ってからは常にニコニコできていたというのに……その時ばかりは、表情を制御できなかった。

「ベースの話をしてる時の先輩、やっぱり、優しい顔してました」

そんなはずはない。ただ、君のことを説き伏せるために、過去の例を出しただけだ。

「そんなことない。今はサッカー部のマネージャーでいっぱいいっぱいだし」

「でも時々、物足りなさそうな顔してるじゃないですか」

そんな顔はしていない。分かったような口を利《き》くな。私は苛立《いらだ》った。

「気のせいでしょ。とにかく、スクワットは禁止ね。次見つけたら顧問にチクるから」

私は逃げるようにスポドリの粉の入った袋をひっつかんで、部室を出た。

その日はそうやって強引に話を打ち切ることができたが……それからというもの、安藤はことあるごとに「もうベースはやらないのか」とか「先輩はベースを弾いた方がいい」とか言ってくるようになった。

最初は見せかけの笑顔で躱《かわ》していたけれど……私もだんだんと、苛つきを隠せなくなってくる。

なにが……「弾いた方がいい」だ。あんたに何が分かる。そう思うのに、だからといって私が音楽から離れた理由を安藤に聞かせる気にもならなかった。そんなのは安い同情を買うだけになると分かっているし、そもそも、自《みずか》らで閉じた記憶の引き出しに触れるだけでも精神に負荷がかかる。

音楽をやめ、〝ある日〟を境に始めたアームカットも、安藤にベースについてあれこれ言われるようになってから、頻度《ひんど》が増していく。もともとは、心を乱された時にする行為ではなかったはずだ。淡々と、自分がここに在ることを確認する儀式のように行っていたそれを、苛つきに任せるように雑に済ませると、虚《むな》しさばかりが募《つの》った。

「先輩」

「聞いてください」

「名越《なごし》先輩」

「先輩のベースをまた聴きたいんです」

「どうしてやめちゃったんですか」

「先輩！」

安藤から声をかけられること自体に煩《わずら》わしさを覚えるようになるまでに、大して時間はかからなかった。

以前なら……まだ音楽を愛していたあの頃なら。こんな風に、誰かの心に残る演奏をできたことに喜びを感じられただろうと思う。

でも……今は、〝心を動かす演奏〟なんてものも、それを求める心も……すべてがまやかしだと、知っている。

苛立ちは、怒りに変わり……その臨界点を迎えた時、一気に、冷えた。

心の中にあった私の冷酷な部分が顔を出す。

安藤の中に私の〝音楽〟しかないのなら……それを、より強烈な他の何かで、塗り替えてやるのみだ。

私はある日の部活終わりに、安藤を呼び出し……アームカットの痕《あと》を見せた。

「昔のことを思い出すだけで、イラつくんだよね。イラつくから、こうやって腕切ってさ、痛みで気を紛《まぎ》らわせるんだよ」

私は淡々とそう言った。それは嘘だったけれど……私は平然と、それが真実であるかのように言ってのけた。

本当はそんな理由じゃなかった。ただ、暇を潰すように……自分の心の感度を確かめるように、身体に傷を刻んでいるだけだった。自分の身体から血が滴《したた》るのを見ると、ようやく生きている実感が生まれて、安心して、同時に少し興奮するのだ。

そんな自己満足の痕を、あたかも「お前のせいで傷が増えている」と言わんばかりに、見せつける。

それでも足りないと感じて、私はその場でカッターを取り出し、いつもより乱暴に、腕に傷をつけた。

とてつもなく痛かった。でも、半笑いの表情を、強《し》いて維持する。

安藤の目には大層不気味に映ったことだろう。彼は何も分からない、というふうに、ただ愕《がく》然《ぜん》と、私を見つめていた。

「もうベースの話、しないでくんない？　ウザいから」

そう言い残して、私はその場を去った。

しばらく歩いてから振り返ると、安藤は呆然とその場に立ち尽くしたままだった。

これでいい。

煩わしい縁は、切ってしまう他にない。

もう誰にも、私の耳元で「音楽」という言葉を囁《ささや》いてほしくなかった。そうされるだけで、心がざわつくのだ。せっかくぴたりと閉じることのできた引き出しを、勝手に開けようとしないでほしい。ただでさえその引き出しは……誰も触らなくたって、日常の中のふとした瞬間に、ガタガタと音を鳴らし、ひとりでに開こうとするのだから。

私の傷を見せ、安藤を黙らせた帰り道、私はなんだかすべてが面倒くさくなってしまった。

あんなことをした後で、彼と顔を合わせ、いつものように平然と振る舞ってみせることを想像すると、うんざりした。

そして、本当に傷付いたのは私ではなく安藤だということを分かっているくせに、なぜか被害者的な思考になっていることにも、心底、呆《あき》れた。

翌日、私は退部届を持って、サッカー部顧問のもとへと向かったのだった。

×　×　×

「それで……部活に入ってないと教師からあれこれ言われてうるさいから、今は読書部員……ってわけ」

名越先輩は、ずっと、貼り付けたような薄い笑みを浮かべながら、彼女と壮亮の間にあった出来事を話していた。

「あれで懲《こ》りたと思ってたのに……まだ諦《あきら》めてなかったなんてね」

名越先輩は苦笑を漏《も》らし、そう言った。

「……もう、シャツ着たから。こっち見てもいい」

先輩がそう言うので、僕はおそるおそる振り返る。言葉通り、先輩はいつものように長袖《ながそで》のワイシャツを七分丈《しちぶたけ》までまくって着ていた。いつも通りの格好に、安堵《あんど》する。

先輩の視線が、ゆっくりと持ち上がって、僕のそれと絡んだ。

「前に、あたしに訊《き》いたよな。『自分を傷付けることで、あなたはどういう気持ちになっているんですか』って」

その問いに、僕は緊張しながら、頷く。

「どういう気持ちにもなってないよ。確かめてるだけなんだ、生きてることを」

「そんなことをしなくても、先輩は確かに生きてるじゃないですか……」

「その実感がなけりゃ、死んでるのと同じだよ。死にたいわけじゃない、でも、生きてる実感もないから、ときどき、それを確かめるんだ」

先輩はそこまで言って、片方の口角を上げながら、僕を見つめる。

「浅田《あさだ》少年的には、どう？」

「…………」

「『その気持ちが本当にあなたを救うなら、僕はあなたをカッターで切りつけてもいい』、キミはそう言った。今ならあたしのこと、切りつけられそう？」

「…………分かりません」

僕は、力なく、首を横に振った。

結局、先輩の口から、彼女が音楽をやめた理由が語られることはなかった。壮亮が夢中になるほどの、「それが彼女の言葉だと思った」と言わせるほどの演奏をした彼女が、それをやめてしまうほどにショックを受けた出来事が一体なんなのか、分からないままだ。

音楽を失った代わりに彼女が寄る辺《べ》としているのが腕を切った時の痛みなのだとしたら、一体僕がどんな立場で、それをやめろと言うことができるだろうか。

でも……だからといって、あんな痛々しい腕を見てしまって、その上で「他に手段がないなら続ければいい」なんて無責任なことも言えない。僕は、彼女のその行為に対してどんな立場に身を置くこともできないし……どうすることもできやしない。

それでも、僕の気持ちを言葉にするとしたら。

「僕から言えるのは……僕が、先輩にそういうことをしてほしくないって、気持ちだけです」

こんな、あまりに一方的で、意味のない言葉だけだった。それ以外に、僕は明確な言葉を持たないと思った。正しさを求めようと、言葉をこねくり回すたびに、どんどんと本質から離れてゆくような気がする。

先輩は僕の言葉を聞いて、ささやかに笑い、そして目を伏せた。

「本当に……キミは……キミたちは、面倒くさいな」

先輩は微笑みながら、そう言った。

「正義の味方みたいな顔して、『そんなことは間違ってる、やめるべきだ』って言うのかと思えば、そうじゃない。他人を説き伏せるための〝嘘〟をつかない。ただただ、自分の気持ちだけを無邪気に押し付けてくる」

彼女はそう言って、ため息をついた。

「もっと嘘をついてくれたら……否定できるのに。キミたちの嘘を指摘して、逃げられるのに……キミたちは、本当に鬱陶《うっとう》しい」

呟《つぶや》くようにそう言って、先輩は黙ってしまう。

……そういう名越先輩だって、面倒くさいじゃないか、と、思った。

きっと、先輩は、未《いま》だに自分の気持ちと、他人から向けられる気持ちとの間で揺れ動いているのだと思った。そしてそんな自分の揺らぎに、あえて、気付かぬふりをしている。『正しさ』を押し付けてくる相手であれば、彼女はその意見の矛盾《むじゅん》点を突いて、議論から逃げることができる。絶対的に正しい価値観なんて存在しないのだから、そんなことを論じるのは時間の無駄なのだ。

でも、壮亮は違う。今もって先輩が一番輝いていたのはベースを握っていた時だと心から信じていて、それを取り戻すために、自分の主張を伝え続けている。そこにはただ、切実な彼自身の想いだけが籠《こ》もっていて、そこに正しいも間違いもないのだと、先輩は分かっているのだ。だからこそ……彼女は、それを振り払うことができずに、もやもやとした思いを抱えている。

「言葉はいつか、嘘になる。って……先輩、言いましたよね」

僕は沈黙を切り裂いて、言った。

「でも……先輩の〝音〟は、違った」

先輩はぴくりと眉を動かしてから、何か言いたげに表情を険《けわ》しくした。しかし、彼女は口を開かなかったので……僕は言葉を続ける。

「先輩の音は、きっと壮亮にとっては、真実だったんですよ。いつまでも色あせることのないものだった」

「いつまでも色あせないものなんて、ないよ。そうだと錯覚することはできるけれど」

「だとしても、先輩はそれだけのものを残したんですよ。それをもう一度聴きたいと思う壮亮の気持ちも、嘘じゃない」

「安藤の心は、そうかもね。でも、あいつが信じているあたしの音に、真実なんてない。所詮《しょせん》あたしも嘘を追ってた。嘘を追いかける女の、嘘の音だ」

「嘘ってなんですか。先輩はさっきからそればっかりだ。肝心なことは何も話さずに、嘘、嘘って繰り返す。先輩にとって、何が真実で、何が嘘なんですか」

気付けば、僕と先輩は嚙みつき合うように、言葉を交わしていた。

「どうして先輩の音に感動しちゃいけないんですか。それを信じたらいけないんですか」

僕が捲《まく》し立てると、先輩は目を吊り上げて、言った。

「あたしの奏でていたものは、嘘だったからだ！　嘘は、信じた人を裏切って、傷付けて、絶望させるから……だから……！」

「だから……自分にだけ、嘘をつくんですね」

僕が言うと、先輩の表情が硬直した。彼女は口を大きく開けたまま、そこから何も吐き出せずにいる。

「自分を傷付けるよりも、他人を傷付ける方が、こわいんですね」

「ち……違う」

「先輩は」

僕はそこで言葉を区切って、息を深く吸った。

身体が少し、震えている。怖かった。彼女に踏み込むのが。

そうされたくないと知っているのに、そうと分かりながら、踏み越えることが。

でも……強引にでも手を伸ばさなければ、摑めないものがあるのだと、僕はもう、知っている。

「何かに裏切られて、傷付いて、絶望したんですね。そして、そんな思いを……もう、誰にもさせたくないいんじゃないですか」

僕が震える声でそう言うと、先輩は目を見開きながら、弱々しく首を横に振った。

「……ち」

「でも、そうやって他人を遠ざけるうちに、少しずつ、先輩は傷付いているんじゃないですか。自分に嘘をついて、裏切り続けていると、気付いているんじゃないですか」

「……ち、がう」

「本当は……まだ音楽が好きなんじゃないんですか」

「違うッ!!」

先輩が叫んだ。ビリビリとガレージの壁が揺れる。

「分かったようなこと言うなよ！　一体あたしのどこを見てそんなことを——」

「だって、先輩は僕たちを遠ざけない。こうしてドラムを叩きに来るのを、止めはしない。本当に音楽が嫌いで、それを思い出したくないのなら、僕たちにこんな場所で練習をさせるべきじゃないですよ」

「腐らせとくくらいなら、使いたいヤツに使わせたほうがいいと思っただけだよ」

「でも、ここを使わせたおかげで、また壮亮と関わることになっている。そのせいで、先輩は、苦しんでるじゃないですか」

僕が言うと、先輩は苦々しい表情を浮かべた。

「先輩は音楽が嫌いなわけじゃないんだ。ただ……自分が弾くことだけを拒《こば》んでる。だから、壮亮にも〝弾きたくない〟じゃなくて、〝弾かない〟としか答えられない」

先輩は、何度も何度も、首を横に振っていた。しかし、何か言いたげに口を開いては……閉じるばかりだった。

僕は……意を決して、言った。

「先輩は……もう弾きたくないって、思い込もうとしてるだけなんじゃないんですか」

僕の言葉に、彼女の瞳が大きく揺れる。

やっぱり、そうなのか、と、思った。

「……ベースを弾いてほしいと言われ続けることで、自分がその気になってしまうことを、一番恐れているんじゃないですか」

僕が言うと、名越先輩は、しばらく視線をうろうろとガレージの床の上で泳がせた末に。

深い、ため息をついた。

「……浅田と口論になると、勝てないな」

先輩はそう言って、自嘲的に微笑む。

僕はゆっくりと、かぶりを振った。

「勝ち負けじゃありません」

「そういうところが、嫌なんだ。むき出しの言葉で迫られて、何故《なぜ》か、こっちの言葉まで引き擦《ず》り出される。苦手だよ、キミのことが……」

先輩は降参だ、というようにひらひらと手を振って、ハイスツールから降りる。

「キミの言う通りかもしれない。あたしは『また弾きたい』と思わされるのが、嫌なのかもしれないね」

「……じゃあ、弾きたいっていう気持ち自体は……あるってことなんじゃないんですか」

僕が言うのに、先輩は戸惑《とまど》うような吐息を漏らした。それから、言う。

「……分からない。でも……『弾きたいと思いたくない』ってことだけは、はっきりと分かる」

そう言って、先輩は寂《さび》しげに笑う。


「あたしの〝音〟は……とっくに死んだんだ」


先輩のその言葉はとてもシンプルで……きっと、それが指し示している意味を理解できていないというのに、やけに重く、僕の心に響いた。

散々言い合ったというのに、結局彼女の心は今の言葉一つにすべて込められているような気がしてしまう。

「安藤の中の〝忘れられない音〟っていうのを否定する気はないよ。でも……それも結局、過去のものだ。あの頃と同じ音は、もう出ない。あたしはもう……音楽を信じてない」

先輩の言葉は、ガレージの中で寂しげに響いて、雨音の中で、霧散《むさん》していく。

「どうあっても……あたしはもう、ベースを弾くことに価値を見出《みいだ》せない。だから、安藤にいくら頼まれても、弾く気はない」

小さな声で吐き出される言葉は、彼女の素直な気持ちなのだと、僕にも分かった。

「安藤に頼んでくれ、って言ったのは、もう忘れちゃっていい。キミがそうしたくないことはちゃんと伝わったから。でも……あたしがもう弾く気がないってことも、分かってほしい」

まっすぐにそう頼まれて……僕は、頷くしかない。すべての建前を取り払って気持ちを伝えてもらったというのに、それを受け止めなかったら、こうして話した意味すら、なくなってしまう。

「……分かりました。僕からはもう、先輩に何か言ったり、しません」

「ん。ありがと」

先輩は薄く微笑んで、「ちょっと疲れたな……」と零《こぼ》しながら、今度はソファへと座り込んだ。

僕はおずおずと頭を下げる。

「ごめんなさい……きっと、生意気なことを言いました」

僕が謝るのに、先輩はゆるく首を横に振る。

「浅田は……言葉を愛しているから……同じように、言葉に愛されているんだな。キミの言葉は、丁寧《ていねい》で、優しくて、そして、なんだか、正しいと感じる」

先輩はソファに座ったまま少し前かがみになり……僕の目を覗《のぞ》き込むようにした。

その表情は、切なげに、翳《かげ》っている。

「でもさ……優しいのも、正しいのも……ときには、ちょっと、残酷だね」

その言葉に、僕は何も答えることができなかった。

結局僕は……先輩が語った範囲でしか、彼女のことを知らない。自分の見える範囲で考えを巡らせ、訳知り顔で言葉を叩きつけたに過ぎない。

そんな当たり前のことを再認識して……とても、もどかしく思った。

黙りこくってしまう僕を、先輩はソファの上からじっと見ていた。僕は顔を俯《うつむ》けていたけれど、彼女の視線を確かに感じている。

「そのドラムさ」

先輩が、言った。

「あたしにとって……とても大切だった人が、使ってた」

突然先輩が過去の話をし始めて、僕は驚く。

「大切だった、人」

僕が復唱するように言うと、先輩は頷く。

「そ。あたしの親父の……恋人だった人。あたしにとってはお姉ちゃんみたいな存在だった」

彼女は少し目を細めて、当時の記憶をゆっくりと辿《たど》るように、話した。

「その人がさ、しょっちゅうここに来て……楽しそうに、そのドラムを叩いててさ」

名越先輩は流し目で僕を見て、微笑む。

「キミが一生懸命練習してる音を聴いてたら……なんか、あの頃のことを思い出して、少し、懐《なつ》かしい気持ちになった」

先輩は嚙み締めるようにそう言って、ソファから立ち上がる。

「だから、キミがそこで練習してるのは、悪い気はしないんだよ。さっきは脅すようなこと言ってごめん。これからもそのドラムは自由に使っていい」

彼女はそう言いながら、のんびりとガレージの出入り口へと歩きだす。

「後夜祭、上手くいくといいね」

そう言い残して、先輩はいつものようなのんびりとした足取りで、ガレージを出ていった。

僕は、彼女が去った後もしばらくガレージの出入り口を見つめていた。

先輩が最後に少しだけ話してくれた……彼女の大切な人の話。そして、その人はドラムを叩いていたと言っていた。

〝音楽〟という言葉に対して固く心を閉ざしているように見える名越先輩が、その人の話をしている時だけは、やけに穏やかな微笑みを浮かべていたような気がする。

名越先輩の心は……彼女や、当時の彼女を知る人たちの言葉だけを頼りに推し量るにはあまりに難解で、どうしても、ちぐはぐな印象が拭《ぬぐ》えない。

壮亮の心を今でも摑んで離さないほどの演奏をした名越先輩。その演奏は、彼女の心を、言葉よりもずっと雄弁《ゆうべん》に語っていたという。きっと、彼女はそれほどに音楽を愛していた。でも過去に〝何か〟があって、彼女は楽器を弾くのをやめてしまった。その出来事は、夢中で弾いていた楽器を手放すほどに、大きな絶望を彼女に与えたのだと、美鈴先輩は言う。

そんな絶望を味わってもなお……先輩は、音楽自体を嫌っているわけではないと、言葉の端々《はしばし》から伝わってくる。音楽を嫌っているわけではないのに……自分が楽器を演奏することだけを、頑《かたく》なに、拒《こば》んでいる。

僕は……どうしたらいいのだろうか。自分の曖昧《あいまい》な立ち位置に、歯嚙みする。

壮亮が、名越先輩にもう一度ベースを弾いてほしいと思っている気持ちを、知っている。彼はもう一度、先輩の音を……そこに乗った〝言葉〟を、聞きたいと願っている。

でも、先輩はもう、ベースを〝弾かない〟と決めている。「弾きたくない」とは一言も言わないのに……なぜか、「弾かない」という意志だけは固いのだと、分かる。

現状、二人の想いは正反対を向いているように見える。両方の意見が尊重される結論が存在するようには思えない。

僕はただ……二人がぶつかり合い、どちらかが折れるまでそれを続けるのを、ただ眺めていることしかできないというのか。

無力感が募《つの》り……僕は、おもむろに、バッグの中からドラムスティックを取り出した。

電子ドラムのコンセントを差し、コンソールを起動して……いつもの、基礎練習を始める。

もやもやとした思いを抱《かか》えながらの練習は、いつも以上にリズムがヨレた。メトロノームと、自分のリズムがずれるたびに、少しずつ苛ついて、ドラムを叩く手つきが乱暴になる。力任せにスネアを叩くと、なんだか尖《とが》った音が鳴る気がした。ズレていて、しかもやかましい音は、自分が鳴らしたものなのに、カンに障《さわ》る。

悪循環を感じながらも、やめることができない。

僕はそれから数時間……腕が痛くなるまで、いつもより感情任せに、ドラムを叩き続けていた。

INTERMISSION

「幕間②」

A story of love and dialogue between a boy and a girl with regrets.

悦子姉《えつこねえ》は、本当に、心から音楽を愛している人だった。

彼女のスティック捌《さば》きは、まるで水のよう。なめらかで、流動的で、時には、とても激しい。

いつだって楽しそうに演奏する悦子姉を見て、それまでベース一筋だった私もなんだかドラムを叩いてみたくなって、彼女に教えを乞《こ》うたりした。結局私は「人並みに叩ける」という程度までしか育たなかったけれど、悦子姉は「楽しけりゃいいんだよ」と言いながら、私がドラムを叩いているのを、上機嫌で眺めていた。

あの人と悦子姉は同じバンド仲間で、かつ、恋人同士だった。

私生活がだらしないあの人のことを、悦子姉はいつも文句の一つも言わずに支えていた。恋人というより、もう夫婦のような関係に見えたし、私は「さっさと結婚すればいいのに」と思っていたけれど……あの人は「結婚は牢獄。まだブチ込まれるには早い」とか意味の分からないことを言って先送りにしていた。

あの人がベースを弾《ひ》き、悦子姉がそれを聴きながら身体を揺すったり、我慢できずにドラムを叩いてセッションを始めたりするのを見ているのは楽しかった。

あの頃の自宅ガレージは、私にとって、光り輝く秘密基地のような場所だったと思う。

大好きな人たちと、その人たちの奏《かな》でる音に囲まれて……幸せだった。そして、私自身も、少しでも憧《あこが》れの彼らに近づきたいと思っていた。いつか自分もプロのミュージシャンになって、隣に並んで一緒に演奏できたら……どんなにいいだろう、と。

そんな夢を見ながら、私は毎日、毎日……ベースを弾いていた。

「李咲《りさ》の音楽は、ゆーくんとは真逆だねぇ」

ある日、私がベースを弾いているのを聴きながら、悦子姉が言った。

「どういう意味？」

私は少しムッとしながら訊《き》き返したのをよく覚えている。憧れていたあの人の音とまるで違う、と言われたことが不満だったのだ。

悦子姉はくすくすと笑って、答えた。

「なんていうか……音楽が大好きだっていうのが伝わってくるっていうかさ。ベースを弾くこと自体が楽しくてしょうがないのが分かるっていうか」

そう言われて、私はきょとんとしてしまった。

音楽が楽しい、なんてことは、ここに集まっているメンバーの中では当たり前の共通認識だと思っていたから。

「楽しくなきゃ毎日弾いたりしない」

「そっか、そうだよね」

「悦子姉も、そうでしょ？」

「うん。あたしも、そう。楽しいから、弾いてる」

その言い方だと、まるで〝でも、あの人は違う〟と言われているようで、なんだか胸がザワザワした。

「真逆、って、どういう意味」

私が訊くと、悦子姉は少し言葉を選ぶように視線をうろつかせてから。

「ゆーくんには……音楽しか、ないんだよ」

と、言った。

そう言った悦子姉の顔は、なんだか悲しそうで……私は、戸惑《とまど》う。

そうだ。あの人に音楽しかないなんてことは、みんな、知っている。音楽以外のすべてを投げ打って生きているような人だ。だからこそ、あんなに圧倒的な音色を出すことができる。

それの、何がいけないというんだろうか。

「それって……音楽を愛してるってことじゃないの？　あたしと、どう違うの？」

私はそう訊いた。私は、あの人が音楽を愛していると、信じて疑っていなかった。その気持ちは自分と一緒のはずだ、と。

悦子姉は切なげに微笑んで、ゆっくりと首を横に振った。

「違うんだよ。〝選んだ人〟と、〝それしかない人〟じゃ」

私は、彼女の言っている意味が、全然、分からなかった。

悦子姉は、まるであの人の在《あ》り方を悲感的に捉《とら》えているというような言い方をする。それが、気になって仕方なかった。

戸惑う私を見て、彼女は申し訳なさそうに笑った。

「ごめんね。なんか難しい話をしちゃった」

「いや……別に……」

「最近さ……よく思うんだ」

悦子姉はどこか遠くを見るような目で、言う。

「楽しいだけじゃ……ダメなのかなって」

彼女の言わんとするところは分からなかったけれど、なんとなく、彼女がバンドの話をしているのだということは分かった。

「ゆーくんは、どんどんと変わっていってる気がする。それも……悪い方に」

「なんで？　バンド、順調じゃん。演奏だって、どんどん尖《とが》っていってると思う」

「んふふ、そうだね。李咲はゆーくんの音楽を見つめてるから、そう思うんだよね」

私が訊くのに、悦子姉は微妙な表情を浮かべる。

あの人がリーダーを務めるインストバンド、『ストレイ・フィッシュ』は二年前――つまり、私が中学一年生の時――にメジャーデビューを果たし、今ではゴールデンタイムの音楽番組にも何度も出演するほどの人気バンドになっていた。バンドとしては順風満帆だと思ったし、あの人も、他のメンバーも……結果に胡坐《あぐら》をかかず、どんどんと挑戦的な曲を作り続けている。

でも……自分もそのメンバーの一人だというのに、悦子姉はどこか納得のいってない表情を浮かべていた。

「バンドに勢いがついて、レーベルがプロモーションに力を入れてくれるようになって、影響力も増えて……そのせいで、ゆーくんはどんどん追い詰められてる」

「追い詰められてる？」

「そう。なんだか……使命感みたいなものに駆られている気がするんだよなぁ。より多くの人に音楽を届けなきゃいけない……みたいな」

アーティストが、より多くの人に音楽を聴いてもらいたいと思うことの、何が悪いというのだろう。私は小さく首を傾《かし》げることしかできない。

しかし、上手に相槌《あいづち》も打てない私を気にすることもなく、悦子姉は話し続けた。

「なんかさ……ただ叫びたいから叫んでいただけなのに……気付いたら、その叫びを聞いてもらうことが目的になっちゃってる気がして、こわいんだ」

いつもは私やあの人のまとまりのない話を聞いてニコニコと相槌を打ってくれる悦子姉が、こうして自分の胸中を吐露《とろ》しているのは珍しくて。それだけ彼女の中で、何らかの不安が大きく膨《ふく》れ上がっているのだと分かった。なのに……肝心の、その言葉の意味は、私が理解するにはあまりに難しく感じられて、もどかしい。

「今ゆーくんは……なんのために音楽をやってるんだろう」

悦子姉はそう言って、小さく、息を吐いた。

「きっと……楽しいだけじゃ、ダメなんだねぇ……」

その寂《さび》しそうで、苦しそうな彼女の微笑みを……私は、今でも、忘れることができない。


悦子姉のその言葉を聞いてからというもの。

私は、今まで一度も考えたことのなかった「なんのために、音楽をやるのか」という考えに取り憑《つ》かれた。

「取り憑かれた」といっても、それは、思い悩む、というよりは……ずっと、そのことを考えて……結局、何も分からない、という結論に落ち着くのを繰り返していたというもので。

あの人がベースを弾いているのを眺めている時も、いつものようにその音に身を委《ゆだ》ねるだけではなくなった。彼の表情や、雰囲気。音から伝わる感情を注意深く観察していた。

ある日、あの人は作曲に行き詰まり、大荒れしていた。ベースを床に叩きつけそうになるのをヤス兄《にい》――ストレイ・フィッシュのギタリスト、安永淳史《やすながあつし》。あの人の無二の親友――に止められて、その後はカウンターでずっと不機嫌そうに酒を飲んでいた。

上機嫌な時は「やっぱ酒は楽しく飲まないと意味ねぇよな！」とか言うくせに、彼は機嫌が悪い時の方がたくさん酒を飲んでいるように見えた。

ヤス兄は、壁に寄りかかりながら、軽く流すようにアコースティックギターでアルペジオを奏でている。その音色は落ち着いていて、苛立つあの人をなだめる意図があるような気がした。

貧乏ゆすりをしながらビールをぐびぐびと飲んでは、壁の一点を見つめる。あの人は怒った顔でそんな動作をずっと繰り返していた。

思えば……楽器を気持ち良く弾いて、上機嫌になっている時以外のあの人は……とても口数が少ないような気がした。

拗《す》ねた子供のように、何か言いたげな顔をしているのに。ただただ黙って、ことさら機嫌が悪そうにしてみせるだけだ。

「ねえ……今何考えてるの？」

私は、思わず、あの人に訊いていた。

一瞬、ヤス兄のギターの音が止まって、その視線が驚いたようにこちらに向いた。でも、すぐに小さく笑って、演奏が再開される。

あの人も同じように、驚いていたようだった。でも、機嫌の悪いという顔をやめることもできず、眉を吊り上げている。

「何って……なんだよ、突然」

低い声で、あの人は言葉を濁した。

そして、言う。

「曲のことだよ」

「ベース投げようとするくらいムカついてるなら、今日はやめたらいいのに」

「やめてどうすんだよ。ふて寝してる時間なんかねぇ」

「かっこいいこと言ってるけど、さっきからキレながら酒飲んでるだけじゃん」

私が言うと、ヤス兄がプッと噴き出す音が聞こえて、あの人はすごい勢いで振り向いて、ヤス兄を睨《にら》みつけた。わざとらしく肩をすくめながら、ヤス兄はギターを弾き続ける。

「だから、酒飲みながら、考えてんだよ！」

「うん。だから、訊いてんじゃん。何考えてんのって」

「曲のことを、だ」

「曲の何を考えてるの？」

純粋な興味に従うように、私は訊いた。あの人は「あ？」と威圧するように声を上げたけれど、その後は、困ったように視線をちょろちょろと動かしている。

「そりゃ……いろいろだ、いろいろ！」

「いろいろって？」

「感情とか、勢いとか、そういうのだよ。あー、クソ！」

苛《いら》ついたように立ち上がって、あの人はヤス兄に取り上げられ、スタンドに戻されていたベースをひっつかんだ。

「投げて壊すなよぉ」

「うるせぇよ」

ヤス兄の軽口に余裕なく返して、ベースの弦に触れるあの人。

酔って赤い顔なのに、ベースを握った途端に、纏《まと》う雰囲気が引き締まる。私はこの瞬間を見るたびに、〝予感〟に打ち震えて、小さく、息を吸い込んでしまうのだ。

彼が弦をビン！　とはじくと、ガレージ全体が揺れるような気がした。アンプも繋《つな》いでいないというのに、なんて力強い音を出すのだろう。音は鋭いのに、彼自身の表情は、どこか凪《な》いでいた。その顔は、何かを考えているようにも見えたし、何も考えていないようにも見える。さっきまで不機嫌丸出しだったというのに、そんな感情がスンと消えて、フラットな表情で演奏しているのを見ると……まるであの人の中身が身体から抜け出して、ベースに宿っているみたいだと思った。

しばらく無言で、アドリブでベースをかき鳴らした末に、あの人は静かに、それを置いた。

「……考えるより、弾いた方が早いって………そう思ってたのにな」

あの人は珍しく、弱々しい声でそう言った。

そして、どうでも良くなったみたいに、ふらふらとガレージの出入り口へと向かう。

「寝る」

「えっ……ふて寝してる時間はないって」

「うるせぇ。寝ないと始まんねぇ」

パタン、とドアの閉まる音がして、ガレージに取り残されたヤス兄と私は顔を見合わせた。

そして、ヤス兄はくすくすと笑う。

「あいつの言うことを真に受けんなよ。疲れるぞ」

そう言って、肩にかけていたギターを下ろした。

「全部本気で言ってんだよな、あれでも。心の動きに、言葉がついていってないだけで」

「心に、言葉がついていかない……」

私は噛み締めるように、呟《つぶや》く。ヤス兄は頷いて、スタンドに置かれたあの人のベースに目をやった。

「そ。その点、音楽はあいつの心をそのまま反映してくれるから、ラクなんだろ」

ヤス兄は、あの人と高校からの付き合いらしい。そう思うと、私よりもずっとあの人のことを知っているんだと思う。そういえば、あの人とヤス兄が喧嘩しているのを見たことって一度もないな、と気付く。あの人は悦子姉とはしょっちゅう軽い言い合いをしているのに。

ヤス兄はなんだか摑みどころのない人だ。いつも薄く微笑んでいて、あんまり何を考えているのか分からない。何を考えているのか分からないという点だけはあの人と似ているけれど、それでいて他人にとても優しいところが、全然違う。なんというか、〝大人だなぁ〟と感じる人だった。

「……弾いてる時、何考えてるんだろう」

私が独り言のように零《こぼ》すと、ヤス兄も「さあねぇ」と苦笑する。そして、横目で私を見た。

「何を考えてたら、あんな音が出るのか気になってるわけ？」

「……うん」

「あはは。李咲ちゃんは本当に、音楽の子だな」

ヤス兄は可笑《おか》しそうに笑う。

「あいつのことより、あいつの音のことの方が気になるか」

「同じ音を出してみたいの。それに……悦子姉が最近、ずっと心配してるし、そっちも気になる」

ヤス兄は私がいっぺんに二つも話したから、困ったように「んー」と声を漏《も》らした。

そして、私をバースツールの一つに手招きした。そして、自分もその隣に座る。

「まず……これははっきり言っておきたいんだけどさ」

ヤス兄は優しげに微笑んでいたけれど、その後の言葉は、衝撃的だった。

「いくら練習しても、あいつと同じ音は、李咲ちゃんには出せないよ」

「えっ……？」

呆然とする私をよそに、ヤス兄は言葉を続けた。

「李咲ちゃんは音楽が大好きだからね。悦子と同じタイプだ」

まるで、あの人やヤス兄は違う、というような言い方だ。

「楽しんで弾いてる人間に、あいつみたいな音は出せないよ」

断定的にヤス兄が言うのに、私はついムキになった。

「なんでそんなこと言い切れるの」

「理由はないよ。でも分かるんだ。あいつ以外にも上手《うま》いベースプレイヤーはいくらでもいる。

それでも、〝あの音〟があいつ以外から出るのを聴いたことがない」

ヤス兄は穏やかに言って、優しい眼差《まなざ》しで、見つめた。

「だから……李咲ちゃんは、李咲ちゃんだけの音を目指すのがいい」

「私だけの……」

よく分からなかった。私はずっとあの人の音を目指して、頑張ってそれを真似ようとし続けていたから。

「そんで、悦子の話だったね。悦子が雄悟《ゆうご》のこと心配してるってのは……まあ誰が見ても分かるか」

「……ヤス兄と同じようなこと、言われた」

「え？　なにが？」

「『〝選んだ人〟と〝それしかない人〟じゃ違う』って……言ってた。よく分かんないけど」

私が悦子姉の言葉を思い出しながらそう言うと、ヤス兄は驚いたように目を丸くした。その瞳が一瞬、戸惑《とまど》うように揺れた。

そして、それを誤魔化すようにヤス兄は笑う。

「あはは、そうか……悦子がそんなことを……。そうだね、確かに……李咲ちゃんは、〝選んだ人〟だ」

ヤス兄は何度も頷いてから、小さくため息をついた。

「そうだなぁ……雄悟の今の気持ちを理解したいなら、李咲ちゃんも作曲やってみたらいいんじゃないか？」

藪《やぶ》から棒な提案に、私は驚いて、何度もまばたきをした。

「さ、作曲……？」

「そう！　あいつは今曲作りに行き詰まってる。今までは息をするみたいに曲を作ってたのに、急に、上手く作れなくなって……戸惑ってるわけだ。そんな気持ちを少しでも理解しようとするなら、同じことをやってみるのがいい」

ヤス兄はまるでプレゼンするみたいにそう言いながら立ち上がり、壁に立てかけるように置かれていた彼のギターケースの中から、なにやら紙束を取り出した。

そしていそいそと戻ってきて、それを私に手渡す。

「ちょうどいいのがある。ギターの譜面は僕が書いた」

「え、ヤス兄が……？」

「そう。あいつが困ってたからさ、たまには僕も～……って思ったんだけど、突っぱねられちゃってさ」

「そうなんだ……」

ヤス兄は笑っているけれど、可哀想だな、と思った。あの人はこだわりが強くて、他人の意見を全然聞かないところがある。

「ちょうどいいから、この曲のベース部分を作ってみてよ。もしいい曲になったら、あいつも弾いてくれるかもしれないよ」

私が作った曲を……あの人が弾いてくれる。

それはなんだかとてもいいことな気がしたけれど、何がどういいのかは言葉にできなかった。

「ああ……余計なこと言ったかも」

ヤス兄は私の顔を見て、慌てて小刻みに首を横に振った。

「あいつに弾いてもらうことは意識しなくていい。自分が弾くつもりで作ってみて」

「……できるか分かんないけど」

「できるよ。本来、曲なんて鼻歌が歌えれば誰でも作れるんだ」

「それは言いすぎでしょ」

「いーや、僕はそう思うね。鼻歌を歌って、無邪気に『曲を作った！』って言うくらいが一番楽しいのに……知識や技術を身に付けると、格好をつけるようになるから、どんどんがんじがらめになるんだ」

ヤス兄は冗談めかしてそう言っていたけれど、後半の言葉はなんだか私じゃなくて、あの人や、自分自身に矢印が向いているような気がした。彼が自嘲的に笑う時、目じりに少しだけ皺《しわ》ができて、哀愁が漂うのだ。

「自由に作ってみな。ベースを弾きながら、楽しく、作るんだ」

ヤス兄はそう言って、彼が作ったというギターの譜面をずい、と差し出してきた。

私はそれを受け取って……頷く。

「……やってみる」

「いいね。李咲ちゃんがどんな曲を作るのか、僕も楽しみにしてる」

「そんなすごいのは作れないよ」

「すごくなくてもいいんだよ」

ヤス兄はなんだか愉《たの》しそうに笑って、私の頭を撫でた。


初めての曲作りは……すごく、刺激的だった。

いつも知っている曲や、好きなアーティストの曲——それこそ、ストレイ・フィッシュとか——を耳コピしたりするばかりで、自分で曲を作ろうなんてことは考えたこともなかったものだから、「どんな展開にしてもいいんだ」という嬉しさがあった。

ただ、自分一人で作るのとも違って、たたき台としてヤス兄の書いたギター譜面がある。コードしか書いていない部分も多かったけれど、本人がこだわっている部分はしっかり譜面として書かれていて、私もそういう部分にはギターのリズムに合わせたベースをつけることにした。

しばらく、私は作曲に没頭した。当時私が組んでいたバンドの皆にもちょっと聞いてもらったりした。そのためにヤス兄の書いたギター部分をバンド仲間のギターに弾いてもらうと、あまりに難しくて彼女は悶絶していた。そういえば、ヤス兄はプロミュージシャンなんだよなぁ、と今さらながらに思う。日ごろからストレイ・フィッシュの演奏を聴いているせいで、『演奏難易度』なんていう概念《がいねん》はすっぽり抜け落ちていた。

私は二週間ほどかけて……ようやく、初めて自分で「ベースの譜面」を作った。

随分《ずいぶん》時間がかかってしまったと思ったけれど、ドキドキしながらヤス兄に渡すと、「えっ、もうできたの!?」と驚かれた。彼は一、二カ月はかかると思っていたらしい。

「すごいな……若さってやつなのかなぁ」

ヤス兄はなんとも言えない表情で、譜面をぺらぺらとめくりながら、何度も「ほぉ〜」とか「へぇ〜」とか唸《うな》っていた。

「うん、よし！　せっかくだし、弾いてみるか！」

ヤス兄が立ち上がってそう言うので、私はドキリとした。

「え、今……？」

「そうだよ？　弾くために作ったんだから、やらなきゃもったいない。もしかして、まだ練習してない？」

「いや、弾きながら作ったから……もちろん弾けるけど……」

「じゃあ問題ない、やろう」

作る時はあんなに楽しかったのに、いざヤス兄の前で弾くとなると、やけに緊張した。

ワン、ツー、スリー、とヤス兄が小さく合図を出す。私とヤス兄は同時に、楽器を鳴らしだす。

ヤス兄のカッティングはエッジが利《き》いていて、格好良かった。譜面にはコードしか書かれていなかった部分なのに、彼が弾くと華やかさがある。私は負けじと、太い音を出せるよう、弦をはじく力を強めた。それでも、雑にならないように細心の注意を払う。

ギターの見せ場になると、ヤス兄のテクニックが爆発した。ハンマリングオン、プリングオフ、トリル、チョーキング、そのほかにも、たくさん。いろいろな奏法が立て続けに繰り出されて、所詮アマチュアの私にはどこで何が使われているのか正確に把握することができない。

かっこよかった。あの人とヤス兄が音で語り合っているところはよく見ていたけれど……なんだか、今日の彼はそれとは少し違って見える。いつもはあの人の音を聞いて、その音に絡《から》むように演奏するヤス兄が、今日は自分の音を前面に押し出しているような気がした。こんなにオラついた音を出すヤス兄を、初めて見た。

圧倒されながらも、なんとかついていくと、今度は私のソロパートが来る。私だって、直前に最高にカッコイイ音を出されて、張り合いたくならないほどプライドのない人間ではない。

今まではヤス兄に合わせてただけだよ、というように、激しく弦を叩いて、はじいて、攻撃的な音を出す。弾きながら、ヤス兄と視線が絡み合った。いいぞいいぞ、と煽《あお》るような目。

私は自然と口角が上がっていくのを感じながら、夢中でソロパートを弾く。そして……ふと、思い出した。

あの人は……ソロパートの時、笑ったり、しない。

とてつもない存在感の音を出しているのに、いつも、しかめ面《つら》だった。苦しそう、ともとれるような表情。

あの人は……何を考えながら、弾《ひ》いているんだろう。

そう思うと、ベースを弾く手が鈍《にぶ》るような気がした。でも、考えるのをやめることもできない。

あの人なら、どう弾くだろう。彼ならもっと格好良い音が出せるのだろうか。

そんなことを考えながら弾いていると、あっという間に私のソロパートは終わり、曲の終盤を迎える。

ヤス兄と私の音が絡み合い、お互いを高め合うような高揚感を覚えながら、最後の音を鳴らした。

数秒の沈黙。

「うん……いいね。楽しい曲だ」

ヤス兄は、その言葉通り楽しそうに笑って、私にゆっくりと近寄った。そして、くしゃくしゃと頭を撫でてくれる。それも、両手で。

「よくやったねぇ。初めてでこんなに作れるなんてすごいよ」

「そんなことない。というか、撫ですぎ！」

「ふふふ、ヤスゴロウ先生式頭撫でじゃぞ。よ〜〜しよしよしよし」

「髪の毛絡まるってば!!」

「李咲は大型犬みたいで可愛いねぇ」

それはヤス兄のよく言う台詞《せりふ》の一つだった。悪意がないのは分かっているけれど、年頃の女子を動物扱いするのはどうかと思う。

ヤス兄は満足したようにふー、と息を吐いて、バースツールに腰掛けた。

「ソロパートの途中」

彼が口を開くのと同時に、ドキリとした。バレている、と思ったから。

「音が変わったねぇ。あの時、何考えてた？」

訊かれて、私は口ごもる。

「当てようか。〝あいつならどう弾くか〟でしょ」

「……なんで分かるの」

言い当てられて、私は恥ずかしくなった。顔が熱い。

「突然、君の音じゃなくなったから。迷いが見えて、輝きが消えた」

そうだ。その時まで楽しくてしょうがなかったのに、その考えを持った瞬間に、何も分からなくなった。分からないまま弾く音は、どこか他人事《ひとごと》のように身体に響いてきて、変な気持ちだった。

「……そういう悩みを、今、あいつは抱《かか》えてるんだよ」

ヤス兄はいつものように、優しく微笑んだ。

でも……その顔は、ちょっとだけ、怖いな、と思った。

「自分の音って、なんだろうねぇ。ただ自分の感情を乗せているだけでいいはずなんだ、音楽なんていうのはさ。でも……聴いてくれる人が増えてくうちに、〝格好つけなきゃいけなくなる〟。それはアーティストの宿命で、呪いでもあるのさ」

ヤス兄はどこか寂しそうにそう言った。

「格好つけなくてもいい、と言ってくれる人が隣にいても……自分が泥沼に腰まで浸《つ》かっていることに気が付かない。そしてどうしようもない段階になってから、自分が求めていたものをようやく思い出して……後悔するんだ」

それは、あの人について言っているようにも、ヤス兄自身のことを言っているようにも思えた。いや、どちらにしても同じことなのかもしれない。ヤス兄とあの人は……ずっと、一緒に音楽を続けてきた。

「ねえ、この曲。あいつに弾かせてみようよ。もしかしたら、あいつも初心に返るかもしれないし」

ヤス兄はなんだか嬉しそうにそう言った。

「音楽は人を救うんだ。あいつは、ずっと救う側でいたいんだよ、きっと」

ヤス兄がそう言うのを聞いて、私はなんだか温かな気持ちになった。

音楽は人を救う。私も、そう思う。だって私の生活は、音楽によって、こんなに輝いている。

そんな会話をして、次にあの人が家に帰ってくるのを心待ちにした。

ヤス兄とあの人が一緒にこの曲を弾く。それを見て、私はようやく答え合わせができる。

あの人がどんなふうに、どんな顔で、この曲を弾くのか……知りたかった。

でも。

結局、あの人は帰ってこなかった。

一週間の不在の末、彼は人を殺して、逮捕された。

私の音楽は……あの人を救わなかった。

×　×　×

階下の電子ドラムの音がやんだ。

彼にしては珍しく、随分《ずいぶん》と荒々しい演奏をしていたのが分かった。私はきっと、彼に様々な葛藤《かっとう》を与えているのだろう。

優しくて、不器用で、言葉巧《たく》みな彼。

何か重いものを抱えて屋上に来た小田島《おだじま》を、一週間も経《た》たずに立ち直らせた、彼。

彼は、心の中にくすぶる昏《くら》い感情を、本人の代わりに言葉にして、体外に出してくれる。そんな不思議な力を持っていると思った。

だからこそ、私は、私の中のそれらを彼にひた隠しにしていたというのに……結局、まんまと暴かれてしまった。そして、それでも私が心の中を必死で隠すものだから、彼は今戸惑っている。

申し訳ない、と、思う。

でも……これはかりは、仕方がない。

私はゆっくりとシャツを脱ぎ、左腕の包帯をゆっくりとほどく。

傷だらけの、醜《みにく》い腕。どうして私はこんなことをしているんだったか。

生きていることを確認するため。私はそう思っていた。でも……初めて腕に傷を刻んだ日、私は何を考えていたのだろう。思い出そうとしても、上手く思い出せなかった。

『俺、先輩の音をもう一度聴きたいんです。二度と巡り合えないあの音を……！』

泣きそうになりながらそう訴えた安藤《あんどう》の顔が、思い浮かんだ。

なんて嬉しいことを言ってくれるんだ、と、思った。そう思いながらも、心は〝嬉しい〟と思っていないのが分かった。

音が人を救わないことを、私は知っている。

救われたと思っていても、ひとたび裏切られれば、それは絶望に変わるのだ。

私は彼を裏切ったと思った。彼のひたむきな想いを知りながら、自分の心を守るためにそれを傷付け、拒絶した。

だというのに……私の音に、まだ彼は執着している。

私のことを異性として好いているというなら、まだ分かる。ベースというツールを介して、私を口説こうとしているのなら、もっと話は簡単だ。

でも、そうじゃないことはもう明らかだ。彼はあくまで、ベースの話しかしない。

私の音が聴きたい。その想いを純粋に、訴えかけてくる。

そんな想いは……かつて、私があの人に抱いていたそれととても似ている気がして、私はとてもつらかった。

そんな想いを裏切らないという自信がなかった。

そして……安藤の想いに当てられ続けるうちに、またベースを握りたいと思ってしまうのではないか、という不安が……胸の中に湧き上がってくる。

ガラガラ！　という音がした。

浅田《あさだ》がガレージを閉めたのだろう。外を見ると、もうすっかり日が暮れている。

私は薄いカーテンの隙間《すきま》に指を挟み入れ、少しだけ外を覗《のぞ》いた。

田んぼ道を、彼はいつもよりも大きな歩幅で、歩いている。

そして、突然止まって、こちらを振り向いた。慌《あわ》てて、指を引き抜いて、カーテンを閉じた。

小さく揺れるカーテンを見つめながら、私はため息をつく。

……情けない。年下相手に、何を怯《おび》えているんだ。

そう思って、もう一度カーテンの隙間から外を見ると、彼の背中は小さくなっている。

「……なぁ、仲のよいヤツらでさ……楽しく、やってくれよ」

私は呟《つぶや》いた。

「楽しいまま……終わってくれよ」

そう言いながら、頭の中に、たくさんの言葉が渦巻いているような気がした。でも、その輪《りん》郭《かく》を摑むことができなくて、苦しいと思った。

「そうじゃないと……あたし……」
その続きは、言葉にならなかった。
何が言いたかったのかも、分からない。
窓際《まどぎわ》に置かれたソファの上で私は自分の身体を抱きしめるように、体育座りをした。
長い間、そうやって、丸まっていた。
なんとなく泣きたい気分だったけれど、涙は出なかった。
ベースがないと……私はなんにも出力できないのだと、思い知る。

EP.11 【11章】

A story of love and dialogue between a boy and a girl with regrets.

夏休みももう最終週だった。一カ月以上も休みがあったというのに、なんだかあっという間だ。

「よし、じゃあ始めるか！」

肩からギターをかけた壮亮《そうすけ》がそう言うのに、各々《おのおの》のセッティングを終えたメンバーが頷《うなず》く。

僕たちは今、スタジオにやってきていた。

演奏する曲を決め、夏休み中に各自練習してきたのを、ついに合わせるのだ。

壮亮、藍衣《あい》、薫《かおる》、僕。そして……。

「湯島《ゆしま》くんも、いける？」

壮亮が、ベースを握る黒髪の男子に目を向ける。

彼は、美鈴《みすず》先輩が所属する軽音部のベースを担当している湯島玄《げん》くんといった。まだ名越《なごし》先輩のことを諦《あきら》めていない、と言っていた壮亮がスタジオ練習に彼を誘ったことを意外に思ったけれど……壮亮なりに、考えがあるのだろう。

湯島くんは無言で頷く。前髪が長くて、その表情は見えにくい。

壁際《かべぎわ》のパイプ椅子に、美鈴先輩が脚を組みながら座っていた。

「本番のつもりでやってね。あたしもそのつもりでいろいろ言うから」

美鈴先輩がいつもより厳しい声でそう言うのに、皆は頷いた。

「じゃあ行くぞ。……ワン、ツー、スリー、フォー！」

壮亮の掛け声に合わせて、ドラムを叩きだす。曲の一番最初のフィルは、なんとかミスせずに叩くことができた。

壮亮のこなれたギターと、湯島くんのどこか淡々としたベースが絡《から》む。イントロでは出番のない藍衣も、リズムに合わせて身体を揺すっているのが視界の端に見えていた。

他の楽器が入った途端に、リズムキープに難しさを感じた。一人で叩いている時とはまるで感覚が違う。フィルの練習の時に壮亮と少し合わせたりもしたが……あの時は彼の方が僕に合わせてくれていたのだと思い知った。

とにかくリズムがズレないようにと、自分の中でテンポを取りながら、必死で叩く。僕の横顔に、美鈴先輩の視線が刺さっているのを感じた。

イントロを叩き終えると……薫の息を吸う音を、マイクが拾う。

『夜が来ると　朝があったことを　忘れるの』

その歌いだしは……静かで、優しく……それでいて、存在感があった。

薫の歌声があまりに美しくて、思わずリズムがヨレた。壮亮がちらりとこちらを見た。笑いながら、何度も頷いている。分かるよ、と言われている感じがした。

壮亮が決めた二曲は、一曲目がしっとりとしたバラード。そして二曲目が元気なアップテンポの曲だった。どちらも有名なもので、皆が知っているような曲なんだそうだ。……伝聞系なのは、僕があまりにテレビや流行《はや》りのポップスに疎《うと》いからだ。まずはしっとりと薫の歌声を聴かせてから、二曲目で思い切り盛り上げて終わろう、というのが壮亮の目論見《もくろみ》だったが……見事にはまりそうだと思った。

薫のしっとりとした歌声に、藍衣のキーボードが絡む。ギターとベースだけがハーモニーを奏《かな》でていたところに、突然、なんとも言い難《がた》い、艶《あで》やかな色が差し込んできたような感覚。本来の音源ではストリングスなどの弦楽器も加わる構成なのだそうだが、今のままでも十分曲の雰囲気を作れていると思った。

『会いたい　会いたい　会いたいの想いだけが』
『揺れて　熟れて　擦《こす》れて　痛むから』
『夜の　暗闇に　たった一度だけ』
『君の　夢を　見るよ』

薫の声は緊張からか、それともあえてそう歌っているのか……僕には判断できなかったけれど、それがかえって、曲の雰囲気をさらに濃密にしているような気がした。

初めて聴いた薫の歌と、藍衣のキーボードの音色……そして、ベースありでの演奏に、曲の後半、僕のリズムはヨレまくってしまっていた。それでも、皆は嫌な顔一つせずに、リズムを合わせてくれた。

なんとか、一曲目を終えると……。

「薫ちゃん!!!」

藍衣が辛抱《しんぼう》たまらんといった様子で声を上げた。声を上げたのは藍衣だというのに、全員の視線が薫に集まった。藍衣の言いたいことは、全員理解していたから。

「な、なに……」

急にその場の全員に見つめられて、薫は不安げに身じろぎをした。

「良すぎるよ〜〜〜!!!」

藍衣は一瞬で薫との距離を詰めて、そのまま抱き着いた。

薫は驚いて目を白黒させている。

「いや、ほんとに、すごかった！　楽器弾《ひ》く手止まりそうになったわ」

壮亮も目をキラキラさせながら手を叩いている。

湯島くんは俯《うつむ》いて、さらに前髪で目元が隠れてしまったから表情が読み取れなかった。美鈴先輩の隣に無言で腰掛けて、小さく息を吐いている。

「ね！　すごかったよね！　結弦《ゆづる》！」

藍衣が身体ごとこちらに向いて、言った。

薫の視線も、こちらに向く。僕の言葉を待つように……瞳が揺れた。

僕はおもむろに頷く。

「うん……すごかった。すごくびっくりして……」

「で、リズムがズレた」

僕の言葉を遮《さえぎ》って、美鈴先輩が言った。……その通り。

「……すみません」

「感動すんのもいいけど、これ練習だからね」

美鈴先輩はドライに言い放って、パイプ椅子から立ち上がった。

そして僕たちに一歩近づいてから、神妙に頷く。皆は緊張したように息を呑んだ。

「……ま、初合わせでこれなら、思ったよりだいぶいいかもね」

先輩の言葉に、場の緊張がゆるむ。藍衣は「やったね！」と薫に声をかけていた。

「それと、小田島《おだじま》さん」

「は、はい……」

突然名指しされて、薫は緊張したように背筋を伸ばした。

美鈴先輩は真顔で彼女に近づいて……。

「軽音部入らない？」

「えっ…………えっ？」

「キミ、歌った方がいいよ。雰囲気もあるしさ。ヴォーカルにぴったり」

「ちょ、ちょちょちょ！　待ってください！」

僕は慌《あわ》てて薫と美鈴先輩の間に身体を滑り込ませた。

「薫は、読書部員ですから！」

僕が大声で言うのに、美鈴先輩は顔をしかめる。

「幽霊部員のたまり場でしょ？　李咲《りさ》からそう聞いてるけど」

「そうですけど！　薫はその中では真面目《まじめ》な方です！」

「ふぅん……本とか読むの？」

「ほ……本は、あんまり読んでないみたいですけど…………」

痛いところを突かれて、僕の声が小さくなる。

どん、と僕の背中が小突かれた。

そして、僕の肩の横から、薫が顔を出す。

「あたしがいないと、部長が一人になっちゃうんで」

薫はきっぱりとそう言って、首を横に振った。

「お気持ちは嬉しいですけど……やめときます」

「……………あっそ。残念」

美鈴先輩は肩をすくめて、わざとらしくため息をついてみせた。

薫の顔を、覗《のぞ》き見る。彼女はいつものような、ぼーっとした表情のままだった。

そして、僕の視線に気が付いて、首を傾《かし》げる。

「ん？　なに」

「え、いや……別に……」

僕は慌てて目を逸《そ》らして、特に意味もなく、手に持っていたドラムスティックをいじった。

……彼女が「行かない」とはっきり言ってくれて、とても、嬉しかった。

でも、これだけ人がいる前でそんなことを告げられるはずもなく、僕はもじもじと俯くことしかできない。

「ま、それはさておき。とりあえず、一曲目は及第点でしょ。そのうえで、一人一人課題を指摘する」

美鈴先輩は腕を組みながら、てきぱきと一人一人を指名していく。

「まず結弦。リズムがヨレすぎ。バンド全体が下手《へた》に聞こえる。もっとリズムキープ意識して。フィルは思ってたよりずっと叩けてた。よく練習したね」

「次、壮亮。なんかこなれてる感がムカつく。練習だからいいけど、本番ではあんたは合わせる側じゃないよ。ステージの上でスカしてたら聴いてる方にはバレるから。もっと全力でやって」

「小田島さんは、声、震えないようにしよう。表現としてやるならアリだけど、ずっと震えてんのは、さすがに気になる。声は良すぎるから、歌い方は変えなくていいと思う」

「水野《みずの》さん。……んー……イイ。上手《うま》かった。あんだけ息の合ってない演奏でも、上手く全体の音の中に溶け込んでたから……そうだな。本番、もっとみんなが仕上がるようなら、もうちょっと前に出るつもりで弾いてもいいかも」

「湯島は、少しは楽しそうにして。演奏についてはもっとバンドが仕上がってきたらいろいろ言う」

薫の歌声への驚きと、粗削《あらけず》りではあったもののひとまず一曲通しで弾けたという達成感から若干《じゃっかん》緩んでいた空気が、美鈴先輩から指摘を受けたことでぴりりと締まる。

「さ、もっかい通すよ。次で良くなるようだったら、二曲目に移ろう」

先輩はパン！　と手を叩いて、またパイプ椅子に腰掛ける。

僕たちは先輩の言った点を意識しながら、何度も全体練習を繰り返した。

全員が個人練習をしていたからか、回数を重ねるごとにどんどんと演奏が良くなるのが分かった。僕の場合、他の楽器が鳴っている状態でのリズムキープに慣れてくると、他のメンバーが鳴らしている音――音量とか、抑揚とか、細かい部分まで――を聴く余裕ができて、それによって自分のドラムの強弱を調整したりできるようになっていった。

ギターとベースの絡み合いも最初よりずっと自然になり、薫の声の震えもだんだんと減っていった。

音が少しずつ調和していくのが分かると……とても、楽しかった。

飛ぶように時間が過ぎ、いつもよりも長めにスタジオを借りたというのに、あっという間に部屋からの退出時間がやってきた。

全員で片付けと簡単な清掃をして、スタジオを出る。

「よし！　結構形になってきた！　あと一カ月ちょい、しっかり練習して、どんどんクオリティ上げてこう！」

スタジオ前で、壮亮が場を締めるようにそう言った。美鈴先輩もその隣で頷く。

「思ってたよりだいぶ良かったよ。あとは、ここからどれくらい気を緩めずに練習を続けられるかだから。頑張ろう」

美鈴先輩の一声に皆は気合いの入った返事をした。

先輩はそもそもは完全に素人《しろうと》だった僕にドラムを教えてくれる……という立ち位置だったはずなのに、気付けばバンド全体を経験者の視点で見てくれるようになっていた。

何度かそのことに対してお礼を言ったことがあったけれど、「まあ……暇《ひま》だし」と不器用に返してくるだけだった。なんだかんだで、とても面倒見が良い人なのだと思う。

「さて、じゃあ、解散！　次の合わせ練習は学校始まってからだな」

壮亮が言うと、藍衣が「うわぁ」と声を漏《も》らした。

「もう夏休み終わっちゃうよ～、早いよ～」

藍衣は言いながら薫の身体をぐらぐらと揺すっていた。薫は煩《わずら》わしそうな顔をしつつもされるがままで、左右に揺らされながら藍衣を横目に見た。

「藍衣、ちゃんと宿題やってんの」

「ぎくっ」

「………」

薫は露骨にため息をついて、藍衣を睨《にら》む。

「どんくらい残ってんの」

「うーん……八割くらい？　いや、七割かな……。ろ、六割くらいかも……？　半分！　半分くらいだから！」

言葉を発するたびに薫の表情が険《けわ》しくなり、藍衣は分かりやすく慌てていた。

壮亮はそれを見て、けらけらと笑う。

「八割はやべぇな。つっても俺もまだちょっと残ってるんだよなぁ。結弦は？」

「二週間前くらいにテキスト系は全部終わらせた。あとは自由課題だけだけど……まあ……それも、ね」

僕が目くばせするように壮亮の方を見ると、彼は数秒きょとんとした後に、「ああ！」と声を漏らした。

自由課題は、夏休み中に『何か新しいことに挑戦する』というものだった。そして、その経過と最終的な結果をレポートにまとめるのだ。曖昧《あいまい》な課題なので、手を抜こうと思えばいくらでも手を抜けるのだが――やっていないことを「やった！」と言い張ることもできる――、幸い僕には、「新しく始めたこと」がある。それはもちろん、ドラムだ。

「確かに、結弦は夏休みからドラム始めて、すでに結構叩けるようになってるもんなぁ」

「そうだね。みんなのおかげで。レポートにするのはちょっと難しいけど、結果は後夜祭で見てもらえるし……疑われることはないんじゃないかな」

「なるほどなぁ。つまり結弦は残りの休みも、ドラム練習に集中できるってわけだ」

「そうなるね。やっぱり一番練習が必要なのは僕だと思うから……まだまだ頑張るよ」

僕が言うと、壮亮は「真面目だなぁ」と笑ってから、一瞬、何かを考えるような表情を見せた。

ああ……そうだった。

僕も、彼に訊《き》きたいことがあるんだった。

壮亮が今の一瞬で何を考えたのか、なんとなく想像がついたので……僕も、彼と話す時間を取るべきだと思った。

「結弦ー！」

なにやら薫に叱《しか》られていた藍衣が、僕の方を向いて、手を振った。

「なに？」

「この後薫ちゃんと一緒に宿題することになったんだけど……結弦もどう？」

訊かれて、僕は心苦しい気持ちになりながら、かぶりを振った。

「ごめん。僕、この後は壮亮と用事があるんだよ」

僕が言うと、壮亮は驚いたように僕を見た。が、すぐに何かを察したように「ああ……」と小さく声を漏らして、藍衣の方を向いた。

「悪いね！　約束してたからさ！」

それは嘘だった。僕の意図に気が付き、咄嗟《とっさ》に話を合わせてくれたのだ。

「そっかぁ……残念。そしたら、私たちはこれで！　お疲れ様でした！」

藍衣が元気よくぺこりとお辞儀をするのに、薫も続いた。

藍衣に手を引かれて、薫は駅の方へ歩いてゆく。

それを見届けると……隣の壮亮がスンと鼻を鳴らした。

「……なんか、悪いな。気遣《きづか》わせたみたいで」

彼の言葉に、僕はゆるく首を横に振る。

「いや……こっちこそ、ありがとう。合わせてくれて」

「大丈夫。じゃ、場所変えるか。美鈴先輩と湯島くんもいいっすか？」

壮亮が二人の方を向くと、美鈴先輩はノータイムで頷いた。湯島くんは「え、俺も？」と少し面倒くさそうな声を上げる。

「あんたも来るんだよ！」

結局、彼は美鈴先輩に強制的に連れてこられる形で、僕たちと一緒に、駅前のカフェに入った。

席につき、全員分の飲み物を注文したところで、美鈴先輩が口を開く。

「さて……あたしからも訊きたいことがあるんだよねぇ」

美鈴先輩は、含みのある視線を壮亮に向けた。

「ベース、急に湯島を貸してくれって言ってきたけど……もう李咲のことはいいわけ？」

先輩がそう言うのに、僕も同調するように頷いた。

僕が訊きたいのも、まさに、そのことだった。

壮亮は言葉を選ぶように、テーブルの上で視線を彷徨《さまよ》わせてから、顔を上げる。

そして、きっぱりと言った。

「説得は、諦めました」

「えっ……マジ?」

美鈴先輩は目を丸くする。僕も、驚いた。

つい一週間前には「諦めたくない」と泣いた彼が、どういう心境の変化なのだろう。

二人並んで目を丸くする僕たちを見て、壮亮は笑った。

「あはは、ごめん、言い方ミスったわ」

「え?」

「名越先輩に弾いてもらうのは、諦めてない。でも、言葉で説得するのはやめた」

壮亮はそう言って、穏やかに微笑んだ。

「結局さ、俺はあの人の〝音〟しか知らないんだ。だから、高校入ってからの名越先輩は……俺からしてみれば、まるで〝ニセモノ〟みたいだった」

彼は自分の心の中の言葉を整理するように、話す。僕たちは無言で、それを聞いていた。

「言葉にはしなかったけど……心のどっかで、『本物の名越先輩に帰ってきてほしい』って……思ってた。でも、本物も偽物《にせもの》もないんだよな。結局、あの人の心にもう一度火を点《つ》けるには、音楽でぶつかるしかないって気付いた。先輩に届かせるべきなのは、言葉じゃなくて、きっと、音楽なんだよ」

壮亮はそう言って、どこかすっきりしたような、吹っ切れた笑顔を見せた。

「だから、そのための演奏をする!　それでもしダメなら、もう、諦めるしかない」

彼がはっきりとそう言ったのを聞いて、美鈴先輩は心なしかいつもよりも優しい色を伴った表情で、ため息をついた。

「……そう。分かった」

美鈴先輩は納得したように何度か頷いて。それから、じとっとした視線を壮亮に送った。

「気持ちは分かったけど……全然、答えになってない」

「え？　あっ……あー、確かに？」

壮亮は美鈴先輩の言葉に、焦《あせ》ったように視線をうろちょろとさせてから、ごまかすように笑った。

「まあつまりアレです。これ以上、名越先輩に弾いてもらうことにこだわって、バンドがめちゃくちゃになるのも本末転倒なんで。申し訳ないけど、すでに決めてる二曲は湯島くんにベースやってもらおうかと」

「なるほど？　で、音楽で李咲にぶつかる、みたいな話は？」

「それは……」

壮亮は深く息を吸い込んでから、意を決したように、言った。

「俺一人で、もう一曲だけ弾きます。その演奏で先輩の心を動かして……一緒に、セッションしてもらおうかと」

壮亮の言葉に、美鈴先輩は露骨に顔をしかめた。

「なんだそれ。簡単に言うけどさぁ……そんな演奏できる自信あるわけ？」

「今はないけど、死ぬほど練習します。俺の全部を懸《か》けて」

壮亮はあっけらかんと答えた。でも……それが冗談やその場しのぎの言葉ではないことは、はっきりと分かった。

美鈴先輩は数秒黙りこくった末に、今度は呆《あき》れたようにため息をつく。

「あっそ……ま、好きにしなよ」

先輩はそう言って、また、しばらく黙ってしまう。何かを考えているように、彼女の視線がテーブルの上を彷徨った。

「……壮亮がその気なら…………渡すもんがある」

先輩は、そう呟《つぶや》いて、壮亮を見た。それから、傍《かたわ》らに置いていたスクールバッグをがさごそと漁《あさ》りだした。

「なーんか……予感がして、持ってきといて良かった」

先輩は言いながら、クリアファイルに入った紙束を壮亮に渡した。

彼はそれを受け取って、まじまじと見つめた。

「……なんすかこれ」

「見りゃ分かるでしょ。譜面だよ」

「いや、そりゃそうなんですけど……なんの？」

壮亮が首を傾げると……美鈴先輩はまたもや言葉を選ぶように、数秒黙りこくった。

それから、おもむろに、かぶりを振る。

「教えない。でも……あいつの心を動かしたいなら、あんたはそれを弾くべき」

美鈴先輩は妙にはっきりとそう言い切って、壮亮の手元の譜面を見つめた。

壮亮はクリアファイルから譜面を取り出して、ぱらぱらとめくっている。その表情は、真剣そのものだった。

「はっきり言って、超、むずいよ」

「はい……分かります」

「正直、今から猛練習しても、後夜祭までに完璧に弾けるようになるのは無理だと思う」

「……かも、しれませんね」

譜面に目を落としながら、壮亮は神妙に頷いている。

「それを弾いたら、ステージの上でしくじりまくって、恥をかくかもしれない」

「はい」

「それでも……弾くんだよ、最後まで。できる？」

美鈴先輩が真剣な面持《おもも》ちで訊くのに……壮亮は、その瞳に力強い光を宿して、頷いた。

「……やります」

壮亮の返事を聞いて、先輩は小さく息を吐き……それから、優しく微笑む。

「そう。じゃ、やってみな」

美鈴先輩は短くそう言って、少しだけ嬉しそうに、口角を上げた。

「あの……」

ずっと黙っていた湯島くんが、控えめに口を開く。

「よく分かんないんスけど……つまり俺はその名越とかいう人の前座……ってことッスかね」

表情の読めない彼だったが、その言葉にだけは、ありありと「不本意である」という意思が漂っていた。

プッ、と美鈴先輩が噴き出した。

「そう拗《す》ねんなし。あんたも上手いよ、十分」

「ウゼー言い方。名越って人、そんなに上手いんですか」

湯島くんは、この場にいない名越先輩に敵意をむき出しにしていた。これが演奏者のプライド、というやつなのだろうか。楽器を始めたての僕にはわからない感情だと思った。

美鈴先輩は拗ねている湯島くんをさらに煽《あお》るように、笑った。

「上手いよぉ。あんたじゃ逆立ちしてもかなわない」

「……マジで言ってんスか」

「大マジ。あんたも聴けば分かるって」

美鈴先輩がそう言うのを、湯島くんは納得いかない様子で下唇を噛みながら聞いていた。負けず嫌いなんだな、と、思う。

「聴けば分かるからさ……」

美鈴先輩は椅子にべたりと背中をつけて、呟いた。

「また、弾いてほしいな」

小さな声で零《こぼ》れたその言葉は、彼女の心からの願いなのだと、分かった。
それからは、言葉少なに注文したドリンクを飲み……早々に僕たちは解散した。

EP.12

12章

A story of love and dialogue between a boy and a girl with regrets.

エアコンがカタカタと微震動しながら冷気を吐き出している。

窓を閉め切っているとその音しか聞こえないので、冷気が逃げない程度に窓を開けて、運動部の掛け声を聞いていた。

夏休みが終わって数日が経《た》った。休み気分が抜けない生徒の中には「あと一カ月くらい休みでいいのに」なんて言う人もいたけれど、僕は、学校がある方がなんだか落ち着いた。

授業を終えて、読書部の部室にやってくる……というルーチンが、身体に染《し》みついているのだと思う。

休み明けになると、いよいよ一カ月後に迫る文化祭に向けて、校内中にどこか浮ついた空気が漂っている。放課後に廊下からわいわいと声が聞こえてくるのは、不思議な気分だった。

といっても、僕のクラスは比較的準備するものが少ないので、張り切って内装班に立候補した生徒以外は本格的に準備に取り掛かっている人はいない。なので、放課後にいつも通り部室に来ることができていた。

文庫本を開きながら……そういえば、読書をするのは久々だな、と思った。

そして、そんなことを思った自分に、改めて、驚く。

今までは、生活と、学業を除いたら他すべてが読書と言っても過言ではなかったというのに。

それだけ、生活と、生活の中にいろいろな人が溶け込みだして、それと共に、やりたいことも増えていっていると感じた。

バンドだって、最初は半ば巻き込まれる形で始めたものだったけれど、上達を感じれば楽しかったし、この前五人で合わせた時は、ものすごく達成感を覚えたものだった。音楽の楽しさなど、こんなふうに強引に誘われていなければ知る由《よし》もなかった。

充実している、そう思った。

そんなことを考えていると……ふと、名越《なごし》先輩のことが思い浮かんだ。

壮亮《そうすけ》や美鈴《みすず》先輩の話を聞いていると、彼女の中学時代は、音楽漬けで、それ以外には目もくれないというほどのハマりっぷりだったという。

そんな彼女が音楽をすっぱりやめてしまったきっかけを、壮亮は「市原雄悟《いちはらゆうご》の逮捕」だと言う。あれだけ名越先輩のことを気にかけている壮亮が言うのだから、適当にそんなことを口にしたわけじゃないことは分かる。そして、その言葉を聞いた名越先輩の反応からしても、彼女にとって市原雄悟というのは大きな存在だったのだろうと思う。

……でも。

僕は手元の文庫本を閉じて、その表紙を撫でた。

想像してみるのだ。自分が読書をやめたくなるほどの出来事について。空いた時間ができればすぐにでも本を開きたくなる僕が、それをやめて、その後、〝すべて嘘になった〟と言ってしまうようなこと。

例えば……僕の大好きな作家、〝相坂幸次郎《あいさかこうじろう》〟が殺人の罪を犯したとしたらどうだろう。彼の文章には軽快なユーモアがあり、その根底に、深い哲学が感じられて、好きだった。そんな彼が、人を殺して逮捕されたとしたら……。

想像してみても……「そういうこともあるかもしれない」という他人事《ひとごと》な感想しか浮かばなかった。結局憧《あこが》れの作家といっても他人であり、その人となりを知っているわけではない。他人のすべてを知ることなど、できはしない……。

「あ……」

そこで、僕は思い立つ。

そういえば……僕は、市原雄悟の音楽を聴いたことがなかった。

彼の音楽が名越先輩の音楽への愛を深めさせ、かつ、彼女を絶望に陥《おとしい》れたのだとしたら……まず、それを聴いてみるところから始めるべきではないのか。

僕は机の上に雑に置いていたスクールバッグから、イヤフォンを取り出す。普段から音楽を聴く習慣のなかった僕は、以前ならイヤフォンを学校に持ってくることなどなかったわけだが……今は、電子ドラムで練習をするようになった影響で、いつでも持ち歩くようにしていた。

バッグの中のスマートフォンを見つめる。

「………」

スマートフォンを取り出すか迷って、結局バッグの中に入れたまま、イヤフォンを差し込んだ。薫のように、堂々と校則違反をする度胸がないのだ。

動画サイトを開き、検索画面に「市原」と打ち込んだところで、すぐに「市原雄悟」というサジェストが出た。それだけで「本当に有名なのだなぁ」と分かり、自分の見識の狭さを思い知る。

一番上に表示された動画をタップして……僕はその演奏に耳を傾けた。

……そして、それから、時間を忘れた。

市原雄悟の演奏は、凄《すさ》まじかった。

彼はいわゆる「インストバンド」と呼ばれる、ヴォーカルのいないバンドで演奏していた。ときどきギタリストの掛け声――とも感じられるし、グルーヴの高まりに我慢できずに声を上げているようにも取れる――が入ることはあるが、歌詞はなく、人の声がメロディを作っていくことはない。

基本的にはメロディをギターが担当していたが……時にはキーボードがそれに代わることも、ベースが一人で暴れることもある。不思議な温度感の音楽だった。僕は普段から音楽を聴く方ではないし、母親がテレビでそぞろに音楽番組を眺めているのを一緒に見ている時も、基本的にそこで流れているのはＪ－ＰＯＰだったので、こうして歌の入っていない音楽を聴くのは新鮮だった。

市原雄悟のベースは、イヤフォンで聴いていても「腹に響いてくる」と感じるほどに力強く、熱のこもった演奏。それでいて、自分が主役でない時は他の楽器の地盤を支えるように、脇役に徹している。そうは言っても、常に存在感を主張し続ける。

まるで海のようだ、と、思った。

常にそこにあって、波立つときは激しくうねり……そうでないときは、静かに、そこに住む生物たちを内包している。

熱く、懐《ふところ》の広さを感じる演奏、と言えば良いのか。

…………でも。

とても情熱的な演奏だというのに、聴いていると、少しだけ、苦しくなる。

何か、名状しがたい大きな感情の塊《かたまり》をぶつけられているような気がするのだ。

力強い演奏から迸《ほとばし》るエネルギーに当てられると、感動するのと同じくらい、胸が詰まるような感覚があった。

一体、これはなんなのだろうか……。

名越先輩の心境を少しでも理解するために聴き始めたはずだったのに、気付けば、次から次へといろいろな動画にジャンプして、身体を揺すりながらそれを聴いていた。

聴けば聴くほど、胸が詰まる。なのに、まだ聴きたいと思う。

不思議な感覚に身を委《ゆだ》ねながら様々な演奏を聴いていると……。

突然、肩をつつかれて、僕は飛び跳ねた。

「うわぁ！」

「……そんなに驚かなくても」

僕が飛び跳ねたのを見て、つついた本人も驚いたように手を引っ込めていた。薫《かおる》だ。

いつの間にか、部室に入ってきていたようだった。まったく気が付かなかった。

「何回も声かけたのに。どういう音量で聴いてんの」

「いや、ごめん……」

演奏に夢中になるあまり、どんどんと音量を上げてしまっていた。ドアが開いた音にも気が付かないというのは、さすがに大音量で聴きすぎだった。

「めずらし。ユヅが学校でスマホ使うなんて」

「うん、ごめん……」

「別に責めてないですけど」

薫は苦笑しながら、少しかがんで、僕がバッグの中に隠したスマホの画面を細い目で見た。動画のタイトルを確かめているようだった。

「あー……ストレイ・フィッシュ。すごいよね、演奏」

薫は納得したように頷《うなず》きながら、僕の横をすり抜けて、いつものようにぼすんとソファに腰を下ろす。

ストレイ・フィッシュというのは、市原雄悟の加入していたバンドの名前だ。薫も知っているとは思わず、驚く。

「知ってたんだ」

「そりゃ、知ってるよ。有名だもん。逆に知らなかったの？」

「壮亮から市原雄悟の名前を聞くまでは、まったく……」

「結弦ってテレビとか見ないんだっけ」

「うん……」

「あーね。じゃあ有名もクソもないか」

薫はスクールバッグを放るようにソファの上に置いてから、僕を見る。

「解散するには惜しいバンドだったたって思うよ。全員、とてつもないプレイヤーだった」

「……そうなんだ」

「市原雄悟が、えっちゃん……あー……佐島悦子《さじまえつこ》を殺しちゃって、解散した。あたしが中学の時だったかな」

「佐島悦子さん……っていうのは？」

「え……あんた今動画見てたんじゃないの」

薫は怪訝《けげん》そうに眉を寄せる。

「ストレイ・フィッシュのドラマーだよ」

「あっ……えっ……」

僕はイヤフォンをつけないまま、動画を改めて再生した。

確かに、動画内でドラムを叩いているのは快活そうな女性だった。黒いタンクトップを着て、とにかく楽しそうに……ドラムを演奏している。

自分でドラムを叩くようになったから、余計に理解できることだが……彼女の技術力も、凄まじい。軽やかにスティックを振りながらも、その音は力強い。そして、ただ力任せというわけではなく、コロコロと転がるような、軽快な音がステージ上ではじけている。跳ね回る子供のような音色だと思った。

この人は……もう、この世にはいないということなのか。

そう思うと、一度も関わったことのない人だというのに、なんともいえぬ喪失感があった。

動画の中では、こんなに楽しそうにしているのに。

「一時期はそのニュースで持ち切りだったよ。二人が付き合ってたのもあって……嘘ともほんとともつかない憶測が飛び交ってさ。なんか、イヤな気分だったの、覚えてる」

薫はそう言ってから、少し自嘲するみたいに笑った。

「覚えてる……って、言ったけど。結弦が今その動画見てなかったら、すっかり忘れてた。なんか嫌だね、それなりに聴いてたバンドのこと忘れちゃってたの」

どこか寂《さび》しそうにそんなことを言う薫を見て、結弦は思った。

音楽が好きな人たちにとっては、ストレイ・フィッシュというバンドはとても大きな存在だったのだろう。それは、こうして彼らの音楽を聴けば僕にもなんとなく理解できた。今日、初めて聴いたばかりの自分でも、ここまで気分が高揚したのだ。きっと、リアルタイムで彼らを追いかけ、ライブに行ったりできた人たちは、もっとのめり込んでいただろう。

そんな存在が、突然失われた。バンドの中核にいた市原は逮捕され、ドラマーの佐島はもうこの世にいない。

その喪失感がどれだけ大きいか。今となっては僕にも想像できる気がした。それだけに、その重さだけに具体的な実感が伴わなくてなんだか恐ろしい。

「しっかし、ユヅが校則破ってまで音楽を聴き始める日が来るなんてねぇ」

からかうように薫が言った。

「バンド、思ったより楽しんでるみたいじゃん？」

明らかに面白がっている様子の薫だったけれど、僕は冗談で返す気にはならなかった。彼女の言うことは、事実だから。

「そりゃ……好きなヤツだけで集まって新しいことやるなんて、楽しいに決まってるじゃん」

僕がそう答えると、薫は少し照れたように横髪をいじる。

「ああ……そう。まあそうかもね」

曖昧《あいまい》に頷いて、薫は黙ってしまう。

僕もなんだか恥ずかしいことを言ったような気持ちになって、首の後ろを掻きながら押し黙った。

さっきまで激しい曲ばかり聴いていたせいか、外から運動部の大声が聞こえていても、部室の中はやけに静かに感じられた。

薫が「そういえば」と口を開く。

「ベースって、結局湯島《ゆしま》くん？　で確定なの？」

「本番も彼が弾《ひ》いてくれるって」

僕が答えると、薫は温度感の分かりづらい声で「ふーん」と相槌《あいづち》を打った。

「じゃあ……名越先輩は弾かないんだ？」

訊《き》かれて、僕はどう答えたものか迷う。

壮亮が三曲目を弾き、彼女を壇上に上がらせようとしていることについて、他のメンバーに言っても良いのかどうか、確認をとっていなかったからだ。

「……分からない」

結局、そんな返事しかできなかった。本当に壮亮の作戦で名越先輩をステージ上に呼べるのかが分からない以上、嘘ではないとも思う。

「そっか……残念」

薫がそう言うのを聞いて、僕は驚いた。薫まで、名越先輩に弾いてほしいと思っているとは知らなかったからだ。

「薫は名越先輩に弾いてほしかったの？」

僕の問いに、薫はなんとも言えない表情で、首を傾《かし》げてみせた。

「弾いてほしい……というか。なんだろ……音楽なら、あの人の本音をちょっと覗《のぞ》けるのかな……と思って」

薫はそこで言葉を区切って、最後に呟《つぶや》くように言った。

「ちょっと、期待してたんだけどね」

薫の言葉を聞いて、思わず僕の視線は下がった。視線の先で、再生を止め忘れたストレイ・フィッシュの演奏動画が流れ続けている。

確かに……さっきまで聴いていた市原雄悟の演奏では、彼の様々な感情が発露されていたような気がした。波立つ感情をまき散らすように演奏することもあれば……静かに、内に秘めた情動を抑え込むように弾くこともある。

名越先輩がどんなベースを弾くのか……興味がないと言えば嘘だった。

薫の言うように、先輩の音楽が彼女の『言葉』に代わるのだとしたら……彼女は、ベースを握ったらどんな『言葉』を吐き出すのだろうか。

きっと、壮亮もそれを聴きたがっているのだろう、と、思った。

文化祭まで、あと三日を切っていた。

この前夏休みが明けたばかり、という感覚だが……授業を受け、部室に行き、空いた時間でドラムの練習をする……という繰り返しで、あっという間に時間が過ぎてゆく。

毎週土曜日は、スタジオでの合わせ練習をした。バンドメンバーの五人と美鈴《みすず》先輩、合わせて六人でのスタジオ利用費は、人数で割るとかなり安く済んだので、毎週でも問題なかった。

とはいえバイトもしていない僕は母さんに頼むしかなかったのだが、後夜祭のためのバンド練習だと言うと母さんは喜んで少し多めに小遣《こづか》いをくれた。

演奏のクオリティは、週ごとにどんどんと良くなっていった。皆手を抜かずに自主練習をして、土曜日に全員で合わせることで課題を確認する……という流れが、かなり上手《うま》くいっていたのだ。

先週の土曜日で合わせ練習は最後だった。次の土日が文化祭で、後夜祭は日曜日。それまでは各自個人練習をするのみとなった。

バンドの練習が落ち着くと、今度は文化祭のクラスでの出し物の準備が忙しくなった。

「誰か行事委員からハケ追加で借りてきて！　二個くらい！」

「ついでにトンカチも！　こっちは一個でいい！」

教室内では、内装班が指揮をとって、屋台製作の準備をしている。当日は、リアルタイムにたこ焼きを作っているところが見れる区画と、店内で食事をする区画の二つに分割する予定だ。そして、調理区画は本物のたこ焼き屋の屋台のような見た目にするのだ。女子たちがかなり凝《こ》ったデザインを起こしてくれたので、それを図面化し、男子たちが実際に木材で屋台を組んでいる。

僕は難しい作業はできないので、ハケを使って画用紙に色を塗る係をしていた。

運動部など、部活をどうしても休めない生徒は部活優先を許されていたが、僕や薫《かおる》の場合は部室に行ってもいつも通り読書をするだけだったので、積極的に内装作りに参加していた。

慌《あわ》ただしく準備を進めていると、飛ぶように時間が過ぎる。

あっという間に最終下校時刻となって、僕たちは学校を出る。部活以外で最終下校時刻まで学校にいたことなど初めてで、なんとも不思議な気持ちになりながら昇降口で靴を履《は》き替えた。

薫と一緒に校門に向かうと、後ろから軽快な足音が聞こえた。

「結弦《ゆづる》！　薫ちゃん！」

振り向くと、藍衣《あい》がこちらに向かってぱたぱたと走ってきていた。

「二人とも、文化祭の準備？」

「うん。藍衣も？」

「うん！　思ったより内装の準備がバタバタでさぁ。前日まではこんな感じになっちゃいそう」

「あはは、こっちも同じ」

大変だよ～、と漏《も》らしながらも、藍衣はどこか楽しそうだった。

「文化祭も……後夜祭のバンドも楽しみだねぇ」

藍衣がしみじみと言うのに、僕も頷《うなず》いた。

「藍衣。制服になんかついてる」

藍衣が合流してから少し後ろを歩いていた薫が、藍衣のワイシャツの背中をちょいとつまんだ。そして、背中からはがしたそれをまじまじと見つめた。

「養生《ようじょう》テープ」

薫が言うのに、藍衣は少し恥ずかしそうに「えへへ」と笑う。

「今日テープいっぱい使ったから、くっついちゃったみたい。ありがと！」

「いいけど……なんで背中につくかね」

薫がそう言うのを聞いて、藍衣は「うーん……」と悩むように首を捻《ひね》った。

そしてすぐに、ポン！　と手を打った。

「休憩したときに床に寝っ転がったからかも！」

「藍衣……すぐ寝っ転がるのやめなって」

そういえば、藍衣とこの学校で再会したときも、グラウンドで寝っ転がっていたなぁ、と思い出す。

僕と薫に呆《あき》れられながらも、藍衣は無邪気に笑っていた。

学校の最寄《もよ》り駅まで文化祭の話をしながら一緒に歩き……僕は、いつもとは逆方向の電車に乗った。

今日は、なんとなく、ドラムの練習をしたい気分だったのだ。

文化祭の準備の、どこかソワソワとした雰囲気に当てられたのか、まっすぐ家に帰って一日を終えてしまう気にならなかった。

母さんに連絡を入れ、僕は名越《なごし》先輩の家へ向かう。

先輩にも事前にメッセージを入れる。

一瞬で既読がつき、返事は来ない……というのがいつものパターンなのだが、今日は既読がつかなかった。まあ、たまにはそういうこともあるだろう。

先輩の家の最寄り駅で降りて、またスマートフォンを確認したけれど、やはり既読はついていない。寝ているのだろうか。

名越先輩の家は駅から十分以上歩いたところにある。駅の近辺にはビルも多く、それなりの街……という印象だけれど、少し歩くとどんどんと建物が減っていく。

五分ほど歩くと、視界が開けて、田んぼだらけになるのだ。

日の暮れた時間帯のこの道は、外灯もまばらで、少し怖い。

しかし、夏休みの間、数日おきに通ったものだから、この暗さと静けさにもすっかり慣れてしまった。

最初の頃は、頻繁《ひんぱん》にお邪魔するのは悪いのでは……と思っていたものの、何度訊《き》いても先輩は「別にいいよ」と答えるだけだったので、僕も気にしなくなった。

名越先輩は良くても、ご両親が何か言わないのだろうか……と思い、一度「ご両親は何も言わないんですか？」と尋《たず》ねたことがある。その答えはあっけらかんとしたもので、「親は家にいないんだよね～」という軽い返事。

「だから、なんも気にしなくていいよ、ほんとに」

先輩はそう言って笑った。

ここ数カ月で……いろいろな人の家庭事情を知った気がする。薫は母親と二人で暮らしていて、藍衣は逆に父親と。そして、名越先輩は両親とも家にはいないのだという。

僕も父さんはしょっちゅう単身赴任で家を空けるので、実質母さんと二人暮らししているようなものだけれど……別に特殊な事情があるわけではなかった。両親と当たり前に会える生活をずっとしてきたものだから、そうでない家について深く考えることなどなかった。

皆、それぞれの事情を抱《かか》えて生きているんだな、と思う。

でも……こんなに暗い道を毎日一人で歩いて、誰もいない家に帰るのだと思うと……少し、寂《さび》しい気持ちになった。

田んぼ道を数分歩くと、名越先輩の家が見えてくる。

電気がついているのを確認して、ホッとした。明らかに寝ているところにお邪魔して、シャッターを上げる音で起こしてしまっては悪いと思うからだ。

しかし家に近づくにつれ、なんだか、いつもと様子が違うことに気が付く。

すでに、ガレージのシャッターが半分ほど開いているのだ。そして、そこから電灯の光が漏れ出てきている。

「……先輩、ガレージにいるのか……？」

僕は少しだけ歩調を速めて、先輩の家へ向かった。

家の前に着き……僕はおずおずとかがんで、シャッターの中を見る。

そこには、電子ドラムの椅子に座ったまま、ぼーっとしている名越先輩がいた。彼女はすぐに僕に気が付いて「おー」と声を上げる。

「学校始まったのに、こんな時間に来るなんて珍しいじゃん」

「すみません。連絡したんですけど……」

「あー、スマホ、部屋に置きっぱだわ」

先輩の返事を聞いて、僕は曖昧《あいまい》に頷く。ということは、少なくとも数十分も前から、ガレージにいたということだろうか。きょろきょろとドラム周りに視線をやるが、スティックが置かれている様子はない。叩きもせずに、ドラムの椅子に座っていたということなのか。

先輩はガラガラ、とガレージのシャッターを閉めた。

「あの……今日は、どうしたんですか？」

僕が訊くと、先輩は取り繕《つくろ》うような笑顔を貼り付けて「ん、何が？」と首を傾《かし》げる。

「いつもはガレージに一人でいることなんてないのに。しかも、ドラムの椅子に座ってるなんて、初めてだったから……」

僕がそう言うのに、先輩は「よく見てるねぇ」なんて言いながら笑う。

そして、いつものようにバースツールに座り直して、言った。

「今日は……命日だからね」

「えっ……」

訊いてみたものの、てっきりいつも通り煙《けむ》に巻かれるんだろうなぁ、と思っていたので……すんなりと答えられて、驚いた。そして、彼女の口からあっけらかんと発されたのは、あまりに重い一言で。

誰の、とは訊かない。なんとなく、分かっていた。

以前話してくれた、その電子ドラムを使っていた女性のことだろう。

「前に話してくれた人……亡くなってたんですね……」

僕が言うと、先輩はくすくすと笑った。

「そんな暗い顔すんなよ。キミには関係ないだろ」

「そう……ですけど……」

「それより、ちょうどいいとこに来てくれたわ。ちょっと叩いてよ」

先輩が電子ドラムを顎《あご》で示す。

「あたしは椅子に座って黙禱《もくとう》するくらいしかできないからさ。キミが代わりに叩いてやってよ。きっと喜ぶ」

「えっ……僕で……いいんですか」

「いいのいいの。むしろ、キミがいいかも」

名越先輩がそう言うので、僕はおずおずとバッグを下ろし、中からドラムスティックを取り出した。

先輩は電子ドラムの電源コードを壁のコンセントに差して、てきぱきとコンソールをいじった。そして、スピーカーをオンにしてくれる。

「さ、どうぞ～」

先輩は薄く微笑みながら、ソファへと移動して、静かに座った。

僕は少し緊張しながら……ドラムを叩き始める。

後夜祭で演奏する曲の、一曲目。バラードなので、テンポはゆっくりだ。

他の楽器がなくとも、しっとりとした雰囲気が出せるように、叩き方を調整する。上手《うま》くできている自信はなかったが、こういうことを意識できるようになっただけ、進歩だと思う。

先輩が姉のように慕《した》っていた人の叩いていたドラムを、今、僕が叩いている。その人の……命日に。

なんだか、胸が熱くなって、それと同時に、その気持ちが穏やかに凪《な》ぐような……不思議な感覚だった。僕のドラムは、その人の追悼《ついとう》になっているだろうか。

一瞬、視線を上げると……名越先輩と目が合った。

彼女は驚いたように、口を半開きにして僕を見ていた。

すぐに手元の確認が必要になってしまい、僕は視線を下ろす。先輩の表情が、脳裏に焼き付いていた。

それからは必死に、ドラムを叩き続けた。

四分弱の曲なのに、数十分叩き続けているような気がした。

最後の一音を鳴らし終え、僕がスティックを下ろすと……先輩はぱちぱちと拍手をしてくれる。

「……上手くなったなぁ、浅田《あさだ》」

名越先輩はしみじみと言った。

「最初は叩くだけでいっぱいいっぱい、って感じだったのに……今じゃ、曲の表情まで意識できるようになったのか。それに……」

先輩はそこまで言って、瞳を揺らす。

「ねえ……叩いてる途中、何、考えてた？」

彼女はまっすぐ僕を見つめてくる。

最近気付いた。先輩が〝自分から〟何かを訊いてくる時は……大体、彼女が本当に答えを欲しがっている時だ。

叩いている途中、と、言われても。四分の間に何を考えていたかを追いかけて答えることなどできない。でも、なんとなく……彼女が演奏中の〝いつ〟のことを言っているのかは、分かる気がした。

「……先輩の大切な人の、追悼になったらいいな、と……思ってました」

僕が答えると、先輩は小さく息を吸い込んで、それから、フッと口元を緩《ゆる》めた。

「……そっか」

彼女はどこか納得したように何度か頷いて、ソファの背もたれにぺたりと背中をつけた。

「キミは本当に〝言葉〟に愛されているんだね。……きっと、悦子姉《えつこねえ》も喜んでるよ」

悦子姉。

その名前に、妙なひっかかりを覚えた。

そしてすぐに……気付く。

身体に電流が走ったような感覚があった。

「悦子姉……っていうのは」

僕は震える声で訊いた。

「このドラムを叩いていた人の、名前ですか……？」

僕が訊くと、先輩は「あ……」と声を漏らしてから、気まずそうに僕から目を逸《そ》らした。きっと、名前を口にしてしまったのは、彼女の気のゆるみからだったのだろう。

気付いてしまったからには……訊かずにはいられない。

「このドラムを叩いてたのは……佐島《さじま》悦子さんなんですか？」

先輩は狼狽《ろうばい》したように視線を細かく動かした。それだけで、答えはもう……分かってしまう。

「なんでその名前を知ってるの」

「壮亮《そうすけ》が……先輩の演奏が市原雄悟《いちはらゆうご》に似てるって、言ったから。それで、ストレイ・フィッシュに行きついて……」

「……………そう」

先輩は目を瞑《つぶ》り、深いため息をついた。

そして……おもむろに、頷く。

「そうだよ」

「……………ああ」

返事を聞いて、僕は全身の力が抜けてしまった。握っていたドラムスティックが、からからと音を立てて、床に落ちる。

佐島悦子さんは、市原雄悟に首を絞められて殺されてしまったという。

先輩が慕っていた悦子さんは……先輩の父親の恋人だったと、彼女は言っていた。

そして……薫が、市原雄悟と佐島悦子は付き合っていた、と……言っていた。

パズルのピースが組み上がり、あまりに冷酷な現実を突き付けてくる。

「……お父さん、だったんですね」

僕が言うのに、名越先輩は答えなかった。

その沈黙は……肯定《こうてい》を意味していると分かった。

「……あたしはさぁ、信じてたんだよ。親父の音楽を。あの人の音が、世界を変えていくって、思ってた。悦子姉もいつも楽しそうだった。親父の音が、この人のことも幸せにしてるんだ……って、そう思ってた。でも……結局親父は……音楽とはまったく関係ないところで、あたしの世界を変えちゃった」

先輩の言葉を聞きながら、僕の視界はじわりと歪《ゆが》んだ。

ずっと疑問だった。いくら憧《あこが》れのミュージシャンが逮捕されたからって、それまでの自分の音楽を否定するほどのことなのだろうか、と。

でも、市原雄悟という存在は……先輩にとって、憧れのミュージシャン、というだけではなかったのだ。尊敬すべき実の父親。人間としても、ミュージシャンとしても、先輩は彼を尊敬していた。

そんな憧れの存在が……慕っていたもう一人の相手を殺して、刑務所に入ってしまった。

ストレイ・フィッシュの演奏を聴いた後なら分かる。

名越先輩は、素晴らしい音楽に囲まれて……生きていた。きっと、それを奏《かな》でる人たちを尊敬していた。

その音楽が、ある日を境に立ち消え……憧れていた父親は牢獄に行き、そして、慕っていた人はこの世から去ってしまった。

……彼女には、絶望だけが残った。

「あの日から……このガレージは空っぽだった。悦子姉の命日だけシャッターを開けて、その椅子に座って……どうしたら良かったのか、ってことばかりを考えるんだ」

名越先輩は、穏やかに語った。まるで、もう済んだことだ、と言うように。

「だから……キミがドラムを叩いてくれて、良かったよ。悦子姉も、絶対、喜んでる」

「そんな………僕は………ッ」

「おいおい、なんでキミが泣くんだよ」

「だって……！」

「しょうがないヤツだな」

先輩はそばまで寄ってきて、僕の頭を両手でくしゃくしゃと撫でた。

「ほら……もっと叩いてよ。二曲やるんだろ、美鈴から聞いたよ。二曲目も聴かせて」

「む、無理です……」

「ダメ。叩くの、ホラ」

名越先輩は僕の足元に落ちたスティックを拾って、無理やり僕に握らせた。

「泣いてくれるなら……その代わりに、叩いてよ」

「………」

僕は涙をごしごしと制服の袖《そで》で拭《ふ》いた。

そして、ドラムを叩きだす。

すぐに目の前が滲《にじ》んで見えづらくなる。ぼんやりとした視界の中で、ドラムを叩き続ける。

先輩はまたソファまで戻って、深々と身を沈めた。肘掛《ひじか》けに頬杖《ほおづえ》をついて、組んだ脚をリズムに合わせて揺すっている。

心の中が、ぐちゃぐちゃだ。

今まで僕が彼女にかけたすべての言葉が、薄っぺらく感じられた。

父親も失い、慕っていた女性も失い、そして、音楽も失った彼女に……また自分の意思で音楽に触れろと言ってしまうことがどれだけ残酷なことだったか、思い知る。

でも……ソファに腰を下ろして、機嫌が良さそうに身体を揺すっている先輩を見ていると……どうしても、彼女の中の音楽を愛する心が失われてしまったようには思えないのだ。

皆、どうしようもないことを、どうにかしようとして……苦しんでいる気がした。

名越先輩は、自分の中に残った〝音楽〟との向き合い方が分からなくて、一度味わった絶望が拭《ぬぐ》いきれなくて……苦しんでいる。

壮亮は、名越先輩の心の言葉がまた聴きたくて、それが彼女の音楽の中にしか宿らないと分かっていて……それでも、彼女がベースを手に取らないから、嘆《なげ》いている。

先輩は今後もずっと音楽に関わらなければ、少しずつ、それを忘れて楽になってゆけるのだろうか。それが一番彼女にとって幸せなことなのだろうか。

でも、壮亮の言うように……彼女の中に、音楽に対する未練は確実に存在しているように思えた。それを否応《いやおう》なしに忘れてしまうのが、本当の幸せだと言えるのだろうか。

分からない。

僕には何も分からなかった。

心の中でいくら言葉をこねくり回しても答えが出なくて、僕は無我夢中で、ドラムを叩いた。

先輩はずっと、僕の演奏を……楽しそうに、聴いていた。

A story of love and dialogue between a boy and a girl with regrets.

混乱。

悲しみ。

失望。

怒り。

この順だった。

悦子姉《えつこねえ》が親父……市原雄悟《いちはらゆうご》に殺されたと知った時、私の感情は目まぐるしく動いた。

悦子姉を殺した？　どうして？　なんでそんなことになった？

この前までガレージで笑ってた悦子姉ともう会えない？　なんで？

音楽で人を救いたいんじゃなかったの？　それが、どうして人殺しなんか？

思考が、同じところで堂々巡りして……涙も出なかった。

心が、現実に追いついていないのを感じた。

テレビでは、『バンドの今後についての話し合いで口論になり、そのまま首を絞めて殺した』と供述していると報じられた。

確かに、悦子姉と親父が口論をしているところは最近よく見た。だからって……殺すなんて。二人は愛し合っていたはずなのに。

しばらく現実を受け入れられず、私は学校も休んで、部屋のベッドで横になり続けていた。

ベースを握ることも、なかった。

わけも分からないうちに、面会日が決まって……私はヤス兄《にい》と一緒に、拘置所へと向かった。

「大丈夫……大丈夫だよ」

ヤス兄は何度も私の背中を撫でてくれた。

それが優しさからくる行為だって分かっていたけど……「大丈夫」ってなんだよ、と、思った。

現実を受け入れた頃には心はすっかり冷えていた。

『生きてりゃ、それが音楽になるから』

親父からもらった宝物のような言葉が、白々しく頭の中で響く。

あんなことをしたり顔で言っておいて……悦子姉から人生ごと音楽を奪い去ったわけだ。

面会室に入ると、遅れて、刑務官に連れられた親父が入ってきた。

目元は黒く、頬がこけていた。惨《みじ》めだ。

「李咲《りさ》……」

席につくなり、親父は言った。

「…………悪かったな」

その瞬間、冷えたと思っていた心の中で、何かが爆発するのが分かった。

「あたしに謝ってどうすんだよッ！」

私が思わず吼《ほ》えるのに、親父はグッと奥歯を噛み締めるように口を真一文字《まいちもんじ》に結んだ。

「なんで殺したんだよ！　あんなに音楽を……親父を愛してた人をッ！」

「……殺す気はなかった」

低い声でそう言う親父は、言い訳をする子供のようで、怒りが収まらなかった。

「首なんか絞めたら死ぬかもしれないことくらい、大人なら分かるだろ‼」

「……命を懸《か》けて話し合ってたんだよ」

「はぁ……？」

言っている意味が分からなかった。命を懸けて話し合う？　悦子姉はそんなことを思っていただろうか。互いにナイフを向け合って話すならいざ知らず、親父は一方的に、悦子姉の命を奪ったのだ。

「あいつは……スポンサーの意向なんて無視して好きに作れ、だの、俺の最近の音楽は苦しいだの、好き勝手言ったんだ。だから……」

「だから、殺したって？　ふざけんなよ。悦子姉は親父のこと心配して――！」

「余計な心配だって言ってんだ！　俺はプロとして、もっとバンドの完成度を上げなきゃいけなかった！」

「そんな……そんなことのために……」

悦子姉は殺されたの？

その言葉は喉《のど》の奥に留《とど》まって、発せられることはなかった。

……尊敬できる大人だと思っていた。でも、今思うと……私は親父の音楽ばかりに耳を傾けていたような気がする。

ベースを弾《ひ》く姿に憧《あこが》れて、当たり前のように私もベースを始めて……ずっと、その背中を追ってきた。言葉少なく、ベースでのみ語る人だった。

こんなにも……一般的な常識が欠けているだなんて、知らなかった。

「悦子姉は……親父と一緒になりたかったんだよ。親父の音楽だけじゃなくて……人としての一面もちゃんと見て、その上で心配してくれてたんだよ……ッ」

私は必死にそう言ったけれど、親父は私の目を感情の読めぬ表情で見つめるばかりだった。

そして……小さな声で、言った。

「俺みたいな人間は……音楽にしか、生きられない」

それは、断絶の言葉だと思った。

人間として、当たり前に生きる道を、そこに彼を引き戻すための悦子姉の想いを伝えても……意味がないと悟った。

「はっ……」

乾いた笑いが漏《も》れた。

「ああ……そう……音楽にしか生きられない、ね…………かっこいいじゃん」

私は、親父を睨《にら》みつけて、言った。

「じゃあ……あんたも死ねば良かったのに」

隣で黙していたヤス兄が息を深く吸い込む音が聞こえた。

「もう……あんたの音楽は死んだんだから」

「李咲、俺は……」

「もう喋《しゃべ》んなよッ！」

私は叫んで、面会室の、親父とこちら側を隔《へだ》てる無機質なアクリル板を力任せに叩いた。親父の背後にいた刑務官の視線がちらりとこちらに向く。

「もう……あんたも、音楽も……信じない」

私はそう言って、面会室を飛び出した。

「あっ……李咲ちゃん……!?」

背後でヤス兄の声が聞こえたが、止まらなかった。

私は走って建物の外に出た。

大した距離を走ったわけでもないのに、息が上がる。動悸《どうき》がしていた。

「はっ……はっ……！」

脚の力が抜けて、地面にへたり込んだ。

「はぁ……はぁ……あぁっ！　……うっ……ううっ……！」

あっという間に、涙が零《こぼ》れた。

視界がぐちゃぐちゃになって、何も見えない。

あんたも死ねば良かったのに。

自分が放った言葉を振り返る。そんなことが言いたいわけじゃなかった。でも、言わずにはいられなかった。

大好きだった人が、もう一人の大切な人の命を奪ったという現実を、未《いま》だに受け入れられなかった。二人はずっと隣り合って、音楽を続けていくと思っていた。その姿を想像して……私も幸せな気持ちになっていたのに。

こんな結末になるために、音楽をやっていたはずがない。

憧れた父親と、姉のような大切な人と、音楽……そのすべてが突然消えてしまった。

涙と、嗚咽《おえつ》だけが溢《あふ》れ出た。拘置所の建物の前で、私は手と膝《ひざ》をついて、うずくまるように泣いていた。

「李咲ちゃん！」

追いかけてきたヤス兄が、私に駆け寄る。

「大丈夫。落ち着いて……」

「大丈夫じゃない……」

「大丈夫だ」

「大丈夫じゃないッ‼」

私は叫んだ。

「全部……全部なくなっちゃった…………ッ」

「ああ……李咲ちゃん……」

ヤス兄は、うずくまった私の背中を、ずっと撫でてくれていた。

それでも、身体の芯は冷え切っていて、私はカタカタと震えながら、みっともないほどに唸《うな》り声を上げて、泣くことしかできなかった。


私の母親は、私を産んですぐにどこかへ蒸発したという。当時のあの人は駆け出しのバンドマンで、金もなく、つまりは逃げられたということらしい。

だから、あの人が刑務所に行ってしまって、私は一人になった。

散々たらい回しにされたのちに、私は顔も見たことのない親戚の家に引き取られることとなったけれど……煙たがられているのを分かっていながら、世話になる気はなかった。

あの人の持ち家に、一人で住みたいと言ったら、簡単に許可が下りた。私の親権を持ってくれた家庭は裕福なようで、「生活費は十分に出してあげるから、問題を起こさないでね」と冷たく言い渡され、それから、毎月私の口座には一人で使うには余るくらいの生活費が振り込まれるようになった。

寂《さび》しさはなかった。あったものが失われた、ということを受け入れてしまえば、誰かに気を遣《つか》われながら生きるよりも、一人の方がずっと楽だったから。

ガレージは、開かずの間となった。あの人が捕まってからというもの、ベースを弾こうという気はまったく起こらなくなってしまった。

それどころか……ガレージの出入り口であるシャッターには、毎日、スプレーで落書きがされるようになった。「人殺し」「失せろ」「死ね」と、暴言の類《たぐい》が、消しても消しても、書き込まれる。次第に、消そうとするのも面倒になって、放置するようになった。

郵便物にも、脅迫の手紙が混ざるようになった。脅迫、というよりも、幼稚な悪口の書かれた紙、と言った方が正しい。

私は無感情にそれらを捨てていった。

心底、どうでも良かった。危険を感じるようなものではなかったし、もし、そうであったとしても、どこか自暴自棄になっていた私は、恐怖を感じていなかったのかもしれない。

そんな風に機械的に嫌がらせの手紙を処理していたある日、綺麗に宛名の書かれた封筒を開け、中に入っていた紙に触れると。

「痛っ……」

中の紙に、剃刀《かみそり》が貼り付けられていた。指を深めに切ってしまい、血が滴《したた》る。

私は指から垂れる血を眺めながら……思った。

全部、嘘になった。

あれほど偉大に思えた市原雄悟の音楽は、ついにはこんなちんけな嫌がらせになって、世界に残っている。

「……ははっ」

私は、笑った。

そう、信じていたのだ。

あの人の音楽が、世界を振動させて、少しずつ輝かしいものにしてゆくのだと。

彼はそのために音楽をやっているのだと、勝手に、思い込んでいた。

世界を変えると思っていた音楽の末路を目《ま》の当たりにして、私はひとしきり笑った。

そして……封筒の中の紙に貼り付けられた剃刀を力任せにはがして……その刃で、左腕を切った。

指を切った時よりもたくさん血が出て、痛かった。血が止まっても、ひりひりと痛み続ける傷口を眺めて……なんだか、安心したのだ。

この痛みだけは、嘘じゃないと思ったから。

それから、私はベースにまつわる〝すべて〟を、バンドのメンバーに譲り渡して、音楽をやめた。

それからの生活は、平坦で、退屈で、作業のようなものだった。

毎日学校へ行き、授業を受け、それが終わればその辺をほっつき歩いた。

アームカットで痛みにハマり、生活費として振り込まれている金をいくらかピアスにつぎ込んだりもした。インダストリアルを開けた時は悲鳴を上げそうなほど痛かったが、穴をなじませるまでの長く続く痛みも、退屈しのぎにはちょうど良かった。痛みを感じていると、いつもよりも少しだけ大げさに日常の一つ一つを実感できる気がしたのだ。

そうやって努めて自堕落に生活をして、受験もなあなあに、かといってあまりに偏差値の低い学校に行けば、親戚の家の体面に関わることにもなりかねない。迷惑をかける気はなかった。そして、高校ではサッカー部のマネージャーになった。これもただの暇潰し。

そう……擬態《ぎたい》だ。

心の中が空っぽになってしまったのに……それでも、人間として生きていかなければならないから。

人間に擬態するように、私は生活した。

そうやって、これからもだましだまし、生きていけると思っていた。

だというのに……彼らは、私の心をノックし続ける。私が「中は空っぽだよ」と言っても、彼らは首を横に振り、「中に本音が隠されている」と訴え続けるのだ。

私は……怖かった。

その中に、私の本音なんてものがあっては困るのだ。一度背を向けた音楽に再び向かい合わされると思うと、怯《おび》える気持ちが止まらない。

安藤《あんどう》の瞳。本気で私の音楽を求めるあの目が、恐ろしい。

私は、本当に彼の中にそれだけのものを残したというのだろうか。私は、ただただ、何も考えず、人生の一部として、ベースを手にしていただけだ。本当に、それだけだった。

無邪気に、市原雄悟の音楽を信奉し、それを追うようにベースを奏《かな》でていただけ。結局、憧れたその音は、絶望として私に降りかかった。

人を期待させることは……夢を見させることは。それを裏切れば、絶望させるということだ。

私はそれを身を以《もっ》て理解している。

だから、私はもう、誰にも……信じられたくなかった。

そして……同じように、何も信じたくなかった。

浅田《あさだ》がガレージでドラムを叩いている音を聞いた時……少しだけ、気分が高揚した。その音は、必死で、誠実で……楽しげだった。悦子姉のドラムに技術はまったく及ばないが、なんだか、ちょっとだけ似ていたのだ。

少し欲が出て、どうでも良さそうな顔をしながら、もっと近くでその音を聴こうとした。

そしてまんまと、少しずつ、私の言葉を彼に引き出されてしまった。

私の行動は……ちぐはぐだ。

自分の心に蓋《ふた》をして、中身を見ないようにするあまり、自分でも何がしたいのかが分からない。

嫌だ嫌だ、と言いながら、少しずつふらふらと音楽に近づいていっているような気がしていた。

もう文化祭が近い。

後夜祭のステージで、彼らが演奏するのを見て……私は、何を思うのだろうか。

EP.14

14章

A story of love and dialogue between a boy and a girl with regrets.

ついに、文化祭の日がやってきた。

この高校に入って初めての文化祭は、思った以上に活気に溢《あふ》れていて、圧倒された。思っていた数倍の人々が校内にひしめいており、もちろん、我がクラスの出し物にもたくさんの客が入ってくる。

「14番の札をお持ちの方！　お待たせしました！」

念のためたくさん作っておいた整理番号付きの札もどんどん客の手に渡っており、たこ焼き屋はとても繁盛《はんじょう》していた。

昼時は当然混むのだが、他のクラスが食材を切らし相次いで店を閉じていく中、原価の安いたこやきを商品に選んだ僕のクラスはまだまだ営業を続けることができ、昼過ぎに入場してきた客が次々と流れてくる。結局、十五時過ぎくらいまで、たこ焼き屋はフル稼働し続けていた。

僕はホールスタッフをやっていたのだけれど……本来のシフトはまったく機能せず、結局一日目の分の小麦粉が尽きてしまうまで、休みなく働いた。

しかし〝働く〟といっても、やはりお祭りという雰囲気の中、賑《にぎ》わう教室内でクラスメイトと駆けずり回るのはなんだか楽しかった。忙しいこともまったく苦になることなく、一日目は店仕舞いとなった。

「よーし！　休憩しないで頑張ってくれたみんな、ありがとね！　急いで見たいとこ行っといで！」

文化祭の見学時間は十七時まで。

僕たちのクラスと同じように飲食系の出し物はほとんど終了してしまっているだろうけど、劇をやっているクラスや、展示系の部活などを見て回る時間はまだある。逆に、劇なんかを見たいのなら急がなければもう最終公演も始まってしまう頃だ。

ふと教室を見回すと、壮亮《そうすけ》も、薫《かおる》も、それぞれの友達に誘われて——もしくは、自分から誘って——教室を後にしたようだったので……僕も、一番行きたかった場所へ真っ先に向かうことにする。

僕が見たかった劇はいくつかあったけれど、今日はもう、観劇は諦《あきら》めた。一日目にホールスタッフをやった人は翌日は開始前の仕込み班に回って、早めに休憩に入れることになっているので……劇を観《み》に行くのは明日でいい。

僕は廊下に出て、同じ学年の教室を外から眺めながら歩いた。

なんと一年生は、全クラスが飲食店をやることになったそうで、隣のクラスの「焼きそば屋」も、その隣のクラスの「手作りラーメン屋」も、すでに食材切れで店を畳んでいる。

教室に残っているのは、疲れて休憩しているそのクラスの生徒と、彼らの学校以外の友人……という感じだった。

「たこ焼き屋……焼きそば屋……ラーメン屋……ふふっ」

僕は店の並びを見て、思わず笑ってしまう。

夏休みの序盤に、海の家で藍衣《あい》と壮亮と薫が食べていたものと同じだったからだ。

チャーハン屋、がないのが少し残念……なんてことを思いながら一番端のクラスまで歩くと……。

そこだけは、まだ教室内に客が入っているのが分かった。

藍衣のクラスだ。

彼女のクラスは、「バー」をやっていた。

バーと言っても、もちろんアルコール類は出せるはずもないので……クラスの女子たち——主《おも》に料理研究部——が中心となって、ノンアルコールのカクテルを客の目の前で作って提供する店なのだそうだ。

さすがにクラス全員がレシピを暗記して、人前で完璧に作ることができるほどの練度にまで仕上げるのは不可能だと判断して、バーテンダー役は立候補制で十二人となったらしい。一日目と二日目で、六人ずつ。バーテンダー役となった六人は、店仕舞いになるまでずっと働き詰めになるので、担当でない方のもう一日は丸々休みとなった。

……と、いう内情を、僕はすべて藍衣から聞いていた。

きょろきょろと入り口付近で教室内を見回していると。

「――どうされましたか、お客様？」

「うわぁっ!!」

耳元で囁《ささや》くように、探していた相手の声がして、僕は飛び上がった。教室の中にいた人々の視線が一気に僕の方に集まって、顔が赤くなる。

慌《あわ》てて振り向くと、そこには……いつもとまったく雰囲気の違う藍衣がいた。

ワイシャツは学校の制服をそのまま使っているようだったが……胸元には蝶ネクタイ。そして、黒いベストを着けて、腰より下はスラックスと、ソムリエエプロン。あまりにも「バーテンダー」な格好で、しかもそれがとても似合っていて……言葉を失った。

くすくすと可笑《おか》しそうに笑う声だけは、いつもの藍衣だ。

「んふふ、お手洗いから戻ってきたら、結弦がいたから。ついつい驚かしたくなっちゃった」

「もう……！」

「私のこと、探してくれてた？」

「そりゃそうだよ。遊びに来てね、って言われてたんだから」

僕が答えるのに、藍衣は再びくすくすと笑いながら、僕の横をすり抜けて、教室の中へ入っていく。

「……ちょうど一席空いてますから。どうぞ、お客様？」

流し目で僕を見ながら、藍衣が言った。思わず、顔が赤くなる。

すたすたと歩いていく姿も、なんだかいつもの藍衣とは違って見えた。いつもスカートをぱたぱたとはためかせている彼女が、スラックスを穿いて、背筋をピンと伸ばし、腰を若干《じゃっかん》左右に振りながら歩いている。きっと、役に入っているのだ。それがサマになりすぎて、圧倒されている。

「こちらへどうぞ」

「は、はい！」

つられて敬語になってしまう僕を見て、藍衣は一瞬素《す》に戻ったようにくすり、と笑ったけれど、すぐにスッとクールな表情を作る。

「こちらがメニュー表なのですが……すみません、本日『情熱のスカーレット』と『イエロー・ムーン』は終わってしまいました。他のお二つからお選びください。誠心誠意、お作りいたします」

そう言って胸に手を当て、お辞儀する藍衣。

僕はドキドキしてしまって、おずおずと会釈《えしゃく》を返すことしかできない。

メニュー表に目を落とすと、藍衣が品切れになったと言ったものを除けば、「ミッドナイト・グリーン」「マリン・ブルー」の二つが残っている。

特に迷うこともなく……。

「じゃあ……マリン・ブルーで」

僕はそう言っていた。

藍衣に作ってもらうとしたら、絶対にこっちがいいと思った。

彼女も僕がそれを選ぶのを分かっていたというような反応で、目を少しだけ細くするように、微笑んだ。

「かしこまりました」

藍衣が再び胸に手を当てながら浅い角度のお辞儀をした。

彼女はプラスチックのコップに、氷を三つ入れてから、コップを傾け……氷に直接液が当たらないようにしながら「Sprite」という炭酸飲料を注ぎ入れた。

僕はその姿を見ながら……藍衣が帰り道を歩きながら言っていたことを思い出す。

『かっこつけて「バー」って言ってみてもさ、結局シェイクとかステアとか……そういう本格的なことをやるための道具はないし、コップなんかも安く買えるプラスチックのしか使えないから、ほとんど、「注いで、混ぜるだけ」って感じなんだよねぇ。だから……いかに〝心をバーテンダー〟にして、それっぽくやるかってとこが大事だと思うなぁ』

しみじみと藍衣がそう言うのを、僕はどこか他人事《ひとごと》のように聞いていたけれど……こうして彼女がそれを実践《じっせん》するところを見ると、本当に〝それ〟に尽きるのだと分かった。

藍衣はまるで自分が熟練のバーテンダーかのように、堂々と、コップの中に炭酸飲料を注ぎ、続いて、コップを僕の目の高さまで持ち上げながら、液面に青いシロップを垂らした。

コップの中で、ぶわっ……と、青いシロップが煙のように広がり、不思議な紋様を作る。

しばらく僕の目の前で、青い色が液体の中で広がっていく様子を見せてくれたのちに、藍衣は長めのスプーンで数回、くるくるとコップの中をかきまぜた。

するると、シロップの方が比重が大きいのか、青色がどんどんとコップの下部に溜まっていき、グラデーションのようになった。

「海のように広がる、蒼《あお》……マリン・ブルーでございます」

いつもよりもやけに淑《しと》やかな声で藍衣は言って、僕の目の前にコップを置いてくれた。

「どうぞ」

「あ、ありがとうございます……」

相変わらずドキドキしてしまい、僕は挙動不審ぎみにぺこぺこと頭を下げた。

藍衣の口元が少しだけ緩《ゆる》む。

「良ければ、一口だけお飲みになって……感想を教えていただけませんか？」

「えっ……」

教室の中は一対一でバーテンダーがドリンクを作ってくれるカウンター——という名の、二つ横に繋《つな》げた机——が六つと、そこから少し離れたところに、大きめのテーブルを囲むように椅子が置かれた区画があった。バーテンダーから飲み物を受け取ったら、そこで飲んでもいいし、手に持って他の出し物を観に行ってもいいことになっている。

「でも……」

てっきり、僕もそっちに移動して飲むものだと思っていたので、困惑《こんわく》したように藍衣の方を見ると……。

「今はもう並んでないから大丈夫だよ……！」

小声で藍衣が言うので、改めて周りを見ると……確かに、六つのカウンターのうち、客がいるのはここも含めて三つだけだった。飲食系が混む時間は過ぎているということなのだろう。

藍衣が一瞬いつもの様子に戻ったのもあり、僕も少し緊張が解ける。

「じゃ、じゃあ……いただきます」

僕がそう言うと、藍衣がまた大人びた表情を作る。

「ええ、召し上がれ」

僕はゆっくりとコップに口を付けて……藍衣の作ってくれたノンアルコールカクテルを一口、飲んだ。

「……あははっ」

思わず、笑ってしまう。

藍衣も、僕が笑った意味を理解しているように、ちょっとだけ口元を緩めた。目が半月型になって、明らかに「笑いをこらえている」という様子だった。

「どういたしましたか？」

不自然に震えた声で藍衣が言うので、僕は素直に、かつ、小声で、言った。

「……スプライトの味しかしない」

「あはっ！」

藍衣は辛抱《しんぼう》たまらんという様子で、失笑した。こうして笑ってしまうと、すっかりいつもの彼女だった。

藍衣はくすくすと肩を揺すった後に、小さく頷《うなず》いた。

「そーなの。シロップ垂らすだけ」

「でも……なんか、それっぽかったよ」

「でしょ、でしょ？」

藍衣が無邪気に笑うのを見て……僕は、何かを考えるより先に、口を開いていた。

「……かっこ良くて、ドキドキした」

僕が言うと、藍衣は目を丸くしながら、僕を見た。

そして、雰囲気を出すために他よりも暗くしている教室内でも分かるくらいに、はにかんだ顔をする。

「えへへ……ほんと？　……嬉しい」

藍衣は照れ笑いを浮かべながら、僕に耳打ちするように、かがんだ。

「明日は、一緒に回ろうね」

その言葉に、僕も頷く。

「うん。劇が観たいんだけど」

「いいね！　私も観たい！」

それから、少しだけ藍衣と会話をしてから……僕はカクテル、もとい、スプライトを持って校内をゆっくりと散策した。

廊下を行き交う生徒や、校外からの客たちはとにかく楽しげで、それでいて少しまったりとした空気が流れていた。ピークを過ぎて、皆少し疲れているのだろう。お祭りの一日目が終わりに向かっているのを感じて……なんだか、しみじみとした気持ちになる。

一カ月以上かけて準備をしてきた文化祭だけれど、あっという間に半分が終わろうとしている。

きっと明日もあっという間に終わって……後夜祭が来る。その後夜祭もやっぱりあっという間に終わって……いつも通りの学校生活に戻ってゆくのだろう。

バンドの練習に明け暮れた夏休みも、なんだかすでに遠く過ぎ去った思い出のようだった。

明日の後夜祭を終えて……その後に残るものは一体なんだろう。

願わくば、明日のお祭りを経て……そこに関わった全員が、何かしらの大切な思い出を手にすることができたらいいな、と、思った。

のんびりと文化部の展示を見て回って……文化祭初日は終了した。

×　×　×

二日目は、一日目よりも校内が活気づいているように見えた。

「お客さん、いっぱいだねぇ」

隣を歩く藍衣も、ワクワクしつつも落ち着かない様子であたりを見回している。

開店前の仕込み作業を終えた僕は、自由時間を藍衣と一緒に過ごしていた。彼女も、昨日は一日中バーテンダーの役をやっていたので、今日は丸一日フリーなのだ。

昨日はこの時間帯はひたすら教室でホールスタッフとして従事していたが、数回トイレに行った際に廊下の人の多さに驚いたものだった。しかし今日は、昨日よりも明らかに廊下を行き交う人の数が増えている。

この様子では、たこ焼き屋も客でごった返しているのではないか……。

「結弦《ゆづる》？　どうしたの？」

クラスへの心配が思い切り表情に出ていたようで、藍衣が僕の顔を覗《のぞ》き込んできていた。

「あ、いや……大丈夫。体育館、行こう」

僕は気持ちを切り替えて、そう言った。

心配したところで、僕にできることはない。教室の中のスペースも限られており、スタッフは多くも少なくもない、最適な人数で回しているのだ。大した考えもなしに応援に行ったところで、かえって店内が混乱するだけだろう。

今日は、昨日観れなかったものをめいっぱい見る日にしよう。

「楽しみだね」

隣には藍衣もいる。こんなに楽しい日は、なかなかない。

僕の言葉に、藍衣も花が咲いたような笑顔で、頷いた。

「うん！　結弦と文化祭一緒に回れるの、すっごく嬉しい！」

昨日はクラスによって解散時間がまちまちだったせいで、藍衣と一緒に帰ることはできず……最後に彼女を見たのがバーテンダー姿だったものだから、こうして制服姿でいつものように笑っているところを見ると妙に安心した。

二人で並んで、体育館へ向かう。

体育館を使った劇は、三年生が行っていた。この学校では、三年生の出し物は劇、と決まっていて……体育館では三年生の四つのクラスがローテーションで一日一回ずつ公演を行う。

そして、鑑賞後の投票で一番票数の多かったクラスが表彰されるという形式だった。

真っ先に体育館に行き……びっしりと椅子の並ぶ会場の、かなり前の方の席を確保した。

「……藍衣、できれば……」

「四つとも観たいんでしょ？」

僕の言葉の続きを予測するように、藍衣が言った。

「いいよ。私も観たいから」

「ほんとに？　他に見たいところないの？」

僕が訊くのに、藍衣はゆるゆると首を横に振った。

「私はなんでも観たいし、どれでも楽しいから。それに……」

藍衣はさりげなく僕の肩に自分の肩をずん、とぶつけてきた。

「結弦と一緒がいい」

「……そ、そっか」

僕は照れながら、何度も頷く。

なんだか……梅雨明《つゆ》けに、薫とのあれこれがあり、彼女のアプローチが前よりもはっきりしたものに変わったのに気を取られてばかりだったけれど。

少しずつ、藍衣のそれも変わってきているように感じた。

以前は、彼女の行動の一部として、〝僕と一緒にいる〟というものがある、といった温度感だったけれど。最近は、〝僕と一緒にいる〟ということが彼女の中で大きな割合を占め始めている感じがした。

それが良いことなのか、悪いことなのか分からないけれど……難しいことを抜きにして、とにかく、僕はドキドキしてしまっていた。

藍衣はすぐに自分の肩を離していったけれど、まだそれが触れているかのように右肩が熱く感じられる。

開演のアナウンスが流れ、三年一組の舞台が始まった。

劇が始まると、それまでざわついていた体育館が一気に静まり返り……独特な高揚感があった。

このクラスは、時代劇テイストの演目のようだった。

渋い声で時代背景を説明するナレーションが入り、それに合わせるように、袴《はかま》を着た役者がゾロゾロと出てくる。

いかにも高校生のクラス劇、といった感じで、役者を務めている先輩の中にも、明らかに他より演技が下手《へた》で台詞《せりふ》が棒読みな人がいたけれど……なんだか、それにも独特な良さがあった。配役の妙、というか、そういう人にはコメディ担当の役が回されていたりして、その棒読み感がかえって面白かったりするのだ。

映画や、プロの俳優さんがやっている劇とは違った、ほんわかとした面白さがあって、僕は夢中で劇に見入っていた。

楽しいシーンでは、隣の藍衣もくすくすと笑い声を上げていたし、終盤の感動するシーンでは、ズッと洟《はな》をすする音が聞こえた。

なんだか……こうして、同じものを見て、感動や楽しさを共有できることが、とても、嬉しく感じられた。

結局、僕と藍衣はぶっ通しで三年生四クラスの劇をすべて観てしまった。最後の演目を観終わった頃には、昨日と同じ、十五時過ぎになっていた。

配られた投票用紙に一番良かったと思ったクラスを書いて、投票箱に入れる。

「どこにした？」

藍衣に訊かれたけれど、僕は「内緒」と答える。

「えー！　なんで！」

「こういうのって、胸に秘めておきたくない？」

僕が答えるのに、藍衣はあまりピンときていない様子で、「うーん」と唸《うな》っていた。

体育館から校舎に戻ると、藍衣は「んっ」と何かに気付いたようにスカートのポケットに手を入れて、中からスマートフォンを取り出した。

文化祭の日だけは、校外から招待した人との連絡に必要だろうから……と、スマートフォンの使用が許可されていた。といっても、アプリなどで遊んでいるところを見られたら没収されるのは変わらないと思うが……。

藍衣はその画面を見つめて「あらら……」と声を漏《も》らした。

きっと、誰かからのメッセージだ。

「どうしたの？」

「ん……なんか、バーテンダー役の子が、一人具合悪くなっちゃったみたいで」

藍衣はそう言ってから、少し逡巡《しゅんじゅん》したように視線を彷徨《さまよ》わせた。

なんとなく、彼女の気持ちは分かっていた。僕でも、きっとそうするだろう。

「僕のことは気にしないで」

僕が言うと、藍衣は僕の思いを察したように瞳を揺らした。

「ごめんね？　私から誘ったのに」

「大丈夫。一緒に劇を観られただけでも楽しかったよ」

「……私も」

藍衣は嬉しそうに微笑んで、僕の手をぎゅっ、と握った。

「じゃあ、また後夜祭でね！」

「うん」

藍衣はにこりと笑い、小走りで自分の教室へと向かった。

後夜祭、という単語が出て……少し、緊張した。

そうだ。もう数時間後に、後夜祭が迫っている。

バンドを成功させられるかどうかも不安だし……壮亮と、名越《なごし》先輩の件も、どうなるかまったく分からない。

……とは、いえ。

今から一人でソワソワしていてもしょうがないので。

「僕も……教室戻るか」

呟《つぶや》いて、僕も自分の教室へと向かった。

昨日と同じであれば、そろそろ食材がなくなって店仕舞いしている頃だろう。


「今頃来たの？　ちょうど終わったところだよ」

教室に戻ると、ぶすっとした表情の薫が、食事スペースの椅子に座っていた。扉には「完売！」と油性ペンで手書きされた紙が貼られている。

他にも、一日働きづめだったクラスメイトがぐったりとした様子で椅子に座っていた。

「忙しかった？」

「まあね。でもおかげであっという間だった」

　薫は調理班だったので、お祭りの屋台で見る職人さんのように、はっぴを着ていた。それがどうにも絶妙に似合っていなくて、面白い。口にしたら怒られそうなので黙っていた。

「ユヅは？　ゆっくり回れた？」

「うん。三年生の劇、全部観ちゃった」

「ふうん。藍衣と？」

「そう」

　僕が頷くと、薫は温度感の分からない声で、「そっか」と呟く。

「てか、三年生の劇全部見たってことは、ご飯食べてないわけ？」

「ああ……そうだね。ずっと体育館にいたから」

「ふぅん。お腹《なか》、空《す》いてないの？」

「空いてるけど……まあ、大丈夫。我慢できるくらいだよ」

　僕が答えると、薫はまた「ふぅん」とこぼし、視線をテーブルの上に落とした。

　視線の先には、二個ほど減ったたこ焼きパックが置かれている。

　そして、控えめにその視線が持ち上がって、僕と目が合った。

「これ、食べる？」

「え、いや……それ薫のでしょ？」

「そうだけど、あたしそんなにお腹空いてないし」

薫は言いながら、ぷす、とつまようじをたこ焼きに刺した。そして、それを僕のほうにずい、と差し出してくる。

「ん」

「いや、えっと……」

「ん！」

口元までぐい！　とたこ焼きを差し出されて、僕は諦《あきら》めてぱく、とたこ焼きを頬張った。

僕の唇の間からつまようじをピッ！　と引き抜いて、薫は得意げに笑った。

「それ、あたしが作ったんだよ」

僕はもぐもぐとたこ焼きを咀嚼《そしゃく》した。出来立てとは言えないけれど、まだほんのりと温かい。タコは小ぶりながら、コリコリとした食感が主張していて美味《おい》しかった。中もとろとろとしていて、適度に冷めているおかげで出汁《だし》の旨味《うまみ》がよく分かった。

「……美味しい」

ごくり、と口の中のたこ焼きを飲み込んでから頷くと、薫はなんだか嬉しそうに口元を緩《ゆる》ませた。

「一日中作ってたから。さすがに上手《うま》くなった」

「作ってるとこ、見たかったかも」

「見なくていいよ、そんなの。それより、もう一個食べたら」

「え、いいよ。薫の分が……」

「ん」

僕の言葉を遮《さえぎ》って、また、たこ焼きが口元に差し出される。今回は差し出されるどころか、口に押し付けられていた。口をつけてしまったからには、食べるほかない。

抗議の視線を送りながらたこ焼きを噛んでいると、薫は楽しそうに笑った。

「ふふ。もう一個食べる？」

ぶんぶん！　と僕は首を横に振るが、すでに薫はようじで次のたこ焼きを刺している。

「ん」

「もが」

二個目も食べ終わらないうちに、もう一つ口に押し込まれる。

「ふふふ……」

薫はとにかく楽しそうだった。目がいたずらっ子のそれになっている。

「おうおう、いちゃついてんねぇ！」

薫はさらに残る一個のたこ焼きにようじを突き刺していたが、背後からかけられた声にびくりと肩を跳ねさせた。

壮亮が、教室に入ってきて、僕と薫を交互に見てニヤついていた。

「壮亮。お疲れ様」

ようやくたこ焼きを飲み込んで、僕が言うと、彼は片手を軽く上げて、「お疲れ」と返してくれる。

「水野《みずの》さんのバーテン姿見てきた。似合いすぎだったわ〜。お前も見た？」

「うん、昨日ね」

僕は頷きながら、小さく微笑む。やっぱり、藍衣は体調を悪くした子のヘルプに入ったということなのだろう。自由に飛び回っているように見えて、なんだかんだで他人思いなところがあるのだ。

「でもカクテルは……アレだな」

壮亮は、言葉を選ぶように視線を動かしてから、言う。

「ただのキリンレモンだった」

「ふふ、だよね」

「色だけ黄色くて綺麗だったけどな」

「でも、目の前で作ってくれるの楽しかっ…………むぐ」

僕の言葉の途中で、口を塞《ふさ》がれて、僕は慌てた。

薫が不機嫌丸出しで、ぐいぐいとたこ焼きを僕の口元に押し付けてきている。

……目の前で藍衣の話ばっかりしていたから、拗《す》ねているのだろうか。

ちょっと、可愛いな、と思いながらたこ焼きを咀嚼する。

「あはは、お前らほんと仲良いなぁ」

壮亮は言いながら、僕の横までやってきて、僕の右肩に腕を回した。

「もうちょいで後夜祭だな。よろしく頼むよ」

僕は口が塞がっているので、首をこくこくと縦《たて》に振って返す。

壮亮は満足げに頷いて、薫の方を見た。

「小田島《おだじま》も、頼むな！」

「うん」

薫が頷くのを見て、壮亮が僕から離れる。

不意に彼の手が僕の視界に入って……指の一本一本に貼られた絆創膏《ばんそうこう》に気が付いた。

左手を見ても、人差し指と中指の先に絆創膏が巻かれている。強めにフレットを押さえるのに使う指だ。

きっと……このバンドの中で、彼が一番練習をしているのだろうと思った。

「壮亮」

僕はたこやきを飲み込んで、教室を出ていこうとする壮亮に声をかける。

「ん？」

「……絶対、成功させよう」

僕が言うと、壮亮は一瞬きょとんとしていたが、すぐに嬉しそうににんまりと笑って、力強く頷いた。

「おう！」

グッ！　と親指を立てて、壮亮は教室を出ていった。

「そっか……もうすぐ、後夜祭か」

薫が呟《つぶや》いた。僕も、無言で首を縦に振る。

「……ちょっと、緊張してきたかも」

薫がそんなことを言うので、僕は驚く。

そういうことを思っても、あまり口にしない方だと思っていた。

少しでも緊張を和《やわ》らげてあげたい、と、思ったのが先か。たこやきを口に押し込まれた仕返しがしたいと思ったのが先か。

「薫の声は綺麗だから大丈夫だよ」

明らかにからかい口調でそう言ってやると、薫はみるみるうちに顔を赤くした。

「ウザ!!」

「あはは」

薫お手製のたこ焼きで少しだけ空腹が満たされて……ゆっくりと彼女と話しているうち、気付けば一時間とちょっとが過ぎていた。

そして十七時になり、校内に閉会のアナウンスが流れる。

『ただいまをもちまして、学園祭を終了いたします』

アナウンスが終わるのと同時に、教室に残っていた皆が拍手をした。「お疲れ!」と口々に言い合う。僕も、同じように皆を労《ねぎら》った。廊下からも拍手や歓声が聞こえている。

……終わったのだ、学園祭が。

「あっという間だったなぁ……」

思わず零《こぼ》すと、薫も、しみじみと頷いた。

「ほんとだね」

二カ月以上準備期間のあった学園祭が終わり……残すところ、後夜祭のみとなった。

なんとしても、演奏を成功させたかった。

そして……壮亮の想いが遂《と》げられるところを、見たかった。

そんなことを考えていると……ふと、名越先輩のことが思い浮かんだ。

あの人は……学園祭中、どんなふうに過ごしていたのだろうか。

僕の行動範囲が狭かったのももちろんあるだろうが……途中で彼女とすれ違うことは一度もなかった。

なんとなく……あの場所に行けば会える気がして……僕は急いで席を立つ。

「ユヅ？　体育館行くなら、一緒に――」

「いや、ちょっと……トイレ、行ってくる。先に行ってて」

僕の返事に、薫は何か言いたげに口を開きかけたけれど。

「……分かった」

結局、素直に頷いた。

嘘だとバレているな、と思ったけれど……それでも目をつぶってくれるというなら、甘えさせてもらおう。

僕は早足で廊下に出て、校舎端の階段を上った。

そして、屋上へと向かい……迷うことなく、そのドアを開けた。

そこには、フェンスに寄りかかって、空を見上げる名越先輩の姿があった。

その視線がゆっくりと僕の方へ動く。

「おー……キミも来たか。ボスラッシュだね、まったく」

先輩は冗談めかして「やれやれ」と肩をすくめてみせた。

「壮亮も来たんですか」

僕はゆっくりと先輩に歩み寄りながら、訊く。

「来たよ。男前な顔して、真剣な表情で近寄ってくるから、またコクられるのかと思っちゃった」

先輩は依然《いぜん》としておちゃらけている。

「壮亮は何しに？」

「うん……後夜祭、絶対に観に来てくれ、って言われた」

名越先輩は背中を丸めて、フェンスに身体を預けるようにした。ぎし、と金網の目が音を立てる。

「てっきり……弾いてくれって言われるのかと思ってたから、意外だった」

先輩はそう言ってから、横目で僕を見た。

「キミ、あいつになんか話したの？」

訊かれて、僕はおもむろにかぶりを振る。

「僕は、何も」

「……そうか」

先輩は曖昧《あいまい》な温度感で相槌《あいづち》を打って、空を見上げた。

「弾いてくれと言ったり、聴いてくれと言ったり……あいつは忙しいな」

「……絶対に、聴いてください」

僕はついに先輩の目の前まで近づいて、言った。

先輩は驚いたように口を半開きにしながら僕を見ていた。

「壮亮は……あなたのための〝言葉〟を、一生懸命、用意したんだと思います」

僕は言いながら、壮亮の指先に貼られた絆創膏のことを思い出していた。

彼は、きっと、一心不乱に練習したのだ。言葉では先輩の心を動かすことはできないと悟って、彼女だけに届く〝言葉〟を習得するため、両手が傷だらけになるほどの努力をした。

僕の言葉に、先輩は鼻を鳴らす。

「ふっ、壇上で告白でもするつもり？　そういうイベント、すでにあるだろ」

先輩はそう言ってふざけた様子で笑ってみせたけれど……僕が真剣な顔で何も言わないのを見て、彼女の表情も変化する。

彼女の手が、僕のネクタイに伸びた。そして、そのまま、ぐい、と引っ張られる。

「………………ッ！」

前に倒れそうになるのをこらえるように、咄嗟《とっさ》に腕をフェンスについた。ガシャン！　と音

がする。

目の前に、名越先輩の顔があった。顔と顔がくっついてしまいそうな距離。

びゅう、と風が吹いて、僕と、彼女の髪が揺れた。先輩の双眸《そうぼう》が、僕を見つめていた。

「あたしにとって、言葉も、音楽も……意味がないって……君には話したはずだ」

僕は何も返事ができなくて、でも、なんとか意思表示をしたくて、小さく頷いた。互いの鼻の先が、少しだけぶつかる。

「そうはいっても……過去に完全に蓋《ふた》をすることなんてできない。キミたちの浮かれた音楽を聴いたら、多少は、思い出すことだってあるさ。それがあたしの胸を苦しめることを、キミは知っているはずだよ」

そうだ、僕は分かっている。

彼女がかつて、憧《あこが》れの肉親と、姉代わりであった女性を失い……同時に、心の中心にあった〝音楽〟を失ったことを。そして、人生の中に〝概念《がいねん》〟として残っている音楽をなるべく遠ざけることで、彼女は自《みずか》らの心を守っている。

でも……同時に、彼女は自分自身の大切な気持ちにも……きっと、蓋をし続けているのだ。

だから。

「……はい」

僕が頷くのに、先輩はスッと鼻を鳴らした。でも、目元は笑っていないのが分かる。

でも、冷めている、というのとも、なんだか違う。

彼女の瞳は揺れ続けていた。戸惑《とまど》うように、何かの答えを求めるように。

「それでも……あたしに、聴けっていうんだな」

先輩はそう訊いて、至近距離で、僕の目を見つめる。

その瞳の奥に……戸惑いよりも、葛藤《かっとう》よりも、もっと奥に。

きっと、壮亮や、先輩自身が欲しがっている答えが、あるような気がした。

「はい」

僕は、頷いた。

「それでも……聴いてください」

僕がはっきりと言うのを聞いて、先輩は数秒間僕の両の目を交互に見つめた末に、ゆっくりと顔を伏せた。彼女の鼻からゆっくりと、息が吐き出される。

そして、僕のネクタイを摑んでいた手が緩められた。僕も同じように深く息を吐きながら、前のめりになっていた上体を起こす。

「キミたちは……残酷だ」

先輩は、そう言って、笑う。

僕も、薄く微笑んで、返す。

「そうでもしないと……先輩は、本音を話してくれないから」

「そういうの、脅迫っていうんだぞ」

「脅迫はお互い様ですよ。目の前で腕を切ってみせたり、ガレージは使わせないって言ってみたり……先輩だって、そんなコミュニケーションの取り方ばっかりです」

「キミたちが生意気だからだ」

「先輩は強情です」

「私の心は変わらないよ」

「それでも、壮亮は、先輩を信じてます」

僕が言うと、先輩は軽口の応酬をやめて、息を呑んだ。

「結局届かなかったとしても……信じていたなら、言葉は無駄にはならない。叶《かな》わなくても、心のどこかをすり減らしながら本気で祈ったという事実は、なくなったりしない」

風が、吹いている。

僕と先輩の髪の毛は強風でくしゃくしゃになっていた。先輩の前髪が揺らめくたびに、彼女の神秘的な瞳に夕日の光が差したり消えたりして、ちらちらと輝いているように見えた。

僕に何ができるのか……ずっと考えていた。

そして、分かった。結局、僕にはこれしかないのだ。

言葉以外、僕が先輩と積み上げてきたものは何もない。先輩はいつもおちゃらけていて、僕との会話なんてものには大してエネルギーを使っていないことは分かっている。

先輩が過去のことを話してくれたのは、たまたま僕があのガレージにあった電子ドラムを叩くことになったからで、そして、ストレイ・フィッシュのこともたまたま知って、先輩と佐島《さじま》悦子《えつこ》さんの関係性に気が付いたからで。ただ、それだけだ。僕が何か特別なことを成したわけじゃない。

壮亮みたいに、僕は先輩の〝音楽〟を知らない。そして、先輩が過去に味わった絶望の大きさも、言葉の上で想像してみることしかできなくて、彼女が感じたそれとは程遠いと分かる。

でも……僕は、二人と、言葉を交わしたから。

壮亮の想いの純粋さと、大きさを、聞かせてもらった。彼の想いはまっすぐで、僕はただその言葉を受け取るだけで、彼の気持ちを知ることができた。

先輩はいつも心の奥底を隠したまま僕と話していたけれど……その端々に、彼女の本音を垣間見《かいまみ》れる瞬間があったし、僕の下手くそなドラムを聴きながら身体を揺すっていた先輩の表情を、その柔らかさを、知っている。

だから……僕も、聞かせてもらった言葉に、返すだけだ。

それが直接何かを変えなくてもいい。誰かを救わなくてもいい。

それでも……言葉を交わすことを、やめてはいけない。

心が通っていなかったとしても、身体を向かい合わせて、言葉を通じて話し合った時間が消えてなくなるわけじゃない。

向き合って、語り合ったというそのこと自体が……誰にも見えないところで、少しだけ、ままならぬ現実を変えてくれるかもしれないと、そう信じたい。

そうだ、僕も……祈っている。

「僕は……壮亮の祈りと言葉が……先輩に届いたらいいなって、そう思います」

この夏が……壮亮の、一生の後悔にならないことを、祈っている。

そして、壮亮の〝言葉〟が名越先輩の心の靄《もや》を切り裂いて……その奥底にある感情を、彼女自身に気付かせてくれたらいいと思う。

「あっ…………そ！」

「痛っ！」

先輩が不意に立ち上がって、僕の額《ひたい》にデコピンをした。かなり容赦のない力加減だ。

「ま……そこまで言うなら、聴きに行ってやるよ。どうせ、やることもないし」

先輩はそう言いながらすたすたと屋上の出入り口まで歩いてゆき、こちらを振り向く。

「他人のこともいいけど、キミも叩くんだろ？　本番で緊張してミスんなよ〜」

彼女はそれだけ言い残して、ひらひらと手を振りながら屋上を出ていった。

先輩はいつも適当そうな物言いをするけれど……嘘は、つかない。

だから、きっと……後夜祭のステージは観に来てくれると思った。

「……よし」

僕はパン、パン！　と両手で頬を叩いて、空を見上げた。

ずっと学校の中にいて、天気など気にしていなかったけれど……気持ちの良い、晴れだった。

まっすぐに目を貫くように射してくる夕日の光に目を細めながら、深呼吸をした。

「やるぞ」

僕は小さく呟いて、屋上を後にする。

あとは……自分の演奏をやり切るのみだ。

壮亮が僕たちのことをバンドに誘ってくれたのは、もちろん名越先輩のベースをもう一度聴きたい、という思いもあっただろうが……きっと、一緒に思い出を作ろうとしてくれた側面も大きいように思う。

そんな気持ちを無駄にしないよう……一生懸命叩こう。

そう、決めた。

EP.15

15章

A story of love and dialogue between a boy and a girl with regrets.

「名越李咲《なごしりさ》さん！　好きです!!　俺と付き合ってくださ――――い！！！」

その叫び声に、会場が沸いた。

叫んでいるのは、二年生の男子だ。顔も知らない、先輩。

歓声や指笛が響く中、スポットライトが体育館の中を這《は》うように動く。

そして、体育館の一番後ろで、すくっと立ち上がる影を見つけ……ライトがそれを照らす。

名越先輩だった。

先輩は苦笑を浮かべながらライトに照らされている。

そして……両手を頭の上に掲《かか》げ、大きく「×」のマークを作った。

「ああ～！」

と、会場がどよめいた。カップル成立ならず、である。

「先輩、不良の噂が立ってんのに、モテんだなぁ」

左隣に座っていた壮亮《そうすけ》が苦笑していた。

「かっこいいからね」

僕が言うと、壮亮も頷《うなず》く。「そうなんだよ、かっこいいんだよ」と呟《つぶや》いて、少し遠い目をする壮亮。

僕はそれを横目に見てから、またステージ上の二年生男子に目を向けた。

「俺、まだ諦《あきら》めねぇからー!!」

そう叫びながら、ステージから捌《は》けていく彼に、会場から大きな拍手が贈られた。

後夜祭が始まり、今は『俺、私の叫び』という、昔の人気テレビ番組を模した告白企画が行われていた。一応、何を叫んでも良いということになっていたが、そのほとんどが異性への告白だった。すでに何組かカップルが成立していて、会場は大盛り上がりだ。

なんというか、本当に、『お祭り』という感じで、僕も少し浮かれた気持ちになりながら楽しむ。

三十分以上、壇上での告白が続き……そして、演目は『ミスコン』へと移った。

ミスコンは、二年生以上の女子がエントリーできる——一応男子も立候補できるそうなのだが、ほとんどの場合がお調子者男子のおふざけエントリーらしい——のだが、大抵は各クラスから一名、『可愛い！』と推《お》された女子が壇上に上がり、短いアピールをしたのち、観客の投票で、その年の〝ミス〟が選ばれるというものだった。

自分の雰囲気に合わせた私服を着て、ばっちりメイクをした先輩たち。随分《ずいぶん》気合いの入ったことで、後ろの方からも見えるように、カメラマン役の生徒が最前列からビデオを回し、それを映す特大プロジェクターがステージ脇に置かれていた。

みんな、オシャレで可愛い人ばかりだったけれど……。

ちらり、と右隣を盗み見ると、藍衣《あい》が楽しそうにステージの上を見つめている。

後夜祭は特にクラスごとで集まる義務もないので、藍衣は当たり前のように僕の隣にやってきて出し物を楽しんでいた。

ステージからこちらに漏《も》れているライトで、藍衣の顔は暗い中でもくっきりとその輪郭《りんかく》が見えていた。ライトの光が瞳に反射していて、輝いている。

綺麗だな……と、思った。

壇上に出てくるどんな女の子よりも、藍衣の方が可愛い。絶対に口には出せないけれど、そう思った。

不意に、藍衣の視線が僕の方に動いた。そして、首を傾《かし》げる。

「うん?」

「あ、いや……」

あまりに恥ずかしいことを考えていたタイミングで目が合ってしまい、僕はしどろもどろになった。

「どうしたの?」

会場は騒がしく、互いの声が聞こえづらい。藍衣はわざわざ僕の耳元に口を近づけて、そう訊《き》いてきた。

僕は、ドキドキしながら……同じように藍衣の耳元に口を寄せた。

「来年は……きっと、藍衣がミスコンに出るんだろうな、と思って」

僕が言うと、藍衣は驚いたようにバッと僕から顔を離して、まじまじとこちらを見つめてくる。

そして、また僕の耳元に寄った。

「それって……可愛いって、言ってくれてるってこと？」

まっすぐ訊かれて、僕は素直に頷くほかになかった。

「そういうこと」

僕が答えると、藍衣はくすぐったそうにくすくすと笑った。

そして、少しいたずらっぽい表情をしながら、藍衣の右隣にいた薫《かおる》の腕をぐい、と引いた。

薫はステージに見入っていたので、大層驚いた様子で藍衣と僕を交互に見る。

「なに！」

薫が会場の盛り上がりにかき消されないよう、大きな声で言うのに、藍衣も答えた。

「来年、薫ちゃんと同じクラスになったら！　どっちがミスコン出ることになると思う⁉」

藍衣が僕の方を見ながらそんなことを言うので、僕はめちゃくちゃに困った。

藍衣は楽しそうにニコニコとしていて、薫は、細めた目で僕の方を見つめていた。

藍衣は、とても綺麗で。

薫は……すごく、可愛い。それに、私服がオシャレなのも、知っている。

どっちが、と言われると……本当に分からなかった。

「そんなの、分かんないよ！」

僕が答えると、藍衣は「あはは！」と笑い、薫は少し不満げに僕から目を逸《そ》らした。露骨に、がっかりされてしまった。

ドン！　と左側から背中が押されて、驚いて振り返ると、壮亮だった。壮亮は僕の背中に手をついて、身体を乗り出すようにしている。

「俺！　同じクラスだったら、水野さんを推す！　他にどんな子がいても、絶対推すから！」

壮亮がそう言うのを、藍衣は目を真ん丸くして聞いていた。

そして……少し照れたように、瞳を揺らしてから。

「ありがと！」

はにかむように、笑った。

僕は、その表情を見て、どきりとした。

藍衣も……正面切って褒《ほ》められたら、そんなふうに照れた笑いを浮かべることもあるんだな、と、思ったからだ。

壮亮はいつもまっすぐで、話していても気持ちのいいやりとりができるヤツだ。そんなところが、好きだった。

でも、僕がいつまでも藍衣と「丁寧《ていねい》にコミュニケーションを重ねていきたいから」ということを理由に、だらだらと友人関係を続けていたら……ひょっとしたら、彼女の心が壮亮に動いてしまうことだってあるかもしれない。

今は藍衣の好意がストレートに伝わってくるから、僕も落ち着いて構えていられるけれど……そんなのは、彼女のそういう部分に甘え切っているだけだ。

壮亮は、壮亮なりに彼の恋愛に一直線だ。真剣なのだ。

僕も……僕自身の〝人間関係〟について、自覚的にならないといけないと思った。そして、その〝人間関係〟の中には、当然、薫だって、入っている。

「じゃあ、僕は薫に投票しようかな！」

僕が言うと、三人は同時に「えっ」と声を漏らした。

「僕にとっては、二人とも同じくらい魅力的だから……壮亮が推さない方を推すよ！　そしたら、クラスの票が綺麗に割れて、平等になるでしょ！」

僕が半笑いでそう言うと、薫の顔にはいろんな感情がないまぜになった。一瞬はにかんだようにに口元が緩《ゆる》み、その後目元にぎゅっと力が入り、それからくわっと口が開いた。

「優柔不断!!　どっちでもいいってことじゃん！」

「どっちも応援したいから！」

「それが優柔不断って言ってんの!!」

壮亮と藍衣は可笑《おか》しそうに、けらけらと笑っていた。

そうだ、僕は……優柔不断だ。

僕は、二人の、かけがえのない〝友人〟の間で、揺れている。

過去から追いかけてきた恋愛と再び向き合うのか、それとも……新たに生まれた縁を辿《たど》って、友人関係から恋人関係へと進むのか。

僕は関係性の渦の中に立たされて、何を優先したらよいのかが分からずにいる。

藍衣のことが好きだ。でも、前のように、互いへの憧《あこが》れだけで結ばれたくはない。せっかく再会できたのだから……丁寧に、言葉を重ね合って、後悔のない関係を築きたかった。

そして……薫のことも、大切な友人として、大好きだ。彼女が僕のことを〝異性として〟好いてくれているのは分かっている。僕が彼女のことをいつかそういうふうに思えるようになる時が来るのかは、分からない。それでも、彼女が求める限りは……本気で、彼女とも向き合うべきだった。どういうふうに結論がつくとしても、対話をやめれば、後悔だけが残ると分かっている。

「なあ、結弦《ゆづる》。きっと……あっという間に、来年の文化祭が来るぞ」

僕に少し身体を寄せて、壮亮が言った。

……言いたいことは、分かっているつもりだった。

「そうだね」

僕はしみじみと頷く。

時間は刻々と流れてゆく。そして、その時間の流れの中で、僕はかけがえのない人たちと、数々の対話を続けることになるだろう。

対話を重ねれば、関係性も、想いも、変わってゆく。それを止めることはできない。

いつまでも同じ地点に立って、悩み続けることはできない。

「俺……お前が迷ってる間も、真剣に、恋愛するからな」

「……分かってる」

壮亮は、すべてお見通しという様子だった。

壮亮に薫から告白された、という話はしていないけれど……彼はきっと、僕と彼女の間の関係が少しずつ変わっていることに気付いているのだ。

そして……それでも、僕が藍衣に惹《ひ》かれ続けていることも、よく知っている。

横目で壮亮を見ると、彼も同じようにこちらを流し目で見ていた。口角がくい、と上がっている。

僕は彼の脇腹を小突いて、言った。

「忠告どうも！　それより、今はバンドでしょ」

「そうだな……それも、もうすぐだ」

「準備は万全なわけ？」

「いんや、全然。でも、精一杯やるよ」

壮亮は肩をすくめて、そう答えた。彼はすでに腹をくくっている。緊張の色は見えなかった。ここまで来て、緊張をすっかり隠してしまえるほど覚悟が定まっているというのは、格好良いな、と、思った。

ミスコンがどんどんと進行していくのを眺めながら……僕は、少しずつ、緊張が高まるのを感じていた。

×　×　×

「よし、それじゃ！　後は全力出すだけだな！」

舞台袖《そで》で、ギターのストラップを肩にかけながら、壮亮がニッと笑った。

今はステージ上で、軽音部が演奏をしている。僕たちよりもソツがない演奏が聴こえてきていた。

「ったく……委員会も、順番ちゃんと考えろよな。なんで軽音部が先なんだよ」

壮亮は唇を尖《とが》らせながらも、なんだか楽しそうにステージの方に目をやっていた。

「あ〜！　緊張してきた！」

藍衣が落ち着かない様子で、その場で足踏みをする。

「水野《みずの》さん、合わせの時もノーミスだったろ。大丈夫だよ」

壮亮は軽やかに藍衣に笑いかけた。藍衣は「ありがと」と頷いて、それでも緊張は拭《ぬぐ》えないようで、手と手をこすり合わせている。

その隣で、薫が棒立ちしていた。無表情だったが……なんとなく、固くなっているのが分かった。

「薫、緊張してる？」

「してるに決まってんでしょ」

「そっか。僕もしてる」

僕が言うと、薫はじろりと僕を睨《にら》んだ。

「励ましになってない」

「大丈夫、僕の方が絶対たくさんミスするから」

「ミスすんなし」

「楽しくやればいいよ。それに……薫の歌、本当に綺麗だから。きっと盛り上がる」

「そうそう！　自信持って！」

藍衣が薫の両肩にぽん！　と手を置くと、薫はこくこくと何度か頷いてから、ついにポーカーフェイスを貫《つらぬ》くのをやめて、深呼吸を始めた。

軽音部の演奏が終わり、拍手が鳴り響いている。

心臓が、ばくばくと鳴っていた。胸に手を当てなくても、それが分かるほどだ。

手足がぴりぴりと麻痺《まひ》しているような感覚がある。両手でスティックをぎゅう、と握り、その感触を確かめる。

ステージ袖に、軽音部員たちが捌けてきた。美鈴《みすず》先輩が、壮亮に軽く手を振って、ニッと笑った。

「会場あっためといたから」

「困りますよ。温めすぎ」

壮亮がそう言うのに、美鈴先輩は笑いながら右手をグーの形にして、壮亮の方に突き出す。

彼も同じようにして、それを軽く突き合わせた。

壮亮は美鈴先輩の後ろから舞台袖に戻ってきた湯島《ゆしま》くんに声をかけた。

「連続だけど、いけそう？」

壮亮が訊くと、湯島くんはあろうことか壮亮に中指を立ててみせた。

「ナメんな」

「はは、強《つえ》ぇわ。頼んだ」

壮亮がバシッ、と湯島くんの背中を叩くと、彼は煩《わずら》わしそうに口をへの字に曲げたが、どこか満更《まんざら》でもなさそうだった。

美鈴先輩の視線が僕の方に向く。

「緊張してんねぇ、結弦」

先輩はにやにやと笑いながら近づいてきて、バシッ！　と僕の背中を叩いた。

「キミは一番真面目《まじめ》に練習してたんだから、大丈夫。ほんとに上手《うま》くなったよ」

先輩はそう言って、優しく微笑んだ。

「かっこいいとこ見せてよね」

「……はい。頑張ります」

「ん、よし」

先輩が頷くのと同時に、会場側で司会のアナウンスが始まった。

『お次はまたまたバンドグループ‼　なんと一年生のフレッシュなメンバーだけで構成されてるらしいぞ！　どんな演奏を聴かせてくれるのか、乞《こ》うご期待！』

司会の顔がこちらに向いた。壮亮はその視線に頷いて返す。

『では、楽しんでどうぞ‼』

司会の生徒がそう叫ぶのと同時に、会場で拍手が鳴り響く。

僕たちは壮亮を先頭に、ステージに出てゆく。

袖から出て、視界が開けると……。

「うわぁ……」

思わず小さな声で漏らしてしまった。

ステージライトが反射して、会場側の生徒たちの顔がぼんやりと光って見える。多くの人に……見られている。

緊張が最高潮を迎えた。

ドラムの椅子に座ろうとした瞬間、手の力が緩み、スティックを落としてしまう。

カン！　カン！　カラカラカラ……。

大きな音が響いて、ドッ、と会場が沸いた。「大丈夫か～！」という野次が飛んでくる。

僕は顔を赤くしながら、慌《あわ》ててスティックを拾った。

位置についた他のメンバーと、一人一人、目を合わせる。

湯島くんと、藍衣と、薫と……そして、壮亮と。

壮亮は……わざとらしく、ニッ！　と片方の口角を上げた。

ああ……格好いいな。

スッ、と緊張が引いていくのを感じた。やっぱり、このバンド演奏は、絶対に成功させなければならない。そして……この最高に格好いい友人の、大勝負のお膳立《ぜんだ》てを、するのだ。

そうすることで……きっと、僕たちにも、得難《えがた》い思い出が残ることになるのだと、信じられる気がした。

友人のために……そして、自分のために。

ここ数カ月の練習と、想いを……全部、出し切る。

僕は顔を上げて、スティックを高く掲げた。

そして、それを、叩き合わせて、カチカチと音を鳴らす。

「ワン、ツー、スリー……！」

ド頭の、フィル。手先の感覚は緊張で覚束《おぼつか》なかったけれど、思った以上に鋭い音が鳴って、驚いた。今までで一番気持ちの良い音で、演奏がスタートする。

壮亮のギター、そして湯島くんのベースが絡《から》み合う。

会場が歓声で沸いた。皆で盛り上がれるように、壮亮は有名な曲をプログラムに選んだ。きっと曲目が分かって、盛り上がり始めているのだろう。

藍衣はリズムに合わせて、楽しそうに左右に揺れていた。さっきまで「緊張してる」と言っていた当人とは思えないほどに……自然体に、そこにいた。

そして、マイクの前に立つ薫は……微動だにせずに、そこに立っていた。でも……やっぱり、さっきまでの緊張していた様子とは少し違う。

後ろからなので表情はまるで見えないのに……なんというか、その背中には存在感があった。

ああ、きっと、大丈夫なんだな。そう思った。

イントロの最終小節が終わるころ、スッ……と、薫が息を吸う音を、マイクが拾った。


『夜が来ると　朝があったことを　忘れるの』


薫がそう歌いだした途端、一瞬……ほんの一瞬だけ、会場が静まり返ったような気がした。

そして、悲鳴のような歓声が会場から巻き起こる。女子の黄色い声、そして、男子の唸《うな》るような歓声。期待を上回る歌声に沸いているのだと分かった。

壮亮が楽しそうに笑うのが見える。「ほらな」という顔をしていた。

曲が進んでいくうちに、緊張がほぐれていく感じがした。練習通りに叩けているという安堵《あんど》、そして……僕たちの演奏が、たくさんの人に聴かれているという高揚感が、不思議と、手元を軽くしてゆく。

身体が浮いているような感覚だった。

そうか……練習、してきたんだったな。この日のために……ずっと。

薫がサビを歌い終えると、まだ演奏は終わっていないのに、会場から大きな拍手が起きる。みんな、ペンライトもないのに、手を上げて、左右に大きく振っていた。

お祭りだ。僕たちがお祭りの中心となって……今、その大きなエネルギーを爆発させている。

ずっと、練習するのに必死だったから、知らなかった。

音楽がこんなにも興奮するものだと、僕は今の今まで、知らなかった！

「ははっ……」

気付けば、僕は笑いながら、ドラムを叩いていた。

初めての練習の時は「まだ終わらないのか」と思うほどに長く感じられた一曲が、あっという間に終わる。

細かいところでミスはあったものの……リズムを滞《とどこお》らせることなく演奏しきることができて、安堵した。

司会の生徒が舞台袖から駆けてきて、壮亮にマイクを渡す。

『えー……最高の仲間たちと、一曲弾《ひ》かせてもらいました。曲はみんな知ってるよね？「朝に下りる」でした！』

壮亮の物怖《ものお》じしないMCに、会場はまた拍手に包まれた。

『クラスの女子に、「俺、ギター弾けるんだぜ」と言ったら、「嘘だぁ！」って言われたの、割と根に持ってます。ほら、俺、ちゃんと弾けるっしょ!!』

壮亮が叫ぶと、同じクラスの女子たちが「ごめ――ん!!」と叫ぶのが聞こえた。会場が笑いに包まれる。

『えー……マジで俺の思い付きで突然組むことになったバンドなんだけど……特に、ドラムを叩いてる浅田《あさだ》結弦が頑張ってくれました！　こいつ、夏休み前は一切ドラム叩いたことなかったんだぜ！　超すごくね!!』

壮亮が会場を煽《あお》り、拍手が巻き起こる。「浅田――――!!」という叫び声が聞こえた。僕は恥ずかしくなって、ぺこぺこと頭を下げてみせる。

『そして、同じクラスの小田島《おだじま》薫!!　歌声、やばすぎ!!　プロ目指した方がいい!!』

男子の沸き立つような歓声。僕は思わず笑ってしまう。もともとひそかにモテていた薫だ。今後はもっとモテるようになるんだろうな……と思った。

『水野藍衣さん!!　キーボード上手すぎ!!　しかも可愛すぎ!!』

壮亮はどんどん会場を煽りながらメンバーを紹介していく。さすがだな、と思った。

藍衣がえへへ、と笑ってみせると、「可愛い――――!!」と声が上がった。

『そして、軽音部から助っ人に入ってくれた湯島くん!!　二連続での演奏なのに、相変わらずクールだぜ!!』

会場が盛り上がっているのをよそに、湯島くんは無表情で突っ立っていた。こういう時ですら感情が窺《うかが》い知れないのは、一種の才能だと思う。それでいて、悪く思っていないことだけは分かるのが不思議だった。

『じゃ、メンバー紹介も終わったところで……二曲目行きます！　俺たちの演奏はこれで終わり！　最後まで楽しんでくれよな!!』

壮亮が叫び、司会にマイクを返す。

そしてすぐに、袖に引っ込もうとする司会に駆け寄って、マイクを奪った。

『に、二曲目は「奔走《ほんそう》ライアット」っす！　言いそびれるとこだった！』

おっちょこちょいな一面も見せて、ドッと会場が沸く。

僕はすっかり緊張から解き放たれて、さっきよりもふわふわとした気持ちで、スティックを頭上に掲げた。

「ワン、ツー、スリー、フォー！」

今度は、ドラムフィルからの開始ではないので、僕はフォーカウントまでしっかりとスティックを叩く。

ギターのアルペジオから始まり、それを追いかけるようにベースが絡む。キーボードも混ざって、複雑なリズムを形成した。

会場から「おおー！」という歓声が上がる。

僕もツタタン！　とフィルインから開始して、リズムを取る。最初の頃は、ここに苦戦した。すでにリズムを形成しているギターとベースに合わせようとして、たどたどしくなってしまうのだ。しかし、美鈴先輩に『ドラムは堂々と入る！　リズムは他が合わせりゃいいんだから！』と言われ続けて、ようやくものになってきた。本番でも上手くいき、胸を撫で下ろす。

一曲目よりもアップテンポで、激しい曲だ。会場は手拍子で盛り上がっている。

薫の喉も一曲目できちんとあったまったようで、震えもなく、ハリのある伸びやかな声を出している。

楽しい。

ただただ、楽しかった。

盛り上がる会場の熱気に当てられるように、こっちの演奏にもどんどん熱が籠《こ》もっていく。

その相乗効果が気持ち良くて、もはやミスすることを恐れる気持ちもなくなっていたし……そういう心情になると、不思議と、まったくミスをしなくなった。

顔を上げると、時々、他のメンバーと目が合った。

壮亮はニッと口角を上げ、藍衣は楽しそうに目を細め、湯島くんは無表情のまま、数秒だけ目を合わせてくる。薫だけは、マイクスタンドが固定されているので、こちらを振り向くことはなかったが……何故《なぜ》か、他のメンバーと同じように、バンド全体に意識が向いているのが分かった。歌声が、バンドの音と絡み合い、一つのグルーヴを作っていたからかもしれない。

僕たちは今、言葉一つ交わさずに……同じ感情を共有していると分かった。

壮亮の言っていたことを、ようやく理解したような気がした。

そうか……これも、対話なんだ。

僕たちは同じ言語を話すために、そして、その温度を共有できるように、ずっと……練習してきたんだ。

曲が終盤に差し掛かる。

もう……終わってしまう。

決して短くない期間、練習を続けてきたというのに、そのお披露目《ひろめ》は、めくるめくうちに終わろうとしていた。

でも、不思議と、寂《さび》しくはなかった。

こんなに短い、一瞬にも思える時間のために、今まで多くの汗を流してきたのだと思うと……その時間まるごと、愛《いと》おしく思えた。

終わってしまう。けれど……終わらせるために、続けてきた。

涙が出そうになるのをこらえた。感情が高ぶっている。

手元がぶれて、スネアのへりを叩いてしまう。カッ！　と、本来と違う音が鳴ったけれど、不思議と動揺しなかった。そんなことでは、動きだしたリズムは止まらないと理解していた。

薫が最後の歌声を出し切り、アウトロへ。

アウトロもあっという間に進行して……。

ついに、最後の一音が、止《や》んだ。

ワァァァ！　と歓声が鳴る。拍手と、指笛が反響して、凄《すさ》まじい音量だった。

バチバチと鳴り響いていた拍手が、だんだんと、一定のリズムに変わっていく。「パン！　パン！　パン！　パン！」と四つ打ちのようなリズムへと変化していくそれは、『アンコール』を求めるものだと分かった。

壮亮が僕たちの方へ振り返り、一度だけ、うん、と頷く。

僕たちも頷き返し、舞台から捌《は》けた。

舞台袖に入ると、美鈴先輩が待っていた。

彼女は僕に駆け寄って、そのまま、抱き着いてくる！

「うわぁ!?」

「よくやった!!　最高!!　もう軽音部入っちゃえよ!!」

「あ、ありがとうございます……!?」

僕に抱き着きながらぴょんぴょんと跳ねる美鈴先輩。

「ほんと、よく練習した。堂々と叩き切って、すごいよ、結弦」

「先生が良かったので」

「んふふ、嬉しいこと言ってくれるじゃん」

先輩は他の皆のことも見まわして、パチパチと拍手をした。

「みんな、ほんとにいい演奏だった！　お疲れ様！」

美鈴先輩がそう言うのに、藍衣と薫は少し照れたようにお辞儀をした。湯島くんは相変わらずの無表情だ。

演奏が終わり、興奮も冷めやらぬ気持ちだったけれど……僕は、美鈴先輩の背中にしょわれているものが、気になっていた。

「あの……先輩、それって」

僕が言うと、美鈴先輩は「あ」と漏らして、慌てだす。

「そうだ。油売ってる場合じゃない」

先輩はわたわたと足踏みをしたかと思えば……急に、スッと真面目な表情になった。

「あたしも、あたしのやるべきことをやんなきゃね」

「え？」

「さ、急がないと壮亮の演奏始まるよ。キミらも観客席側に行きな！」

先輩はそう言って、足早に、舞台袖の扉を開けて、体育館の方へ出ていった。

『みんな、拍手ありがとう！　でも、最高のバンドメンバーたちと準備をした曲は、さっきのが最後なんで……この後は、俺だけで弾こうと思います！』

壮亮のＭＣが始まっていた。

「急ごう」

僕たちも、急いで、扉を開けて、体育館の方へ出てゆく。

適当に、空いているスペースから、ステージを見上げると……その真ん中に、壮亮が立っていた。

『えー……うん。俺に、音楽の楽しさを教えてくれた人がいます』

壮亮は、微笑みながらも、真剣に語った。

その姿は、ライトに照らされて、キラキラと光っているように見えた。

頑張れ。

心の中で念じる。

『俺は子供で、その人の音が、ずっと忘れられませんでした。いや、今も、忘れられていません！　どうしてもまた弾いてほしくて、しつこくつきまとって、とても……困らせました』

さっきまで大盛り上がりだった会場が、しんとしていた。

壮亮の言葉に、皆聞き入っている。

『でも……よくよく考えたら、俺があの人からもらったのは、言葉じゃなくて、音でした。音だけで、俺は、あの人に夢中になったし……音楽にも、夢中になりました。だから……』

壮亮はそこで顔を上げて、ニッ、と力強く笑ってみせた。

『俺も……そうしたいと思います。あの人が〝遺《のこ》した〟音を……俺の中に残ったあの音を、命の限り、弾いてみせます。聴いてください!!』

最後に壮亮が大きく声を出し、拳を力強く突き上げると、会場が拍手に包まれる。

その拍手には、多くの期待が含まれているのが分かった。

そりゃ、そうだ。こんな詩的なＭＣをされた後に、どんな音楽が飛び出すのか……気にならないはずがない。

壮亮は、一呼吸置いてから。

ギターの弦を、目まぐるしく弾きだした。

「わ……」

思わず声が漏れる。会場もどよめいていた。

さっきまで弾いていた曲では出てこなかったような、高速アルペジオ。

それは激しく、力強く……そして同時に、どこかたどたどしかった。

アルペジオから始まり、今度はカッティングへ。基本的なリズムに変わったものの、そのコードの変化は目まぐるしい。テクニカルな曲だと思った。

そして……明らかに、技術が追い付いていないのが、素人《しろうと》の僕でも分かった。

しかし、壮亮は苦しそうな表情は一切せずに、自信満々な顔でギターを鳴らし続ける。

会場で、手拍子が始まった。それは、なんだか彼を応援しているような温かな感情を伴っているると思った。

なんなのだろう、この気持ちは。

なんだろう……。

さっきまでは、僕たちはとても〝楽しく〟演奏をしていた。互いにそう思っているのが、伝わっていた。

でも壮亮の今の演奏は……切実だった。

ときどき、ミスをしているのが分かる。明確に音が濁ってしまう瞬間、リズムが乱れる瞬間が聴いて取れる。

でも……それを聴いて、「下手《へた》だ」と思ったりはしないのだ。

それは僕が素人だから……とか、そういう理由ではなくて。

彼の音から伝わってくる……何か切実な感情が……それればかりが伝わってきて。

たどたどしい演奏の中に、巨大な〝意志〟を感じて。

「頑張れ……壮亮……」

僕は、呟いていた。

頑張れ。

もっと、叫んでくれ。

満足ゆくまで、吐き出してくれ。

そう思った。

僕には、壮亮が吐き出している感情の正体が、分からなかった。僕には理解できない言葉で、彼はしゃべっている。

彼女には……伝わっているのだろうか。

壮亮が今語りかけている相手に……彼の言葉は、きちんと、届いているだろうか。

届いていてほしい。

ただただ……そう思いながら、僕は祈るように、壮亮の演奏を聴いていた。

×　　×　　×

「あー、あー。楽しそうに弾いちゃって、まあ……」

体育館の一番後ろ、その壁に寄りかかりながら、私は安藤《あんどう》たちのバンド演奏を聴いていた。

最初は緊張でたどたどしかった浅田のドラムも、メンバーと息が合い始めてからは、どんどんと軽やかなものに変わっていく。二曲目に入った頃には、彼のドラムはすっかり『気持ちよさそう』な音を立てていた。

「……似てるなぁ………本当に……」

盛り上がる会場の中で、誰にも聴こえない声で、私は呟く。そうすると、胸の奥がきゅっ、と痛むのが分かった。

ただただ、楽しい。そんな感情が音に乗って、響いてくる。

キミは……音楽でも、饒舌《じょうぜつ》なんだな。

浅田から目を離し、安藤を見た。

彼は直前に屋上までやってきて……決然とした表情で、言った。

『俺……音楽で、先輩に気持ちを伝えます。だから、絶対、聴きに来てください』


そんなふうに言われて、浅田にもダメ押しをされて……それでも無視するのは良心が痛んだ。

後夜祭は自由参加だから、帰ってしまおうかとも思っていたけれど。

即席バンドでここまで息を合わせているところを見せられると……なんだか感慨《かんがい》深かった。

浅田がフィルの練習をうちのガレージでやっていたころは……こなれた様子の安藤が浅田の

ドラムに合わせていたというのに。今では、二人は演奏中に微笑み合うことができるほどに、息を合わせている。彼二人だけでなく、バンド全体が、一つの音を鳴らしているのが分かった。

本当に……よくやるよ、と思う。

そして……そんな〝楽しげ〟なバンド演奏を見せられるのは、ただただ悦子姉《えつこねえ》の面影《おもかげ》が思い出されるばかりで、少し苦しかった。

美鈴が浅田と安藤をガレージに連れてきたときは……また、私の中の〝音楽〟についての蓋《ふた》が開いてしまわないかが不安だった。そして、そうならないように、立ちまわり続けているつもりだった。

しかし、こうして完成した彼らのバンドの演奏を聴いていても……それは、どこか、他人事のようだった。

安心した。

やっぱり……もう、音楽は私の手からはすっかり離れてしまっているのだ。

それを確認できて、良かったと思った。

『楽しいだけじゃ、ダメなんだねぇ……』

悦子姉の言葉が、頭の中に響いた。

違うよ、悦子姉。

やっぱり、楽しいだけで、良かったんだ。

それだけでいられなかったから……おかしくなってしまっただけで。

浅田の楽しげなドラムが、心地よく耳に届く。

彼のドラムは……きっと、悦子姉への手向《たむ》けになっているだろう。

楽しくあることが音楽だ、と、その音が証明してくれている。

でも……私は、その楽しさも、輝きも……悦子姉とあの人を同時に失った時に、なくしてしまった。

だからもう、音楽は……私には関係ないものになった。

心の中で……バチン！　と。

ベースを入れたケースの留め具が閉まった音がした。

私がそれを最後に閉じた時の、音だった。

二曲目の演奏が終わり、私はぱちぱちと拍手をした。

会場は大盛り上がり。二カ月の練習でここまで観客を沸かせられたら上々だろう、と思う。

拍手が少しずつ一定のリズムをとり、アンコールを求めるそれに変わったところで、私は腰を上げた。

どうせ、アンコールはないだろう。あの練習期間で、素人も交ざっているバンドで三曲も練習できるはずがない。浅田の練習を聴いている限りでも、用意していたのは二曲だけだったはずだ。

パン、パン、と床につけていたお尻のあたりを叩き、スカートのプリーツを直す。夏休みは家でひたすらこのスカートを穿いて、プリーツをぐしゃぐしゃにしてしまいひどい目を見た。

『みんな、拍手ありがとう！　でも、最高のバンドメンバーたちと準備をした曲は、さっきのが最後なんで……この後は、俺だけで弾こうと思います！』

体育館を出ようと歩き始めた途端に、安藤のそんなＭＣが聞こえて、私は思わず歩みを止めた。

一人で、弾くのか？

『えー……うん。俺に、音楽の楽しさを教えてくれた人がいます』

安藤のその言葉に、会場が静まり返るのが分かった。私の心臓が、ぎゅう、と縮み上がるのも。

それは、私に向けての言葉だと、さすがに、分かった。

私が……音楽の楽しさを、教えた。

その言葉を反芻《はんすう》して、身体が震えた。

そんなことをしたつもりはない。勝手なことを言わないでほしい。

『俺は子供で、その人の音が、ずっと忘れられませんでした。いや、今も、忘れられていません！　どうしてもまた弾いてほしくて、しつこくつきまとって、とても……困らせました』

そうだ、私は困った。

それを分かっていてもやめないのは、なんて勝手なんだろうと思った。

でも、浅田は……その思いを止めることはできない、と言った。私も、そう思ってしまった。他人の気持ちを止めることなどできない。できるのは、拒絶することだけ。拒絶してもなおまっすぐ迫ってくる相手に、どうしたらいいというのか。

何を間違えたのかと問われたら……きっと、私の音楽を、彼に聴かせてしまったことだ。最初から、間違っていた。

『でも……よくよく考えたら、俺があの人からもらったのは、言葉じゃなくて、音でした。音だけで、俺は、あの人に夢中になったし……音楽にも、夢中になりました。だから……』

他人を夢中にさせようなんて、考えてなかった。私はただただ無邪気に、憧れた人の背中を追って、ベースを鳴らしていた。

それが誰かの心に残り、ここまでの執念を掻き立てるなんて、思ってもみなかった。

私の過去が、鳴らした音が……私を追ってくる。

『俺も……そうしたいと思います。あの人が〝遺した〟音を……俺の中に残ったあの音を、命の限り、弾いてみせます』

やめてくれ。

身体が震えた。

彼の……いや、〝彼ら〟のまっすぐさは、そういうふうに生きられない人間にとっては、暴力的だ。正当性をかなぐり捨てて、自分は間違っているのかもしれないと思いながらも、まっすぐ進んでくる人間を、言葉で糾弾《きゅうだん》しても、意味がない。無敵の存在だ。

拒絶しても、向かってくるのなら……逃げることしか、できないじゃないか。

「……ごめんな」

私は小さく零《こぼ》して、歩きだす。

どうあっても、私の心は揺らがない。そう思っていたはずなのに……なぜか、安藤のその演奏を聴くのは、怖かった。

彼の中に残って、きっと変質しているその音を聴いたら、おかしくなってしまいそうな予感がして、私は逃げ出すように体育館の出口へと向かう。

けれど。

結局、音が鳴りだすまでに、退出が間に合わず。

「…………はっ」

彼の奏でた、第一音を聴いて、私の足は止まった。

思わず、安藤の立っているステージに目をやった。

彼の視線が、一瞬、こちらに向いた気がした。

生徒たちは皆、ステージに釘付けになっている。でも、安藤の音は……こちらに向けて、放たれてきていると、はっきり分かってしまった。

「………なんで」

私がそう零すのと同時に、私の目の前に、仁王立ちするように、一人の生徒が立ちふさがる。

「……美鈴」

美鈴が、私の前に立っている。そして、その背中にしょわれているものを見て、私は目を見開いた。

「……バンド辞《や》める時、『全部好きにしていい』って言ったよね」

美鈴は私を睨みつけながら、そう言った。

「……言った、けど」

「だから、好きにした」

「馬鹿でしょ。あんなの、安藤に弾けるわけが」

「でも、弾いてる」

私の言葉を、美鈴が遮《さえぎ》った。

弾いてるって……。

私は、ステージの上の安藤を見た。

……下手くそだ。

アルペジオはガタガタ、カッティングも、どうしてコード指定しかしていないパートであんなに小刻みにアレンジするのかが分からない。あんな高度な奏法は、プロがやるようなものだ。本人のレベルに合っていない。無謀な挑戦のせいで、コード移行のリズムがヨレている。

彼が何を弾こうとしているのかは……分かっていた。

なぜならそれは……私とヤス兄《にい》が書いた譜面だからだ。

「壮亮に言われたよ。あたしたちが〝大人ぶった〟から、李咲《りさ》は音楽をやめてしまったんだ、って。その通りだと思った。私たちは、無理やりにでも李咲にベースを握らせるべきだった」

「そんなん……あの状況でできるわけない。そうしないでいてくれて、助かった」

「嘘つくな」

美鈴は、いつも私の言葉をテキトーに受け流すクセに……今日だけは、全力で食ってかかってきていた。

「李咲は、憧れと、失望と、音楽をごっちゃにした。本当は別々だって分かってるものを、全部一緒くたにして、箱に詰め込んで、フタをしただけだ。気付いてるのに、ずっと、見ないふりしてる。そのせいで、苦しんでるって、分かってるくせに！」

安藤の下手くそなギターが体育館に響いている。手拍子が、鳴っていた。弾き手として恥ずかしい演奏のはずが、この空間の中で、支持されている。応援を受けて、彼の音は、さらに芯を太くしていく。

「知ったようなこと言うなよ。あたしは、信じてきた音楽に裏切られた。もう嫌なんだ。裏切られるのも、いつか誰かを裏切るのも」

「裏切ってるのは、自分のことでしょ!?」

美鈴が叫んだ。

数人の生徒が、こちらを振り向く。でも、そんなことは気にならなかった。

胸が痛い。むき出しの言葉が、私の心臓を抉《えぐ》り出すように、体表を削っているように思えた。

「李咲の音は、いつだってはずんでた。ベースを握ってる時だけ、李咲はいっぱい、喋《しゃべ》ってた！　喋るのが下手くそで、音にだけ本音が乗ってたくせに……気付いたら、薄っぺらい言葉と笑顔で、本音を覆《おお》い隠すことばっかり上手くなって……」

美鈴は瞳を潤《うる》ませながら、私を睨み続ける。

切実な言葉、そして、音。

ぎゅうぎゅうと、柔らかな布で心臓を縛り上げられているような痛みを感じた。

「浅田のドラムを聴いて、楽しそうだった。まだ李咲の音楽は生きてるんだよ」

「もう、死んだ。掘り起こす気もない」

「だったら！　なんで残したのさ!!」

美鈴が吼《ほ》えた。

「安永《やすなが》さんと作った譜面だって、ビリビリに破いて、捨てればよかった！　ベースも叩き壊しちゃえばよかった！　そうしなかったのはなんで!?　李咲は自分で遺したんじゃん！」

「それは……」

言葉に詰まる。

そうできなかっただけだ。でも、どうしてそうできなかったのかは、言葉にならない。

私が黙ってしまうのを見て、美鈴は目を吊り上げて、私にずんずんと歩み寄った。

そして、背負っていたベースのケースを下ろして、目の前で開ける。

心臓が跳ねた。

あの頃のままの、私のベースが、姿を見せる。

どくどくと、心臓が血液を身体中に送り出しているのを感じた。

美鈴はベースを手に取って、私に押し付けた。

「安藤は、全部をかなぐり捨てて、弾いてるんだよ。李咲を待ってるんだよ、あそこで！」

「そんな、こと……」

「ねえ、弾いてよ。お願い……弾いて」

美鈴はぼろぼろと涙をこぼしながら、言う。その瞳から、目が離せなかった。

下手くそなアルペジオが、また聴こえてくる。

「今弾かなかったら、一生、後悔するよ!!」

どうして？

どうして、そんなことを言い切れるのだろう。

「あたしも後悔した。あんたが音楽から離れていくのを黙って見ていたことを」

遺した、と彼女は言った。

そして……後悔している、とも。

どうして。どうして。

心の中はその言葉だらけだった。

「李咲の曲だよ」

美鈴は言った。

「李咲のための、曲なんだよ。李咲が遺して、それを愛おしく思う壮亮が、受け継いだんだよ。聴こえてるでしょ」

聴こえてる。痛いほど。

「叫んでるんだよ。下手くそに、不器用に。李咲を呼んでる」

美鈴は、もう一度、私にぐい、とベースを押し付けて、かすれる声で言った。

「また李咲の〝音《ことば》〟が聞きたいって……叫んでる」


はっ……と、息が漏れた。

言葉が喉でつかえていて、一向に出ていかないそれが、胸の中を駆けずり回る。

目の前に差し出されたそれを握れば……私の言葉は、形になるのだろうか。

「李咲……！」

美鈴はぼろぼろと大粒の涙を零しながら、私をまっすぐ見つめてくる。涙の筋に合わせて、化粧が落ちてしまっているのが暗い中でも分かった。
「お願い」
美鈴が言った。
「李咲の気持ちを……教えてよ」
胸の中で、何かが弾《はじ》けた。
何かを言いたいのに、言葉に、ならない。
私は押し付けられたベースを掴んだ。美鈴が目を見開く。
私は彼女の横をすり抜けて、歩いた。
歩いて、歩いて、気付けば、走っていた。
どうして？
どうして、私は、またベースを担《かつ》いでいるんだろう。
どうして、ステージに向かって、走っているんだろう。
舞台の上に立つ安藤と目が合った。
彼は……フッ、と、口元を緩ませた。
ステージ脇の、階段を上る。
会場がざわめいている。どうでもいい。

さっきまで美鈴の後輩のベースに繋がっていたアダプターを、ベースに突き刺し、アンプの電源を入れた。

ブツッ！　とスピーカーが音を鳴らす。本当は、こんな接続の仕方をしてはいけないと知っている。でも、それも、もうどうでもよかった。

ブゥン、とスピーカーが電子的な低音を鳴らす。弦をはじけば、音が鳴ると分かる。

安藤は、ギターを弾き続けながら、私を見た。

私も、彼を見た。

「……下手くそ」

私が言うと、安藤は、心底嬉しそうに、笑った。

「いいんです。先輩が来てくれたから」

胸が、爆発しそうだった。

何も、分からない。心の中の感情一つ一つに、私は名前をつけてやることができない。あまりに……言葉を、知らないから。

それで良かった。

そうじゃないと、いけないと思った。

そして、私は……ベースの弦を、はじいた。


世界の音が、消えた気がした。

心臓が血を吐き出す音。荒い、息の音。

どく、どく。

はっ……はっ……。

身体の音が、耳に響いて。

それから、胸の中の……『どうして？』が……爆発した。

そのエネルギーが、腕を伝い、ベースの弦を鳴らす。

自分の鳴らした音は、よく聞こえなかった。アンプからスピーカーに伝わった音が、私の身体を揺らしている。

遠くで、会場の歓声が、聴こえている気がした。


どうして？

あの人はあそこまで追い詰められてしまったの？

どうして？

悦子姉は死ななければならなかったの？

楽しいだけじゃダメだったの？

私はそれだけで良かったのに、あの二人がいれば、その音楽があれば、良かったのに。

どうしていなくなってしまったの？

初めて腕を切った時の感覚と、感情が。

すっかり忘れてしまっていた気持ちが、蘇《よみがえ》った。


どうして、こんなことになってしまったんだろう？


私には分からなかった。

何かがどうしようもなく間違って、信じていたすべてが消え去って。

取り残された私は、忘れようとするほかなかった。

でも、無理やり忘れるには……私にとって、音楽という存在は大きすぎた。

私の人生に、いつだって音楽は寄り添っていた。

忘れようとすることで、いつも心の片隅に音楽を残し続けてしまっていることに、気付いていた。

そして……音楽を失った私は、その感情の吐き出し方すらも、分からなくなってしまった。

どうして。

どうして。

どうして。

堰《せき》を切って溢《あふ》れ出す、感情。

まともな音が鳴っているのか、私には分からなかった。

「クソッ……クソッ……クソッ!!」

私は感情を嚙み殺すようにそう呟く。でも、手は止まらなかった。

ずっと、音楽に苦しめられてきたはずなのに。

どうして。

どうして、こんなにも……。


「……すっと、するんだ……ッ！」


視界が歪んだ。頰が熱い。涙が零れているのが分かった。

溜め込んでいた、名前も付けられない感情が、音と涙になって、身体中から溢れ出している。

やっと……分かった気がした。

あの人の……親父の音は。

きっと、こんなふうに、戸惑《とまど》いや、怒りや、悲しみでできていた。

それを言葉にする術《すべ》を持たないから……音楽にぶつけていただけだったんだ。

そして、きっと……同じように苦しむ人たちに、届いてほしいと願ってた。そう願った瞬間に、親父の音楽は、楽しいものではなくなったんだ。

ただただ吐き出していた心の音を、誰かのために綺麗に仕立て直そうとして、苦しんだ。

そして、その苦悩に本当の意味で寄り添える人は……きっと、誰も、いなかった。実の娘であった私すら、「死ね」と吐き捨てて、背を向けた。

「ああ……ッ」

今頃になってそんなことに気が付いて、私は悔しかった。情けなくて、悲しくて、寂しかった。申し訳なくて、腹立たしくて、苦しかった。

『生きてりゃ、それが音楽になるから』

親父のその言葉の意味をようやく理解しても……すべてが、遅すぎた。

泣きながら、一心不乱にベースを弾く。

安藤は、下手くそで、自分はマトモに弾けていないくせに……私の音に寄り添うように、演奏していた。

私の感情任せの音と、彼の不器用な音が絡み合った。

まるでちぐはぐな音なのに、どうしてか、まるで、もともとそういう曲であるかのように感じられた。

親父に弾いてもらいたくて、作った曲だ。

結局それが叶《かな》わなくて……手放した曲だ。

なのに……また、こうして、弾いている。

安藤が、目の前まで迫ってきていた。挑発するように前かがみになりながら、下手なギターを掻き鳴らしている。

彼は、泣きながら……笑っていた。

「……馬鹿だな、ほんと」

私も、泣きながら、笑った。嗚咽《おえつ》が止まらなくて、上ずった声が出た。

馬鹿だな。泣くほど、私の音が聞きたかったのか？

お前のために書いた曲じゃないんだよ。

そう思うのに。

心の中で再生されるその言葉たちとは裏腹に……私の手は、ベースの弦をはじいて、止まらなかった。

「ははっ……馬鹿だ」

「うん。馬鹿です。でも、いいんです」

私たちの声は、きっと誰にも聴こえてない。スピーカーから吐き出されるギターとベースの音が、それをかき消している。

安藤は、言った。

「やっと……話せました」

そうだ、私は……ずっと、誰かに話したかった。

でも、私の言葉は、他の人のそれとは違うと気が付くのが……遅すぎた。

「あはっ……ははは……！」

私は泣きながら、笑いながら、ベースを弾いた。安藤も、そうしていた。

後夜祭の出し物にはまるでそぐわない、ひどい演奏だ。

でも……私にとって、そして目の前の安藤にとって。

この演奏は、長く水の中に潜《もぐ》ってから水面に顔を出した時のような、めいっぱい息を吸い込んだ時のような……。

そんな、おかしくなるほどに気持ちが良くて、生きるために必要な……演奏だった。

演奏が終わるまで、私と安藤は、馬鹿みたいに、音と音をぶつけ合って……会話していた。

×　×　×

呼吸をするのを忘れていたような、感覚だった。

二人の演奏が終わった瞬間、僕は思い出したように、深く、息を吸い込んでいた。

会場に割れんばかりの拍手が鳴り響く。

溢れて止まらなかった涙を拭《ふ》く。

隣を見ると、藍衣も涙を流したままにしながら、ぼーっとステージを見つめていた。

舞台の上で暴れていた二人が、舞台袖に捌けていく。

……叫ぶような、演奏だった。

名越先輩のベースからは、名前の付けられない感情が放たれていたようだった。怒りなのか、悲しみなのか、何も分からないのに……その熱量だけが直接胸に、腹に響いてくるようで。

気付けばぼろぼろと涙が零れて、動けなかった。

どうして……彼女がステージに上がったのかは、分からなかった。きっと……壮亮と、先輩の間でしか分からない〝会話〟があったのだろうと思う。

最初に、その形も分からぬ巨大な感情を叩きつけられたと思ったら、最後は二人でただただ楽しそうに、友人と語り合うように、楽器を掻き鳴らしていた。

壮亮は……名越先輩の言葉を引き出すことができたのだと思う。

『えー……すごい、演奏でしたね。なんか、上手く言えないけど……めちゃくちゃ泣けました。……し、しかし！　これで終わりではないですよ！　まだまだ後が控えてますからね！』

鼻声で司会の生徒がそう言うのを聞いて、僕はようやく、現実に意識が引き戻されたような気がした。

はっ、と息を吸ってから、僕は駆け足で、舞台袖へ続く扉に向かった。

勢いよくそれを開けると、壁に背中をべたりとつけてへたりこむ壮亮がいた。

「壮亮！」

「おー……結弦」

壮亮は、ぼろぼろと泣いていた。

「壮亮。すごかった……すごかったよ。よくやったよ」

「あっはは……ありがとな。ありがとう、結弦……」

壮亮は一瞬笑ってみせたものの、すぐに顔をくしゃくしゃにして、涙を零す。

僕はたまらず、彼を抱きしめた。

「……結弦、俺…………」

「うん」

「やっと…………先輩と、話せたよ……」

「うん……良かったね。本当に……」

本当に……すごいと思った。

彼は自分の想いを押し通し、その上で、きっと、先輩にも寄り添った。

そのひたむきな気持ちの結実を、僕たちはあのステージに見たのだ。

誰にでもできることじゃない。

僕はそれから、壮亮が立ち上がれるようになるまで、ずっと、彼の背中を撫で続けた。

×　×　×

「李咲!!」

ベースだけを握って、体育館を出た私の背中に、大きな声がかけられた。

目元をごしごしと擦《こす》ってから、振り向く。

そこには、顔面をぐちゃぐちゃにした美鈴が立っていた。

「あー、あー。もう、化粧めちゃくちゃじゃん」

「良かった!!!」

軽口を言う私に、美鈴は叫ぶように言った。

そして、また、顔をくしゃっと歪ませる。

「良かったよ……！　李咲ぁ……」

美鈴はよろよろと近寄ってきて、私に抱き着いた。

私も、その背中に腕を回す。

「あたしも……下手くそだった。やっぱ長いこと弾かないと、ダメだね」

「ううん。やっぱり……李咲は音楽の子だよ……」

美鈴は呻《うめ》くように言う。

「いっぱい、聞こえたよ……李咲の声……ッ」

「そっか。ごめん……ずっと、言えなくて」

「馬鹿……いいよ、そんなの……あたしこそ、ごめん……」

「なんで謝んの」

「李咲が口を噤《つぐ》むのを、止めなかったから……！」

「いいよ、あたしが勝手にやったんだから」

「でも！」

「いいの」

私は語調を強めて、もう一度言った。

そんなことよりも、もっと言うべきことがあると思った。

私は、小さく息を吐いてから、口を開く。

こんな簡単な言葉なら、私だって、口で言えるのだ。

「ありがとう」


私がそう言うと、美鈴は「ぴー」と高い音で喉を鳴らして、顔面を皺《しわ》だらけにした。

「もう……！　こっちの……台詞《せりふ》だよぉ……ッ」

美鈴はついに、私の薄い胸に顔を押し付けて、子供のように声を上げて泣きだした。

「……化粧がシャツにつくっての」

「うっさい、馬鹿！」

わんわんと泣く美鈴の背をおずおずと撫でる。

こうして目の前で泣いてくれると、まるで私の代わりに泣いてくれているようで、なぜか、胸がスッとした。

ゆっくりと、ため息をつく。

『結局届かなかったとしても……信じていたなら、言葉は無駄にはならない。叶わなくても、心のどこかをすり減らしながら本気で祈ったという事実は、なくなったりしない』

浅田の言葉が、胸の中で響いていた。

「悔しいな」

私は口の中で、美鈴にも聞こえないくらい小さな声で呟いた。

やっぱり……キミの言葉は、なんだか、正しい。

飾らない本音の中に、ひとかけらの真実が含まれているようだった。

年下の男子二人に本気のタックルをされ続けて、ようやく自分の人生をまっすぐ見つめられたという事実が、なんだか悔しかった。

悔しくて、そして、ありがたい。

「美鈴」

ぐずぐずと鼻を鳴らしている美鈴の背中を叩く。

「なに」

「ベースのケース、返して」

「えっ……あっ……うん……」

ずっ！　と大きく洟《はな》をすすってから、美鈴が、肩にかけていたケースを返してくれる。

私は左手に持っていたベースを、ケースにしまって……その留め具を、パチン！　と鳴らした。

二度と開かない、と決めたときの音と、同じだった。

なのに、聴こえ方が、まるで違う。

「ふふ……言葉、か」

私は呟いて、ケースを肩にかける。

「あの楽譜、返さなくていい。安藤にくれてやる」

「えっ？」

「完璧に弾けるようになったら、また合わせてやってもいいよって伝えといて」

私が言うと、美鈴は目を丸くしながら、私を見た。

「また……ベース、弾くってこと……？」

美鈴に訊かれて、私は苦笑交じりに首を傾げる。

「さぁねぇ。決めてない」

「ええ……？」

「でも、あたし、やっぱりこれじゃないと上手く喋れないっぽいから」

私はそう言って、下手くそに笑ってみせた。

「とりあえず、またぼちぼち、練習するよ」

私の言葉に、美鈴はみるみるうちに表情を明るくして、何度も頷いた。

「うん……うん！　またいつか、一緒にやろ……！」

「だから、それはまだ分かんないって」

「絶対やろ……ッ！」

「話聞かねぇヤツだな～」

私は苦笑して、片手を上げた。

「じゃ、帰る」

「えっ！」

「疲れたし。またね」

「あっ……えっ……うん……？」

美鈴が目を白黒させているので、私はすたすたと歩きだした。

一歩歩くたびに、ずん、と背中のケースが重さを主張する。

すっかり忘れていた、重みだ。

胸の中に渦巻いていた言葉をすべて吐き出してしまった分の重さが、外付けされたようだと思った。

「親父」

一人、呟く。

安藤と、ベースを弾いた時から、親父の顔が、頭から離れなかった。

「……一生、許さないよ」

私は言った。

「……うん。絶対、許さない」

彼が抱《かか》えていたもの、そこから生み出された音楽。

その一端を理解したとしても……他人の命を奪ったという罪は、消えることはない。

親父を大切にしてくれていた……そして、私の大好きだった悦子姉を殺した親父を、許すつもりはなかった。

……でも。

それでも。

涙が零れそうになるのを、こらえた。

「……また、聴きたいよ。親父の音をさ」


たまらなく、恋しかった。

心の中に、ずっと……あの音があった。

どれだけフタをしても、聴こえていた。

あの音が、私の人生だった。

消えることのない、たった一つの、音だった。

「だからさ…………」

目尻に溜まった涙を、乱暴に、ワイシャツの袖で拭く。

「弾くよ……あたし」

そう呟いた途端に、胸の中にひっかかっていた、最後の感情が、すとん……と、どこかに落ちて、消えた気がした。

彼は、遺した。

何が起ころうと、彼の音と言葉そのものは、宝物だった。

ただ私が……否定していただけだ。

遺されたそれらを拾い集めて、私が……受け継いでゆく。
すべての現実を受け入れて、これからの自分を紡《つむ》いでゆく。
それだけが……残った私の、やるべきことだと思った。

EPILOGUE

〔エピローグ〕

YOU ARE MY REGRET...

A story of love and dialogue between a boy and a girl with regrets.

文化祭が、終わった。

後夜祭の翌日、僕たちは学校に行き……その片付けをしていた。

「作るの大変だったのに、バラすのは一瞬だねぇ」

内装班のリーダーをしていた内藤《ないとう》さんがぼやいている。僕は苦笑しながら「ほんとにね」と相槌《あいづち》を打った。

彼女の肩に、養生《ようじょう》テープの切れ端がくっついていた。

「あ、テープついてるよ」

僕がそれをはがしてやると、彼女は少し恥ずかしそうにおろおろして、ぺこりと頭を下げた。

「ありがと」

「どういたしまして」

僕が笑って返すと、内藤さんは「あ」と声を上げて、僕を見た。

「そういえば、バンドすごかったよ」

「ああ……ありがとう。僕は素人《しろうと》だったから、みんなの足を引っ張らないのに必死だったけど」

「ううん！　なんかいつもと雰囲気違って……ちょっとドキッとしたかも」

「ええ……本当？　なんか照れるな。ありがとう」

互いに照れながら、話していると。

「結弦《ゆづる》、段ボール持ってって」

「えっ、おわ！」

ズン！　と重い段ボール——大きめの段ボール箱の中に、畳んだ段ボールが敷き詰められている——を突然渡されて、僕は体勢を崩しかけた。

「薫《かおる》！」

「口より手動かしてよ。早く終わったら帰れるんだから」

「わ、分かってるよ……屋上でいいんだっけ？」

「そう。早くして」

「人使い荒いな……」

僕が段ボール箱を持ち上げなおすと、内藤さんは苦笑しながら僕と薫を交互に見ていた。

「仲良いんだね……！」

内藤さんが言うので、僕は頷《うなず》く。

「まあ、同じ部活だしね」

「読書部だっけ」

「うん。って言っても薫は——」

「早く!!」

薫がくわっと口を開いて怒鳴る。僕は苦笑一つ、内藤さんに「じゃあね」と言って、その場を離れる。

どすんと椅子に腰掛けて、壁一面に貼られていた画用紙をびりびりに破りながらゴミ袋に入れていく薫。僕がその横を通り過ぎようとすると。

「これ以上モテないでよ」

と彼女が小声で言うのが聞こえた。

「別に、そんなんじゃないでしょ」

僕が言い返すと、薫はキッと僕を睨《にら》みつけて、「早く行く！」と言った。

こわい、こわい。

束になった段ボールはなかなかに重く、前方も見えづらいので、ゆっくり廊下を歩く羽目になった。

「結弦《ゆづる》？」

段ボール箱の向こう側から、声がした。藍衣《あい》の声だった。

「すごい量だね。手伝おっか？」

そう言いながら、僕の真横に藍衣がひょこっと顔を出してくる。

しかし、彼女の両手にも中身がパンパンに詰まった大きなゴミ袋が握られていた。

「いや、藍衣もゴミ捨てに行くとこでしょ。方向も違うし、大丈夫」

僕はかぶりを振った。段ボールと木材のみ屋上に集めて、他は一階のゴミ捨て場に持っていくのが決まりだった。

「ん〜、そっか。じゃあ転ばないようにね！」

藍衣はさっぱりと頷いて、僕とすれ違うように歩きだす。

「あ！」

背後で何かを思い出したらしく、藍衣が声を上げた。

振り向くと、彼女はニコニコと笑いながら、言った。

「今日、一緒に帰ろ！」

ちょうど藍衣の隣を通った男子生徒が、ぎょっとしつつ僕と藍衣を見比べるような視線を送ってきた。

僕は少し恥ずかしくなりながらも、頷く。

「うん。じゃあ、早く終わったら部室で待ってる」

「ありがと！　うちのクラスは窓にまで黒画用紙貼ったから、結構時間かかっちゃうかも」

「大丈夫。本読みながら待ってるよ」

くすくすと笑い合って、どちらともなく、また別方向へ歩きだした。

なんだか、学校から、藍衣と一緒に帰るのは久々のような気がする。バンドの練習を始めてからは名越《なごし》先輩の家に行ってばかりだったし、学園祭の準備もあって、お互いに帰る時間がなかなか合わなかったのだ。

放課後の楽しみが増えて、少しだけ足取りが軽くなる。

慎重に階段を上って、屋上に着いた頃には、すっかり息が上がっていた。

両手で段ボール箱を抱《かか》えながら扉を開けるのも一苦労だった。

左手を無理に動かしてノブを捻《ひね》って、それから、左肩で扉を押して……。

と、苦戦している途中で、突然扉がぐわっ！　と勢いよく開き、僕は前につんのめった。

「わっ！　とと……」

「おー」

そのまま危うく転びそうになった僕を、誰かが支えてくれた。

顔を上げると……日の光を反射する綺麗な金色の髪が、目に入る。

「……名越先輩」

「よく会うねぇ。もしかしてストーカー？」

「失礼な！　先輩が屋上に入り浸《いびた》ってるからでしょ」

僕は先輩を睨みつけながらも、支えてくれたことに対して「ありがとうございます」と小声で礼を言った。

「……来てると思わなかったです」

僕が素直な感想を漏《も》らすと、先輩はけらけらと笑った。

学園祭の片付けは、「全員来てほしいけど、出欠は問わない」というなんともゆるい決まりのもとで行われている。きっと、単位をつけるにも該当《がいとう》する教科がないのだろう。ホームルームでいいのでは？　と思わないでもないが、きっとそうできない理由があるのだ。

とにかく、そんなゆるい決まりなので、サボる生徒もちらほら出る。うちのクラスでも、数人来ていない生徒がいた。

てっきり、名越先輩はサボる側だと思っていたけれど……。

「キミ、あたしのこと不良だと思ってるだろ」

「事実でしょ。真面目《まじめ》な生徒は授業中に屋上でサボったりしませんよ」

「はは、言えてる」

事実、先輩は学校には来ているものの、明らかに片付けはサボっている様子だった。

「先輩って友達いるんですか」

僕は段ボールの箱を決められた場所に下ろしながら訊《き》いた。

「それが、いないんだよねぇ。女子からは煙たがられてて、男子にはそれなりにモテちゃうから、さらにぼっちが加速してさぁ」

「いろいろ大変ですね、先輩も」

「ほんとさぁ」

そう笑いながらも、先輩はどうでも良さげだった。

多分、この人も一人で生きていけるタイプなのだろう。むしろ、一人でいる方が気楽なように見える。

僕は段ボール箱の中に詰められていた、畳まれた段ボールを取り出して、収積場所に重ねていく。そして、最後に残った箱のままの段ボールを潰《つぶ》そうとしたが……。

「……むっ」

思ったよりも頑丈に、何重にもガムテープで補強されていて、はがすのに苦戦した。

「ほれ」

しゃがみこみながら悪戦苦闘していた僕に、横からスッとカッターが差し出される。

「あっ……ありがとうございます」

名越先輩と、カッター。嫌な組み合わせだった。

僕はカッターを受け取り、その刃を少しだけ出して、テープを切り裂く。あっという間に段ボール箱を開いて畳む作業は終了した。

僕はカッターをまじまじと見つめてから。

「あの……多分、まだまだ段ボール解体しないといけないんで、これ借りていいですか？」

僕がそう言うと、先輩はフェンスに寄りかかりながら、スンと鼻を鳴らした。

「どうせ返さないいんだろ～？　いいよ、あげるよ」

「えっ……」

あっさり言われて、僕は呆気《あっけ》にとられた。先輩はニッといたずらっぽく笑う。

「あたしの腕切ったやつで良ければ……」

「えっ…………」

カッターを握ったまま固まってしまう僕を見て、名越先輩はけらけらと声を上げて笑った。

「冗談、冗談！　いいから、持ってきな」

「あ、はい……ありがとうございます」

僕はおずおずとカッターを胸ポケットにしまう。

……もう、必要ない、ということなのだろうか。

そうだったら、嬉しいな……と、思う。

「なあ、浅田《あさだ》」

「はい？」

「前にあたし、言ったよな。『誰にも何も聞いてほしくない人だって、いる』って」

よく覚えている。

ここに藍衣と弁当を食べに来た時に、先輩は、そう言った。

「……はい」

僕が頷くと、先輩は少し自嘲気味に微笑んで、呟《つぶや》いた。

「あたしもそっち側だと思ってたんだわ、自分のこと。でも……そう、思い込んでただけみたいだ」

先輩は、口ずさむようにそう言って、僕を見る。

「だから……キミと、安藤《あんどう》が……一生懸命、言葉を引き出そうとしてくれて。救われた」

先輩があまりに素直にそんなことを言うので、僕はただただ、目をぱちくりと瞬《しばたた》かせることしかできない。

「ありがとう……って、安藤にも伝えといて」

あっけらかんとそう言われて、僕はしばらくぼーっとした末に。

思わず、苦笑を漏らした。

「自分で言ってくださいよ」

僕がそう答えると、先輩は「げー」と言いながら顔をしかめた。

「言えるかよ。無駄にはしゃぎそうだもん、あいつ」

「だったら……」

僕はぽりぽりと鼻の頭を掻いてから、おずおずと言った。

「また……一緒にベースを弾《ひ》いてくれたら……多分、それがお礼になりますよ」

僕がそう言うと、先輩はきょとんとした様子で口を半開きにした。

そして、プッ、と噴き出す。

「生意気だなぁ～キミは！」

僕も、スンと鼻を鳴らして返す。

先輩は苦笑交じりに、「気が向いたらね」と答えた。

弾かない、と言わなかったことに、少し安堵《あんど》する。

そんな僕に、名越先輩はビッ！　と人差し指を立てた。

「そういうキミも……せっかくあんだけ練習したんだから。ドラム、やめんなよ」

言われて、僕は硬直してしまった。

そういえば……今後、ドラムを続けるかどうか、なんてことはまったく考えていなかった。

ただただ、後夜祭を終えて、安心していたのだ。

やる、とも、やらない、とも言えずに。

「……き、気が向いたら」

僕はそう返事をした。

先輩はけらけらと笑って。

「生意気だぞ！」

もう一度、そう言った。

その笑顔はなんだか、いつもの彼女のそれよりもずっと等身大に感じられて……とても、嬉しかった。

×　×　×

ぺらり、と紙をめくる音が、なんだか妙に懐《なつ》かしく感じられた。

校庭から運動部の掛け声が聞こえてくることはないけれど……校舎のそこかしこで、大きな声やら、物音が聞こえている。

一年に一度のお祭りが終わり、皆、まだ浮かれた気持ちが抜けていないのだ。

かくいう僕も、そんなはずんだ声を聞きながら、同じように浮かれた気持ちで、読書をしている。文字を目で追っているというのに、普段よりもあまり内容が頭に入ってきていないような気もした。

しかし……やっぱり、こうして読書をしていると、落ち着く。

ここ二カ月は目まぐるしすぎた。

夏休みになり、みんなで海に行き、バンドの練習を始めて。

したことのないことばかりで、毎日が充実していた。それだけに、一瞬で時が過ぎてしまったような気もした。

今日なんかは、もう冷房をつける必要もないほどに、涼しい気候だ。

あんなに暑かった夏が、あっという間に終わり、すっかり秋だ。気が付いた頃には、冬になっているのだろう、と思った。

廊下から、たったたったたっ！　と軽快な足音が聞こえてきて、僕は文庫本を閉じる。

「たのもー！」

勢いよく、部室のドアが開いた。

藍衣が息を切らせながら、そこに立っていた。

「お待たせ！」

「うん、帰ろう」

僕は文庫本をスクールバッグにしまって、部室の出入り口へと向かう。

部屋の鍵をかけて、職員室へ。

この流れも、なんだか懐かしく感じられて、口元が緩《ゆる》んだ。

鍵を職員室に返し、藍衣と並んで、昇降口へ向かった。

藍衣はトントン！　とローファーの爪先を地面にぶつけて、靴を履《は》いた。

「なんか、ほんとに久しぶりな感じ！」

「そうだね」

二人で並んで、校門に向かって歩く。いつもここを並んで歩くときは西日が射している頃だったので、今日のようにまだ日が高いうちにこうしているのは不思議な感覚だった。

ふと、グラウンドで寝転がっていた藍衣の姿が脳裏に蘇《よみがえ》る。自然と、そっちの方に視線が向いていた。

「……そこで藍衣と再会してから、もう四カ月も経《た》ったんだね」

僕が言うと、藍衣はしみじみと「そうだね……」と頷いた。

「あっという間だね！」

「うん」

「いろんなことしたねぇ」

「楽しかった」

「私も！」

藍衣は人懐っこく笑って、それから……ため息をつくように、言った。

「こうやって、ずーっと……ふたりで、いろんな出来事を積み重ねて、共有して……」

藍衣はそこで言葉を区切って、どこか遠くを見つめるような顔で、呟く。

「一緒に、高校卒業できたらいいな……」

僕は、無言で、頷く。

そうなったらいい。僕も、そう思った。

それから、学園祭のお互いのクラスの話なんかをしながら、僕と藍衣は電車に乗った。

電車に揺られている時間も、彼女と一緒なら、なんだか楽しい。

こうやって、何げない時間が宝物のようになってゆくのは、幸せだった。

最寄《もよ》り駅で電車から降りると、藍衣はため息をつく。

「あーあ、もう駅着いちゃった。こっからが早いんだよなぁ」

藍衣はそう言って、むくれてみせた。

「お家が一緒だったらいいのにね？」

「いやぁ……それはそれで、いろいろ問題があるでしょ」

「いろいろって？」

「いろいろは、いろいろだよ」

藍衣の無邪気な質問をかわしながら、改札をくぐる。

そして、定期券をバッグにしまいながら、よく前を見ずに歩いていると。

突然、行く手に人影がスッと現れて、僕は慌てて、止まった。ぶつかりそうになってしまう。

「あ、すみません……！」

僕は顔を上げながら謝って……ハッと息を吸い込んだ。

ぶつかりそうになったのは……なんというか、とにかく〝綺麗な〟女性だった。あまりに顔の造形が美しくて、思わず息を呑んでしまったのだ。こんなことは初めてで、僕は戸惑《とまど》う。

その女性は優しく微笑んで「いいえ〜」と答えた。

そのまま僕たちの横をすり抜けていくのかと思ったが……彼女はそこに立ち尽くしたままだ。

なんだろう……と思っていると。

その女性の視線が、僕の少し後ろにいた藍衣に注がれていることに気が付く。

僕はゆっくりと藍衣の方を振り返り……そして、驚いた。

藍衣は、見たことのないような表情をしていた。

それは、まるで……怯《おび》えるような。

「久しぶり、藍衣」

僕の前に立つ女性が、言った。

知り合いだったのか。

もう一度藍衣の方を見るけれど、彼女は怯えたようにその女性を見つめているままで、言葉が出ない様子だった。

「随分《ずいぶん》楽しそうにしてるねぇ。学校楽しいんだ。この子誰？　彼氏？」

女性は、にこにこと柔和《にゅうわ》な笑みを浮かべながら、藍衣を質問攻めにする。

藍衣は……ようやく、険しい表情で、口を開いた。

「……梢依《こずえ》お姉ちゃん」

藍衣がそう言うのを聞いて、またも僕は驚いて、女性の方を見る。

梢依、と呼ばれた女性は……おちゃらけた様子で「はーい、お姉ちゃんだよ〜」と藍衣に手を振る。

言われてみれば、確かに、藍衣によく似ていると思った。

しかしあまりに大人びているのと……藍衣から「姉がいる」なんて話を聞いたこともなかったので、気付けなかった。

梢依さんは藍衣の前にコツコツとヒールを鳴らしながら近寄って、言った。

「ねえ。もうお父さんとの逃避行は十分楽しんだでしょ？」

「……ッ」

彼女の言葉に、藍衣はわななくように瞳を揺らした。

「いい加減、帰ってきなよ」

梢依さんは不敵に微笑みながら、言う。

「お母さん……そろそろ本気で、藍衣のこと、お父さんから奪い返すつもりらしいよ？」

くす、と梢依さんは喉《のど》を鳴らすように笑ったが、藍衣は依然《いぜん》として、無言のままだった。

そう、僕は、知らなかった。

藍衣とまた会うことができ、再び絆《きずな》を結べたことを喜ぶばかりで……。

彼女がどんな人生を経《へ》て……この地に戻ってきたのかということを、何一つ、知らなかった

のだ。

冷たい風が、吹いた。

夏が終わり……新たな季節が始まる。

僕たちはまた、無自覚のうちに……大きな決断の岐路に、立たされていた。

あとがき

はじめまして、しめさばと申します。

ダッシュエックス文庫で本を出させていただくのもこれで四冊目となりました。ありがたさを噛み締めながら、これを書いています。

さて、三巻を書いていた時にふと思ったことなのですが……私は昔から、親を含めた〝大人〟から、よく「言葉が上手《うま》いよねぇ」と言われながら育ちました。

そうやって褒《ほ》められるのを嬉しく思っていたものですが、大人になってみると、多分それらの言葉には私が思うよりも多くの意味が含まれていたように思います。

今では、上手く人に伝えられない言葉の方が大切に感じることすらあるのです。思っていることを言葉にすると……なんだか、それは目の前の人を説き伏せたり、その人により伝わるような言葉に変換する作業のようで……本来心の中にあるそれとは形を変えてしまう。

結局、後で一人になって考えてみても、自分が何を思っていたのか明確な言葉に置き換えることができなかったりもして……ぐるぐると悩みながら、眠るのです。

きっと、私は死ぬまでこういうことを考えながら生きていくことになるのだと思います。

本の内容にはあまり関係のない話ですが、メモ代わりに書き留めておきました。

さて、ここからは謝辞となります。

まずは梶原《かじわら》編集。今回も辛抱《しんぼう》強く原稿を待ってくださり、ありがとうございました。おかげで完成まで持っていくことができました……。次回も気を引き締めて頑張ります。

次に、大変お忙しい中、今回も素晴らしいイラストを仕上げてくださったしぐれ先生、ありがとうございました！　藍衣《あい》、薫《かおる》の水着のデザインが上がってきたときは疲弊《ひへい》していた心が回復する思いでした。しぐれ先生の描くイラストがこの物語の表紙を飾ってくださることに、これ以上にない嬉しさを感じています。

そして、きっと私よりも真剣に本文を読んでくださったであろう校正さんと、その他この本の出版にかかわってくださったすべての方々に、心よりお礼を申し上げます。

最後に、この本を手に取ってくださった皆様、ありがとうございます。対話と後悔の物語。苦しみの中にある輝きを感じ取っていただけたら幸いです。

また皆様と私の書いた物語が巡り合うことのできるようにと願いながら、あとがきを終わらせていただきます。

しめさば

ダッシュエックス文庫

君は僕の後悔《リグレット》3

しめさば

2022年5月30日　第1刷発行

★定価はカバーに表示してあります

発行者　瓶子吉久
発行所　株式会社　集英社
〒101−8050　東京都千代田区一ツ橋2−5−10
03(3230)6229(編集)
03(3230)6393(販売／書店専用)03(3230)6080(読者係)
印刷所　大日本印刷株式会社
編集協力　梶原　亨

ISBN978-4-08-631470-1 C0193